Das Buch

Lisa Talbach ist Schriftstellerin. Sie ist eine Frau, auf deren Wort man hört, die auf ein umfangreiches Werk zurückblickt und die aufmerksam politische Entwicklungen verfolgt. Und doch scheint es ihr, als habe sie an ihrem Schreibtisch gesessen und nur Märchen erzählt, während um sie herum Häuser angezündet werden. Immer deutlicher tritt zutage, daß die extreme Rechte die bevorstehenden Wahlen gewinnen wird. Lisa Talbach zieht sich in ihr Häuschen auf Mallorca zurück und will von dort aus zusehen, was in ihrem Land geschieht. Als jedoch die neuen Machthaber beschließen, eine so berühmte deutsche Schriftstellerin gehöre nach Deutschland, wird sie brutal aus ihrer Abgeschiedenheit gerissen. Nun muß sie sich entscheiden, ob sie Leben oder Tod, Kampf oder Resignation wählen will.

Autorin

Doris Gercke, 1937 in Greifswald geboren, lebt seit 1949 mit einer Unterbrechung von zehn Jahren Provinz in Hamburg. Nach ihrer Lehre als Verwaltungsbeamtin war sie Hausfrau und Mutter, bis sie ihr Begabtenabitur nachholte und schließlich das Jura-Examen absolvierte. Zum »Shootingstar der deutschen Krimiszene« (Die Zeit) wurde sie durch ihre Romane mit der Detektivin Bella Block.

Außerdem im Goldmann Verlag erschienen

Weinschröter, du mußt hängen. Roman (9971)
Nachsaison. Roman (9972)
Moskau meine Liebe. Roman (9973)
Kinderkorn. Roman (9976)
Die Insel. Roman (9975)
Der Krieg, der Tod, die Pest. Roman (9974)
Weinschröter, du mußt hängen / Nachsaison,
Zwei Fälle für Bella Block (13146)

Doris Gercke
Kein fremder Land

Roman

GOLDMANN VERLAG

Umwelthinweis:
Alle bedruckten Materialien dieses Taschenbuches
sind chlorfrei und umweltschonend.
Das Papier enthält Recyclinganteile.

Der Goldmann Verlag
ist ein Unternehmen der Verlagsgruppe Bertelsmann

Genehmigte Taschenbuchausgabe August 1995

Umschlaggestaltung: Design Team München
Satz: IBV Satz- und Datentechnik GmbH, Berlin
Druck: Elsnerdruck, Berlin
Verlagsnummer: 41462
T.T. · Herstellung: Sebastian Strohmaier
Made in Germany
ISBN 3-442-41462-6

1 3 5 7 9 10 8 6 4 2

Da fragte ich mich: Was für eine Kälte
Muß über die Leute gekommen sein
Wer schlägt da so auf sie ein
Daß sie jetzt so durch und durch erkalten?
So helft ihnen doch!
Und tut es in Bälde!
Sonst passiert euch etwas, was ihr nicht
für möglich haltet!

Bertolt Brecht

Der Tod stand neben der Tür. Er stand da in ruhiger Haltung, die Knochen, die, wenn sie mit Muskeln und Haut umhüllt gewesen wären, den rechten Arm gebildet hätten, gegen die Wand gestützt. Er hatte den rechten Schläfenknochen gegen die Handwurzel gelegt. Die Halswirbel erhielten dadurch eine zarte Biegung. Die Beinknochen waren übereinandergestellt, sie kreuzten sich elegant in der Höhe der Schienbeine und führten hinunter zu den zarten, schmalen Füßen. Die Knochen der linken Hand stützten sich nachlässig auf den Griff einer Sense. Die ganze Gestalt drückte Anmut und Ruhe aus, eine Haltung, die zu sagen schien: Ich warte. Nichts weiter als: Ich warte.

Die Frau erwachte, und das ganze lächerliche Zeremoniell, das sie in ein paar Stunden erwartete, stand sofort vor ihren Augen. Der aufgeblasene Erste Bürgermeister, dessen Fähigkeit, vorfabrizierte Texte, wenigstens mit einer persönlichen Note versehen, vorzutragen, außerordentlich begrenzt war, die Damen und Herren der Allparteien-Koalition, Sektgläser in den Händen haltend und nichtssagende Gesprächsbläschen auf den Lippen, der schwarze, schweigende Block der Opposition –

Sie setzte sich auf. Es war richtig, an der Veranstaltung teilzunehmen. Man mußte jede Chance nutzen, damit diese Leute nicht an die Macht kämen.

Sie war noch auf Reisen gewesen, als die Stadt den Wunsch an sie herangetragen hatte, ihr die Ehrenbürger-Medaille zu verleihen. Der Erste Bürgermeister selbst hatte sie angerufen. Sie wissen, gnädige Frau, daß dieser Stadt noch immer, und, ich versichere Ihnen, inzwischen vollkommen zu Unrecht, der Ruf anhängt, sie mißachte ihre Dichter. Ich will Sie nicht damit langweilen aufzuzählen, was uns allein in den letzten zwei Jahren – so lange war der Bürgermeister im Amt – die Kultur gekostet hat –

Hier hatte sie ihn unterbrochen.

Schicken Sie alle Informationen, die ich brauche, an mein Büro, hatte sie gesagt. Wir werden uns doch nichts vormachen, oder? Sie wollen, daß die Allparteien-Koalition die Wahl gewinnt. Ich will nicht, daß die Ethno-Zentristen die Wahlen gewinnen. Wenn Sie glauben, daß die Veranstaltung irgend etwas bewirken kann, dann stelle ich mich zur Verfügung. Auch ohne den Schmus, den Sie gerade erzählen wollten.

Sie hätte beinahe hinzugefügt: Vielleicht hätte die Stadt rechtzeitig mehr Geld für Kultur ausgeben sollen, aber sie wußte, daß ihre Worte sinnlos gewesen wären. Mit Politikern über Kultur zu sprechen war gleichbedeutend mit dem Versuch, eine Kuh zum doppelten Rittberger zu überreden.

Diese Offenheit, gnädige Frau, ist es, die alle Welt so an Ihnen schätzt.

Sie hatte das verkniffen lächelnde, nichtssagende Gesicht des Mannes am anderen Ende der Leitung vor sich gesehen. Der Bürgermeister gehörte der Gruppe der Allparteien-Koalition an, die sich früher sozialdemokratisch genannt hatte. Sie hatte sich mit den Christdemokraten zusammengeschlossen; wie es damals hieß: um gegen die Feinde der Demokratie ein festes Bollwerk zu errichten. In Wirklichkeit gab es seit dem Zusammenbruch des Sozialismus, von den Sozialdemokraten lautstark begrüßt, keine Begründung mehr für irgendwelche demokratisch-sozialistischen Bestrebungen. Die Unterschiede zwischen den beiden Parteien waren verschwunden, und alle

Anzeichen sprachen dafür, daß das auch vom Wahlvolk begriffen wurde. Es gelang leichter als erwartet, auch die Grünen für die Allparteien-Koalition zu gewinnen. Sie besannen sich auf ihre nationale Verantwortung, die größer sei als egoistisches Parteidenken. In Wirklichkeit warteten sie schon zu lange darauf, ihre Regierungsfähigkeit endlich unter Beweis stellen zu dürfen, als daß sie in der Lage gewesen wären, das Verhängnis einzuschätzen, das mit der Bildung einer Allparteien-Koalition verbunden war. Die Allparteien-Regierung nahm ihre Bollwerk-Politik auf. Trotzdem nahmen die Überfälle auf Ausländer nicht ab, wurden die Ethno-Zentristen schnell stärker. Sie stellten sich als demokratisch dar, weil sie die einzige Opposition bildeten. Mit Schlagworten wie JEDEM VOLK SEIN LAND; GEGEN MASSENELEND – GEGEN BONZENREICHTUM; UNSERE FRAUEN – UNSERE ZUKUNFT begeisterten sie die wahlmüden Bürger.

Es bereitete Talbach kein Vergnügen, den Bürgermeister und die ihn umgebenden Wichtigtuer zu treffen. Inzwischen hatte sie auch kaum noch Hoffnung für den positiven Ausgang der Wahlen. Nur die Überlegung, nicht alles versucht zu haben und sich hinterher Vorwürfe machen zu müssen, hielt sie davor zurück, die Veranstaltung abzusagen. Ich werde aufstehen und arbeiten, meinen Tagesplan einhalten, wie immer, dachte sie. Im Grunde geht mich das Ganze nichts an.

Ihr Blick fiel auf die Buchrücken an der gegenüberliegenden Wand. Sie schlief in einem Zimmer, dessen Wände mit Bücherregalen vollgestellt waren. An allen Wänden ihrer Drei-Zimmer-Wohnung standen Bücherregale. Hier, im Schlafzimmer, waren auch ihre eigenen Titel untergebracht: Der Mandrill, Versuch über die Dummheit. Und: – So wird reden der Sand –. Ehe sie weiterlesen konnte, klingelte das Telefon. Sie drehte sich zur Seite und griff nach dem Apparat, der neben dem Bett auf dem Fußboden stand.

Du kommst doch morgen abend? Laß dir ja nicht einfallen, allein zu Hause zu hocken. So eine Wahlsendung kann man sich nur gemeinsam ansehen. Versprochen?

Mein lieber Frank, sagte sie, wenn ich sage, ich komme, dann meine ich auch, daß ich komme. Das solltest du wissen. Ich komme, auch wenn mich diese lächerliche Zeremonie heute meine ganze Kraft kosten wird.

Du willst wirklich an diesem Spektakel teilnehmen? Mußt du dein Gewissen beruhigen, oder warum gehst du dahin?

Franks Stimme war eine Mischung aus Empörung und Enttäuschung. Auch ein klein wenig Belustigung hörte sie heraus, und sie antwortete schärfer, als es nötig gewesen wäre.

Vielleicht ist es besser, du nutzt die Zeit, um eine Erklärung für deine Studenten vorzubereiten. Es könnte doch sein, daß irgend jemand am Montag nach der Wahl auf die Idee kommt, dich zu fragen, weshalb es an den Universitäten keinen Widerstand gegeben hat. Von Professoren organisierten Widerstand, meine ich, sagte sie noch, als er nicht sofort antwortete. Dann schwieg sie, selbst überrascht von der Heftigkeit ihrer Antwort.

Bis morgen abend, hörte sie Frank sagen. Ich habe einen guten Wein gekauft, der wird dich beruhigen. Und vergiß nicht, dem Bürgermeister auszurichten, daß er ein Dummkopf ist.

Frank legte den Hörer auf, und auch sie legte auf, schlug die Decke zurück und setzte die Füße auf den Boden. In der Wohnung über ihr zog jemand den Stöpsel aus der Badewanne. Das Wasser lief durch das Abflußrohr in der Wand neben der Zimmertür.

Zwei Stunden später hatte sie die Veranstaltung am Nachmittag, das Gespräch mit Frank und die bevorstehenden Wahlen vollkommen vergessen. Sie schrieb an einem längeren Aufsatz, in dem sie sich kritisch mit dem Verhältnis zwischen Autoren und Fernsehindustrie auseinandersetzte. Der Teil, den sie »Die Invasion der Geklonten« überschrieben hatte, bereitete ihr außerordentlich großes Vergnügen. Mit der ihr eigenen Schärfe und nicht ohne Witz beschrieb sie den Prozeß, der dazu geführt hatte, daß die Arbeiter dieser Industrie, sie nannten sich Produzenten, Redakteure, Dramaturgen, manche schlicht Einkäufer oder andere bedeutungsvoll Producer, einander so ähnlich geworden waren wie die Arbeiter an den Maschinen im neunzehnten und beginnenden zwanzigsten Jahrhundert. Die Komik, die darin lag, daß diese Gleichförmigen sich gleichzeitig für Besondere hielten, für Mächtige, deren Macht in Wirklichkeit darin bestand, irgendeinem Finanzgewaltigen eine kleine Zeitlang klar zu machen, daß das von ihnen gerade eingekaufte Buch oder die von ihnen eingekauften Autoren mit absoluter Sicherheit die magische Zahl der gerade als Erfolg geltenden Einschaltquote erreichen würden, war nicht zu übersehen. So wie früher der Arbeiter oder die Arbeiterin über sich das Schwert der Entlassung gespürt und sich deshalb möglichst so verhalten hatten, daß es nicht auf sie niedersauste, so hing über den Geklonten die Einschaltquote. Und je deutlicher ihnen dies Fallbeil bewußt war, um so verzweifelter versuchten sie, mit allen Mitteln hervorzuheben, daß sie unabhängige, kreative, literarisch versierte, freie, aber auch mächtige, zu Entscheidungen befugte Persönlichkeiten seien.

Talbach legte den Stift beiseite, als der Wecker klingelte. Sie hatte, teils aus einer bewußten Protesthaltung gegenüber der Werbeindustrie, teils aber auch nur aus Bequemlichkeit, einige inzwischen als altmodisch geltende Gewohnheiten beibehalten. Sie benutzte zum Schreiben keinen Computer, sondern einen Füller. Sie hielt eine Kaffeemaschine in ihrem Haushalt für überflüssig, weil ihr auf herkömmliche Weise gefilterter Kaffee besser schmeckte. Ihr Auto hatte sie schon vor Jahren abgeschafft. Ein billiger Küchenwecker erinnerte sie daran, Pausen einzulegen, jede Stunde die Arbeit zu unterbrechen und sich ein wenig Bewegung zu verschaffen. Sie war zweiundsechzig; das verzweifelte Bemühen, jünger zu scheinen, als sie wirklich war, hatte einer größeren Ruhe und einem beinahe liebevollen Umgang mit sich selbst Platz gemacht. Sie hatte gelernt, sich zu akzeptieren, und in dieser Haltung sogar eine zusätzliche Kraftquelle entdeckt.

Als Schreibende mußte ihre gesamte Existenz gegen die Gesellschaft gerichtet sein; eine Haltung, die allein es ermöglichte, der Wahrheit näherzukommen, die aber zugleich auch eine ständige und bewußte Anstrengung verlangte. Der weibliche Körper galt als Ware. Der Wert dieser Ware richtete sich nach den Vorstellungen alter, geiler Männer. Alte, geile Männer sind aufgrund fortschreitender sklerotischer Alterungsprozesse und vor dem natürlichen Hintergrund männlich-einfacher intellektueller Strukturen nur noch in der Lage, sehr junge Frauen wahrzunehmen. Nach der Regel, daß die herrschenden Anschauungen die Anschauungen der Herrschenden sind, hatte sich die Ansicht über die Wertlosigkeit von Frauen über fünfundzwanzig (manche, besonders die in der Mode-Industrie Beschäftigten setzten diese Grenze inzwischen auf achtzehn herab) vollkommen durchgesetzt. Vergeblich bemühten sich einige wenige, aus Gründen kultureller Vielfalt staatlich geförderte feministische Gruppen, mit dem Bekanntmachen sogenannter Karrierefrauen über diese Tatsache hinwegzutäuschen. So hilflos wie die Versuche, so lächerlich waren die Ergebnisse. Die Gesellschaft war vom Jugendlichkeitswahn besessen, und auch Talbach hatte sich ihm eine Zeitlang nicht entziehen können.

Während sie sich jetzt vor einem Spiegel an den Bewegungen ihres kleinen, braunen, zähen Körpers freute, fiel ihr die bevorstehende Veranstaltung wieder ein. Sie dachte daran, daß es unvermeidlich sein würde, auch mit der Frau des Bürgermeisters zu sprechen. Der Bürgermeister hatte, wie die meisten Politiker, vor kurzem das Alter erreicht, in dem die erste Frau gegen eine jüngere getauscht wurde. In einer Gesellschaft, die Jugendlichkeit zum obersten Ideal erhoben hatte, gerieten selbstverständlich auch Männer von einem bestimmten Alter an, das allerdings wesentlich höher angesetzt wurde als das der Frauen, in die Gefahr, ausrangiert zu werden. Es galt als selbstverständlich, daß junge Frauen sich dazu hergaben, die Karriere alternder Männer zu stützen. Der Bürgermeister hatte ein besonders schönes weibliches Exemplar aufgetrieben, mit dem eine Unterhaltung aufgrund des unterschiedlichen Erfahrungshorizonts sich für sie schon einmal als problematisch erwiesen hatte. Talbach beschloß, die Frau des Bürgermeisters nach Möglichkeit zu übersehen.

Lisa Talbach sah auf die Uhr und stellte fest, daß es keinen Sinn mehr hatte, die Arbeit fortzusetzen. Sie würde sich anziehen und den Weg ins Rathaus zu Fuß gehen. Sie würde heute am Fluß entlanggehen. Am Tag zuvor war sie durch die Innenstadt gegangen und hatte Mühe gehabt, sich der Bettler zu erwehren, die vor vielen Läden, vor den Schächten der U-Bahn und an den Haltestellen der Busse hockten. Sie hatte den ersten, die sie fragten, etwas Geld gegeben, später, als das Kleingeld ausgegeben gewesen war, jedesmal gesagt, sie hätte kein Geld mehr und irgendwann, in einer Art Selbstschutz, beschlossen, überhaupt nicht mehr zu antworten. Vor einem U-Bahnschacht hatte sie ein junger Mann angesprochen, offensichtlich aus bürgerlichem Elternhaus, ein Bündel aus Kleidern und Decken lag ein paar Meter von ihm entfernt auf der Straße. Sie war, ohne ihn weiter zu beachten, an ihm vorbeigegangen. In dem Augenblick, als sie an ihm vorübergegangen war, hörte sie im Rücken seine Stimme. MEIN GOTT, WARUM ANTWORTET DENN KEINER?

Es war ihr nicht mehr möglich gewesen, in ein Bistro zu gehen und zu essen, wie sie es vorgehabt hatte. Am Fluß würden kaum Bettler sitzen.

Es saßen wirklich keine Bettler dort. Vielleicht hatte eine fürsorgliche Stadtverwaltung sie am Tag vor der Wahl in ein großes Zelt eingeladen, bekleidet und beköstigt, ihnen Geld gegeben und sie darauf hingewiesen, daß sie am Sonntag von ihrem Wahlrecht Gebrauch machen sollten. Vielleicht waren sie aber auch gar nicht auf die Idee gekommen, an diesem Tag an den Fluß zu gehen. Anders als Talbach dürften sie vermutlich gewußt haben, daß sich am Ufer des Flusses am Nachmittag ein hechelnder Trupp von Marathon-Läufern durch eine brüllende und geifernde Menge wälzen würde.

Sich über den ungewöhnlich starken Spaziergängerstrom wundernd, aber noch nichts ahnend von den sportlichen Aktivitäten, die sich bald um sie herum entwickeln sollten, war Talbach beinahe bis ans Flußufer gelangt. Dort erst begriff sie, daß etwas Besonderes vorging, aber es war zu spät, um umzukehren. Im Strom der Neugierigen wurde sie an den Rand der Ufer-Promenade gedrängt, eingekeilt von Männern in Unterhemden, Frauen in entstellenden eng anliegenden Hosen und Kindern in schreiend bunten Schlabbersachen. Wie in einer geheimen, den Akteuren nicht bewußten Absprache vereinten sich Bierbäuche mit ärmellosen Unterhemden zu einer Komposition in Fleisch und Grün, umschlossen rot-glänzende Synthetikstoffe fette Ärsche und Oberschenkel, um oberhalb der Knie zu enden und den Anschein zu erwecken, Frauen seien von Natur aus x-beinig, hingen bunte Stoffe in den häßlichsten Farben um schmale Mädchen- und Jungenglieder, auf diese Weise betonend, daß auch sie schon zu den unverzichtbaren und eifrig umworbenen Konsumenten der Waren gehörten, die vom Zwang zum Umsatz und von der Konkurrenz gebeutelte Modemacher sich viermal im Jahr neu einfallen lassen mußten.

Eine Gruppe von jungen Männern zog plötzlich Talbachs Aufmerksamkeit auf sich; junge Männer, die völlig anders aussahen und sich auch anders benahmen als die sie umgebende Menge. Und fast war es so, als hätte auch die drängende und sich gegenseitig stoßende Menge begriffen, daß da einige waren, die nicht dazugehörten und denen sie auch bereitwillig das Recht einräumte, nicht dazuzugehören.

Die jungen Männer, es waren neun, wie Talbach zählte, trugen elegante schwarze Hosen, schwarze Hemden und Krawatten. Auch die Krawatten waren schwarz, aber, bis auf zwei, mit einem oder mehreren roten Streifen versehen. Die Streifen waren dezent, aber durchaus sichtbar, und wenn man die Männer beobachtete, wurde schnell deutlich, daß sie den Rang bezeichneten, der für den Träger der Krawatte galt. Um die Gruppe der Schwarzgekleideten hatte sich ein schmaler leerer Raum gebildet, ein Ring, der trotz des allgemeinen Schiebens und Drängens nicht durchbrochen wurde. Doch trotzdem flogen Worte hin und her, Kommentare oder Fragen und Antworten kamen wie von einer Art Kommandostand, der inmitten einer Mannschaft aufgestellt worden war und ohne den sich die Menschen wie auf einem führerlosen Fahrzeug gefühlt hätten.

Es ist eine Art kindliches Vertrauen, daß man ihnen entgegenbringt, dachte Talbach verwundert.

Sie versuchte, näher an die Gruppe heranzukommen, um zu verstehen, was dort gesprochen wurde. Es gelang ihr erst, als sie sich rücksichtslos zwischen zwei Bierbäuchen mit darüberhängenden lila und grün beschuhten Kinderfüßen hindurchgedrängt hatte.

Papa, die Tante hat mich gekniffen.

Eines der Bälger kreischte auf den abfallenden Seehund-Schultern seines Erzeugers, aber zwei nachdrängende junge Mädchen trennten sie von der Rache des Seehunds, so daß sie nur noch die Stimme der Seehundkuh in ihrem Rücken vernahm.

Du wolltest doch den Kleinen auf die Schultern nehmen. Und jetzt kannst du ihn nicht mal vor der Zigeunerin beschützen. Alte Vettel! Hilfe, die Zigeunerin hat mein Kind gekniffen.

Das Gekreisch ging im Brüllen der Menge unter. Die Läufer kamen heran. Talbach war darüber froh. Es war ihr schon ein paarmal geschehen, daß sie für eine Ausländerin gehalten wurde. Eigentlich hatte sie nichts dagegen, aber die Ablehnung und manchmal auch die Wut, die sie hinter den Worten der Menschen spürte, bereiteten ihr Unbehagen. Sie war klein und braunhäutig. Sie trug ihre langen schwarzgrauen Haare hochgesteckt, und sie hatte eine Vorliebe für auffallende und möglichst kostbare, zumindest aber originelle Ohrgehänge. Sie sah nicht aus wie eine Deutsche, jedenfalls nicht auf den ersten Blick.

Das Erscheinen der Läufer hatte die Unterhaltung der schwarzgekleideten Gruppe mit den Umstehenden unterbrochen. Alle starrten auf die keuchenden, schwitzenden Frauen und Männer. Talbach sah eine Frau, die mindestens siebzig Jahre alt sein mußte. Sie hatte ihr Haare hellrot gefärbt und in kurzen, nassen Strähnen um ihren Kopf geklebt. An den langen, ausgemergelten Beinen der Frau hingen die Laufschuhe wie Gewichte. Mit einem ungeheuren Aufwand an Energie hielt sie sich in der Spitzengruppe. Talbach hätte sie bewundert, wenn ihr die Sache, für die diese Energie eingesetzt wurde, nicht so zweifelhaft erschienen wäre. Niemand feuerte die alte Frau an. Die Umstehenden schrien, ohne ihre Sympathie einer einzelnen Person zuzuwenden, bis ein kleiner Läufer auftauchte, weit hinter der Spitzengruppe, allein und locker und leicht laufend, so daß Talbach ihm zutraute, in einem schnellen Sprint die Ersten einzuholen. Aber der Läufer machte keine Anstalten, den Anschluß zu erreichen. Er schien seine Position zu genießen, die ihm den Vorteil bot, sich außerhalb des Gedränges dem Publikum zu zeigen. Vorwärts, vorwärts, Sieg, Sieg.

Erst als die Schwarzgekleideten neben Talbach begannen, den einzelnen Läufer anzufeuern, fiel ihr seine Kleidung auf. Sie war schwarz, und ein einzelner feiner, beinahe unsichtbarer roter Streifen über der Brust zeigte an, daß er schon ein beträchtliches Stück nach oben gekommen war. Und jetzt begriff Talbach auch die Position, die sich der Läufer im Feld erobert hatte. Er wollte gesehen werden. Seine Kumpane wollten die Aufmerksamkeit der Zuschauer auf ihn lenken. Sie wollten der brüllenden Masse ein Ziel für ihre Rufe geben. Sie sollten am Ende sagen können: »Wir haben gewonnen«.

Vorwärts, vorwärts, Sieg, Sieg!

Die Rufe um Talbach herum nahmen zu. Sie zweifelte nicht daran, daß der kleine schwarze Läufer den Marathonlauf gewinnen würde. Plötzlich waren ihr die schwarzgekleideten

Claqueure unerträglich. Mit aller Kraft, die ihr zur Verfügung stand, boxte sie sich nach rückwärts durch die Menge. Sie wollte weg aus dieser Masse schreiender Frauen und Männer, weg von den schwarzgekleideten Drahtziehern.

Und? Wie war's?

Prima, sagte der Polizist, lange nicht solche gute Veranstaltung gesehen.

Er setzte sich auf dem Beifahrersitz zurecht. Sein Kollege, der ihn von einer Bürgerversammlung abgeholt hatte, fuhr langsam an.

Kein Ärger, was?

Überhaupt kein Ärger.

Die beiden Polizisten schwiegen einen Augenblick vor sich hin. Sie fuhren langsam über eine spärlich beleuchtete, breite Straße. Die Straße glänzte vom Regen. Zu ihrer Rechten waren undeutlich die dunklen Umrisse eines norddeutschen Doms zu erkennen.

Der Pfaffe war auch da, sagte der, der die Veranstaltung besucht hatte. Wär nicht schlecht, wenn sie immer so vernünftig reden würden.

Und? Was hat er gesagt?

In seiner Gemeinde geht die Angst um.

Der Polizist lachte lautlos vor sich hin, bevor er weitersprach. Wollen wohl keine Negerheiden, seine frommen Schwestern.

Das kann er doch nicht gemeint haben, oder?

Keine Ahnung, was er gemeint hat. Jedenfalls hätten sie alle Angst. Und deshalb müßten diese Leute hier verschwinden.

Die beiden Polizisten schwiegen wieder. Sie waren auf dem

Weg zur Schicht, und selbst wenn die Veranstaltung nicht ruhig verlaufen wäre, hätten sie nicht eingreifen müssen. Ihre Schicht begann erst in einer halben Stunde. Links von ihnen tauchte im Regen ein beleuchteter Kiosk auf. Niemand stand davor, aber hinter der Theke lehnte ein Mensch an der Wand, ein Mann oder eine Frau, bei dem Regen und aus der Entfernung war das nicht genau zu erkennen.

Ne Wurst wär nicht schlecht, oder?

Ohne eine Antwort abzuwarten, sah der Fahrer in den Rückspiegel und fuhr dann den Wagen quer über die Straße. Direkt vor dem Kiosk hielt er an und stellte den Motor ab. Als sie ausstiegen, ließen sie das Licht brennen.

Nabend, sagte der Mann an der Wand. Er tat einen Schritt nach vorn und sah die Polizisten erwartungsvoll an. Ein Windstoß trieb eine Ladung Regen unter das kleine Vordach, und die Polizisten klopften das Wasser von ihren Uniformen.

Zwei Bockwürste mit Brot, sagte der Fahrer, und zu seinem Kollegen: Steig ein, wir essen im Auto.

Der Angesprochene machte kehrt und ging zurück zum Wagen.

Kein Vergnügen, was?

Der Fahrer hielt die Rechte vor sein Gesicht, um es vor dem Regen zu schützen.

Kommt hier denn jetzt noch wer?

Hin und wieder, sagte der Mann am Bockwursttopf. Er hatte dem Polizisten den Rücken zugekehrt und sprach gegen die Wand. Da drüben ist doch das Heim.

Und die essen Fleisch? Ich dachte, die brauchen nur Bananen.

Der Polizist lachte, aber der Mann im Kiosk lachte nicht.

Er hatte zwei dicke, kurze, hellbraune Würste auf zwei Pappen gelegt und hielt sie über den Tresen.

Sechs Mark, sagte er. Brot ist im Korb. Er zeigte mit dem Kopf auf einen aus Kunststoff geflochtenen Behälter, der auf dem Tresen stand.

Der Polizist nahm die Pappteller mit den Würsten und brachte sie zum Auto. Er reichte sie seinem Kollegen durch das heruntergedrehte Fenster. Dann kam er zurück, zahlte und nahm drei Scheiben Brot aus dem Korb. Der Mann hinter dem Tresen öffnete den Mund, schloß ihn aber wieder, ohne etwas zu sagen.

Viel Spaß noch, sagte der Polizist und ging zurück zum Auto.

Der Mann hinter dem Tresen antwortete nicht. Er sah zu, wie der Polizist einstieg, der Wagen zurück auf die andere Straßenseite fuhr und sehr langsam davonrollte.

Scheißbullen, sagte er, da war der Wagen etwa fünfzig Meter entfernt, kannst rauskommen.

Eine zierliche, dunkelhaarige Frau kam zögernd unter dem Tresenbrett hervor. Der Wurstverkäufer zog sie an sich und legte schützend seinen Arm um ihre Schultern. Im Streifenwagen kauten die Polizisten an den letzten Wurstresten.

Das Dollste, sagte der, der an der Veranstaltung teilgenommen hatte, das Dollste war der Bürgermeister aus Büchen. Sagt der doch glatt: Wir haben den starken Verdacht, daß unser Bahnhof in Zukunft ständig von diesen Asylbewerbern überflutet sein wird. Und damit würden sie sich nicht abfinden. Ihr Bahnhof! Toll, was? Während sie lachten, wischten sich die Polizisten mit dem Handrücken über den Mund und klopften ein paar Krümel von ihren Uniformen. Immer noch lachend bog der Fahrer von der Hauptstraße ab und lenkte das Auto in eine

Nebenstraße, deren Laternen bis auf eine kaputt waren. Die Straße war unübersichtlich und dunkel, aber am Ende schimmerte durch den Regen das blauweiße Polizeischild. Der Wagen hielt vor der Wache. Die Männer stiegen aus und beeilten sich, in den Hauseingang zu kommen. Sie betraten den Wachraum, blieben an der Tür stehen und klopften sich die Nässe von den Uniformen. Hier drinnen war es warm, und ein dumpfer Geruch nach nassen, unsauberen Kleidern verbreitete sich schnell.

Außer dem Kollegen, der hinter der Barriere saß und bis eben an einem Kreuzworträtsel gearbeitet hatte, das vor ihm auf der Schreibmaschine lag, war niemand da.

Na endlich, sagte er, eure Vorgänger sind schon weg. War nichts los heute. Ich soll euch sagen, ihr sollt mal auf den Zettel sehen, den sie euch ins Fach gelegt haben.

Einen Kaffee könnte ich vertragen, bevor wir fahren, sagte der Fahrer. Er ging in den Hintergrund des Wachraums und begann, an einer Kaffeemaschine zu hantieren. Sein Kollege bewegte sich träge auf die Wand mit den Fächern zu. Er spürte, daß ihm die Wurst nicht bekommen war, und während er einen Zettel in die Hand nahm, versuchte er zu rülpsen.

Wann ist das gekommen, fragte er, nachdem er gelesen hatte. Das muß doch heute morgen mit der Post gekommen sein. Wieso haben sie sich nicht darum gekümmert, wenn hier nichts los war!

Keine Ahnung, sagte der Wachhabende, ich glaube, er hat gesagt, er kennt den Mann und es wäre besser, wenn ihr da vorbeifahrt.

Zeig her.

Der andere hatte die Kaffeemaschine angestellt, kam nach vorn und las laut.

– und habe ich den starken Verdacht, vielmehr bin ich deshalb ganz sicher, daß der Mann Waffen in seiner Wohnung hat. Er hat sich mir gegenüber als Student bezeichnet, aber da an seiner Tür ein Aufkleber mit einem Stahlhelm –

Der Polizist las stumm weiter. Schließlich seufzte er und steckte das Blatt Papier in seine Tasche.

Wir fahren da vorbei, sagte er. Man muß den Opa beruhigen. Dem zittert ja schon die Hand beim Schreiben. Im Lager alles ruhig?

Der Polizist drückte sich nicht korrekt aus. Niemand benutzte in der Öffentlichkeit das Wort Lager. Es klang nach einer Zeit, die man vergessen wollte, obwohl die Zustände in den »vorübergehenden Ansiedlungen« denen in den Lagern von früher ähnlich waren. Diese Unterkünfte für Ausländer waren im ganzen Land mit einer direkten Notrufleitung zur Polizei ausgestattet. Vorbildlich in Europa – darüber hatte die Presse ausführlich berichtet. Schließlich hatte ganz Europa dies Ausländerproblem, aber nur die Deutschen hatten vorbildliche Regelungen gefunden, um ihre Gäste zu schützen. Gefährdet waren eigentlich wirklich nur die, die sich außerhalb der Unterkünfte aufhielten.

Die beiden Polizisten im Streifenwagen waren zwei von etwa vierzig in der Stadt mit dem großen Dom. Sie fuhren am Beginn ihrer Schicht zu der angegebenen Adresse, um den alten Mann zu beruhigen. Vor dessen Tür und in seinem Beisein lief ihnen der beschuldigte Nachbar über den Weg, so daß sie nicht umhin konnten, sich in seiner Wohnung umzusehen. Der junge Mann, ein Student, war auf dem Weg zum Kameradschaftstreffen des Stahlhelm-Kampfbundes. Er hatte es eilig und war ungehalten darüber, daß man ihn aufhielt. In seiner Wohnung fanden die Polizisten eine Panzerfaust, drei Handgranaten, eine einsatzbereite Maschinenpistole, Pistolen und umfangreiche Munitionsreserven. Der alte Mann von nebenan stand während der flüchtigen Durchsuchung triumphierend in der Wohnungstür. Es blieb den Polizisten nichts anderes übrig, als den Studenten mitzunehmen. Später soll er auch angeklagt worden sein. Sicher ist eigentlich nur, denn irgendwann verschwindet jede Akte, daß der Student im öffentlichen Leben noch eine größere Rolle spielen wird. Da ist der alte Mann allerdings schon tot, und die, die ihn erschlagen, bleiben unbekannt.

Liebe, gnädige Frau, Sie sehen wunderbar aus.

Der Bürgermeister führte Talbachs Hand in die Nähe seines Mundes.

Er hat den Charme des politischen Emporkömmlings, der weiß, daß ihn niemand liebt, der aber gleichzeitig weiß, daß er nicht ersetzbar ist, dachte sie.

Der Bürgermeister hatte kleine Augen, von denen man annahm, sie seien blau, bis man sie aus der Nähe sah und feststellte, daß ihre Farbe undifferenzierbar war. Seinen verkniffenen Mund machte auch das Dauerlächeln, das er sich verordnet hatte, nicht schöner.

Talbach lächelte zurück. Da sie sich nun schon bereit erklärt hatte, an dieser Veranstaltung teilzunehmen, hielt sie es nicht für angebracht, vor der versammelten Szene und den Fernsehkameras ihre Abneigung deutlich zu zeigen. Die Veranstaltung war, um möglichst viel Wahlvolk teilnehmen zu lassen und ausreichend Platz für die Kameras zu haben, in die Eingangshalle des Rathauses gelegt worden. Der Kreis derer, die ausdrücklich dazu eingeladen worden waren, war allerdings klein, und die Wirkung der Veranstaltung, das begriff sie jetzt, würde, wenn nicht eine geschickte Regie im Fernsehen und in der Sonntagspresse die ganze Sache zu einem besonderen Ereignis aufblasen sollte, gleich Null sein. Talbach, die neben dem Bürgermeister stand, sah auf das große Buffet, das offenbar für einen Massenansturm vorbereitet worden war.

Wir werden eine sehr gute Presse haben. Das Fernsehen bringt die Sache direkt und morgen noch einmal, sagte der Bürgermeister neben ihr.

Durch die schwere Eingangstür kamen vier schwarzgekleidete Männer. Sie gingen durch die Halle, ohne zu grüßen und ohne gegrüßt zu werden, und stellten sich auf der linken Seite am Fuß der steinernen Treppe auf. Sie standen so weit entfernt von dem überladenen Buffet, wie es ihnen möglich war. Es würde kein Bild in der Zeitung, keinen Fernsehbericht geben, der sie in der Nähe der Üppigkeit zeigte. Wie eine Stunde zuvor die Gruppe inmitten der schreienden Menge, so waren auch diese Männer isoliert; hier aber, in der Umgebung des Rathauses, zwischen Abgeordneten und einigen wenigen Künstlern und literarisch Interessierten, machten sie überhaupt keinen Versuch, diese Isolation zu durchbrechen. Im Gegenteil, ganz offensichtlich war ihnen daran gelegen, für sich zu bleiben.

Wenn ich nicht wüßte, was für ein scheußliches Programm sie haben, würde ich sie sexy finden, sagte eine Frau neben Talbach.

Sie wandte sich zur Seite. Die Stimme gehörte der Sprecherin der Ökologischen Partei, die vor dem Zusammenschluß aller Fraktionen zur Allparteien-Regierung Opposition gespielt hatte.

Die Frau des Bürgermeisters erschien im Eingangsportal. Sie kam immer ein wenig zu spät. Ihr Auftritt wurde inszeniert, um sie erst allein und dann an der Seite ihres Ehegatten wirken zu lassen. Alle Kameras waren plötzlich auf sie gerichtet. Eine blondgelockte, zu elegant gekleidete Reporterin stürzte mit einem Mikrofon in der Hand der Frau des Bürgermeisters entgegen. Als die beiden Frauen sich gegenüberstanden, hätte kein uninformierter Zuschauer sagen können, welche der Damen die Frau des Bürgermeisters und welche die Reporterin war, wenn das Mikrofon nicht einen deutlichen Hinweis gegeben hätte.

Meine Frau, sagte der Bürgermeister amüsiert lächelnd neben Talbach, immer kommt sie in der letzten Minute. Sie müssen sie entschuldigen, ich weiß nicht, was in diesem Köpfchen vor sich geht.

Nichts, vermutlich, antwortete Talbach beruhigend.

Sie sah den Bürgermeister an, um die Wirkung ihrer Worte festzustellen. Entweder hatte er sie nicht verstanden, oder irgend etwas lenkte ihn ab. Sie folgte seinem Blick. In der Mitte der Rathaus-Diele standen noch immer die beiden Frauen. Die Reporterin sprach, stellte eine Frage und wartete auf die Antwort. Die Frau des Bürgermeisters lächelte und dachte einen Augenblick über die richtige Antwort nach. Hinter ihr, ein wenig seitlich, stand ein Mann, der, deutlich sichtbar für die Kameras, ein Spruchband enthüllt hatte.

Kleid = 12.000,-	Make-up = 500,-
Schuhe = 2.000,-	Tasche = 7.800,-

Zusammen = 22.300,-
Vorwärts, vorwärts, Sieg, Sieg!

Die Reporterin tat, als sähe sie den Mann mit dem Spruchband nicht. Die Kameras surrten. In die Stille hinein klatschten die vier Männer in Schwarz von der Treppe herüber laut und nachdrücklich in die Hände. Die Kameras schwenkten hinüber zu den Klatschenden. Der Bürgermeister verschwand von Talbachs Seite und stürzte durch die Halle zu seiner Frau. Zwei Saaldiener und ein paar Sicherheitsbeamte fielen über den Mann mit dem Spruchband her. An der Stelle, an der die beiden Frauen gestanden hatten, entstand ein kleiner Tumult. Talbach sah die Dame der ehemals Ökologischen Opposition auf die Männer in Schwarz zulaufen. Sie ging zum Buffet, an dem zwei Kollegen standen.

Die Veranstaltung ist geschlossen, sagte sie. Der Bürgermeister läßt ausrichten, wir könnten das Essen einpacken. Holt einer von euch Verpackungsmaterial von den Kellnern?

Kaspar Schlee, intelligenter Satiriker, der schon seit Jahren keinen Verlag mehr gefunden hatte und dem, wie sie wußte, gerade sein Fernsehvertrag gekündigt worden war, weil die fünf Minuten, die er an jedem Freitagabend über Gott und die Welt herzog, den Fernsehzuschauern angeblich nicht mehr zuzumuten waren, ging zu einem der Kellner und kam gleich darauf mit drei großen Papiertüten zurück. Sie räumten so viel, wie in den Tüten Platz hatte, von der Tafel ab. Dann gingen sie gemeinsam, und ohne daß sie jemand daran gehindert hätte, hinaus. Auf dem Platz vor dem Rathaus verabschiedete sie sich von Kaspar Schlee und dem jungen Hartmann, von dem sie wußte, daß er einen Gedichtband veröffentlicht hatte, der allgemein als hochliterarisch galt.

Frank wird lachen, dachte sie, während sie den beiden Männern nachsah, die beschlossen hatten, noch ein Bier trinken zu gehen. Da er noch jedesmal vergessen hat, etwas zu essen einzukaufen, wenn er Leute einlädt, wird er sich über die Sachen freuen, die ich mitbringe. Und dann, ganz plötzlich, entschloß sie sich, ihm die Tüte gleich jetzt vorbeizubringen.

Zwei Polizeiautos rasten mit eingeschalteten Sirenen und Blaulicht an ihr vorüber und bremsten scharf vor dem Portal des Rathauses. Ein paar Neugierige liefen über den Rathausmarkt.

Wissen Sie, was da los ist?

Ein älteres Ehepaar, rot im Gesicht von der Anstrengung des Laufens, hielt schnaufend neben Talbach und sah sie fragend an.

Wenn Sie sich beeilen, bekommen Sie sicher noch etwas ab. Der Senat hat ein kostenloses kaltes Buffet aufbauen lassen. Es gibt ein wenig Gedränge.

Sie hatte den Satz noch nicht beendet, als die beiden sich schon in Bewegung setzten.

Ich hab dir ja gleich gesagt, daß wir früher losgehen sollten, hörte sie, während sie weiterging.

Die Angewohnheit ihrer Landsleute, denen es an nichts fehlte, sich besinnungslos ins Gewühl zu stürzen, wenn es etwas umsonst gab, verblüffte sie immer wieder.

Noch einmal rasten zwei Polizeiwagen an Talbach vorbei, und sie blieb stehen und sah ihnen nach. Die Rathaustür war inzwischen gesperrt worden. Davor sammelte sich eine Menschenmenge. Während sie sich umwandte, um weiterzugehen, fiel ihr Blick auf das Barlach-Denkmal an der Alsterschleuse.

Vierzigtausend Söhne der Stadt ließen ihr Leben für euch.

Ein Mann gedachte im Auftrag von Männern der Männer, die sie verloren hatten.

Talbach beschloß, ein Taxi zu nehmen, um zu Franks Wohnung zu fahren. Während sie einstieg, sah sie den kleinen

Mann, der das Transparent hinter der Frau des Bürgermeisters in die Kameras gehalten hatte, in das Taxi hinter ihr steigen. Er machte einen zufriedenen Eindruck.

Der Taxifahrer trug das Zeichen der Ethno-Zentristen an der Jacke. Sie verzichtete darauf, mit ihm zu sprechen. Es gab kaum noch Fahrer ohne das schwarz-rote Zeichen der neuen Bewegung an der Kleidung oder am Armaturenbrett. Taxifahrer mit diesem Zeichen waren besonders zuvorkommend gegenüber älteren Leuten und besonders brutal gegenüber Nichtdeutschen oder Betrunkenen. Die letzte Tat der Ökologischen Partei im Parlament war eine Anfrage wegen bekanntgewordener Ausschreitungen zweier Taxifahrer gegen eine Prostituierte gewesen, die sich in ein Frauenhaus hatte fahren lassen wollen. Wegen der politischen Krise, die dann zur Auflösung der Opposition in der Allparteien-Regierung geführt hatte, war die Anfrage nicht mehr beantwortet worden.

Die Straßen der Innenstadt waren leer, und sie fuhren etwa zehn Minuten, bis sie Franks Gegend erreicht hatten. Das Haus lag in einer stillen Seitenstraße in der Nähe eines großen Krankenhauses. Ein paar Besucher waren noch unterwegs, Blumensträuße in den Händen. Jetzt, am Ausgang des Sommers, hatten die Abende schon eine herbstliche Stimmung angenommen. Einzelne gelbe Kastanienblätter lagen auf dem Rasen vor dem Krankenhaus, und nur wenige Fenster waren geöffnet, obwohl die Luft nicht kalt war. Die Bäume in Franks Straße waren noch grün, aber sie sahen müde aus. Talbach stieg die Stufen zur Haustür empor und sah, oben angekommen, daß die Tür offen stand.

Frank bewohnte die mittlere Etage einer kleinen, altmodischen Villa. Sie kannte seine Nachbarn, ein Lehrerehepaar unter dem Dach und eine Universitätsangestellte mit ihrer Mutter im Hochparterre. Für die Mutter, eine alte Frau, die im Rollstuhl saß, war an der Außentreppe eine besondere Hebevorrichtung angebracht worden. Die Haustür hatte noch nie offengestanden. Talbach betrat den Hausflur und stieg die Treppe in den ersten Stock hinauf. Die teppichbelegten Stufen verschluckten das Geräusch ihrer Schritte. Vor Franks Wohnungstür hielt sie inne. Auch die Wohnungstür war nur angelehnt.

Wie merkwürdig, dachte sie, blieb einen Augenblick vor der Tür stehen und sah auf das dunkelgrün lackierte Holz, das glänzende Messingschild und den altmodischen Türgriff. Ich sollte klingeln, dachte sie belustigt über die Neugier, die sie plötzlich ergriffen hatte, und darüber, daß sie keine Lust hatte, sich bemerkbar zu machen. Sie stieß die Tür vorsichtig auf. Franks Wohnung war ihr sehr vertraut. Sie kannten sich seit mehr als zwanzig Jahren. Damals hatte Frank, Anfang Dreißig, Professor für neue deutsche Literatur, wissenschaftlicher Senkrechtstarter und begeisterter Leser von Talbachs Büchern, sie aufgesucht, um sie zur Mitarbeit in seinen Vorlesungen zu gewinnen.

Voller Schwung hatte er auf sie eingeredet.

Wir müssen den Deutschen endlich diesen lächerlichen Unterschied von U und E ausreden. Wollen wir?

Seit sie ihn kannte, hatte er in dieser Wohnung gewohnt. Zu Anfang ihrer Bekanntschaft waren sie auf eine leichte und unverbindliche Weise ineinander verliebt gewesen. Talbach hatte damals, sie erinnerte sich noch jetzt mit Vergnügen daran, eine Woche mit Frank nackt hinter zugezogenen Gardinen verbracht, eine Woche, in der sie beide alle Konventionen, zumindest, was den sexuellen Umgang zwischen Mann und Frau betraf, über den Haufen geworfen hatten. Die Woche hatte in einer großen Erschöpfung geendet. Nachdem sie sich von dem Anfall sexueller Raserei erholt hatten, war ihnen beiden klargeworden, daß sie alle sexuellen Gefühle, derer sie fähig waren, in dieser einen Woche verbraucht hatten, jedenfalls, was sie beide betraf. Sie waren darüber beide nicht unglücklich gewesen. Zurückgeblieben war eine ruhige Freundschaft zwischen Gleichen, eine Sache, die zwischen Mann und Frau unüblich war und die sie beide sehr zu schätzen wußten. Für Talbach war dazu eine große körperliche Vertrautheit zurückgeblieben, die sich auch auf alle Frank umgebenden Gegenstände und auf seine Wohnung bezog. Wenn sie erschöpft von einer Reise zurückkam, fand sie manchmal auf dem alten Ledersofa in seinem Arbeitszimmer den ersten Schlaf, und der angeschlagene Porzellanbecher, in dem er ihr im Sommer eisgekühlten und im Winter zu heißen Tee servierte, je nach Bedarf mit mehr oder weniger Rum gemischt, war inzwischen zu einem festen Bestandteil ihres Lebens geworden.

Vor ihr lag die Diele. Im Halbdunkel erkannte sie einen fremden Mantel an der Garderobe. Sie ging über die Diele auf das Arbeitszimmer zu. Die Tür stand halb offen. Während sie an dem Mantel an der Garderobe vorüberging, nahm sie einen unangenehm-süßlichen Parfümduft wahr. Plötzlich, und ohne daß sie zu sagen gewußt hätte weshalb, war ihr klar, was sie sehen würde, wenn sie an der Tür zum Arbeitszimmer stünde.

Sie ging weiter, blieb an der Tür stehen und schob sie auf.

Frank saß in einem roten Plüschsessel vor dem geöffneten Fenster. Leichter Wind hatte einen Teil des Vorhangs über die Rückenlehne des Sessels geweht. Im Ausschnitt des Fensters waren ein Stück dunkelroten Himmels und die schwarzen Umrisse entfernter Wohnblocks zu sehen. Frank war nackt bis auf ein Oberhemd, aus dessen zu weiten Manschetten seine großen, schönen Alt-Männer-Hände hervorkamen. Zwischen seinen Knien saß eine sehr üppige, nackte, ihr unbekannte Frau. Sie trug schwarze, halbhohe Knöpfstiefel. Neben ihrem breiten, weißen Hintern wirkten die geäderten Beine und Füße Franks und seine Hände, die ihre Taille umklammerten, obszön. In einer Geste vollkommener Verzweiflung hatte er seinen Kopf auf ihre Brüste gelegt. Er hielt die Augen geschlossen. Die Frau hatte Talbach ihr Profil zugewendet. Ihr Kopf wirkte merkwürdig klein im Vergleich zu dem fetten, nackten Rükken. Ihr Mund war zu einem gelangweilt-verächtlichen Ausdruck verzogen. Die beiden bewegten sich nicht, und sie sprachen nicht miteinander.

Er wird weinen, dachte sie, gleich wird er weinen.

Vorsichtig trat sie einen Schritt zurück, wandte sich um, ging durch den Flur und zog die Tür hinter sich zu. Die ganze Zeit über erwartete sie, ein ersticktes Schluchzen zu hören, aber sie hörte nichts.

Auf der Steintreppe vor dem Haus lag ein einzelnes gelbes Kastanienblatt. Es lag so gelb in der Dämmerung, als habe sich alles Licht des übriggebliebenen Tages in ihm versammelt. Die Bäume am Straßenrand reichten mit ihren Kronen bis an die Hauswände heran. Sie bildeten ein Dach über dem Fußweg und den Vorgärten, und wie durch eine Art Tunnel ging Talbach zurück. Am Ende des Tunnels sah sie die Scheinwerfer vorbeirasender Autos. Zum erstenmal dachte sie daran zu verreisen.

Zu Hause schaltete Talbach das Fernsehgerät ein, um sich anzusehen, was von dem Spektakel im Rathaus gesendet werden oder wie man sich wegen der seit Tagen angekündigten und nun ausfallenden Sendung aus der Affäre ziehen würde. Sie geriet in die Sendung »Stimmen zur Wahl«, die seit einigen Wochen eingerichtet worden war, um dem Volk eine von den Politikern befürchtete Wahlmüdigkeit auszureden. Umfragen in der letzten Zeit hatten zwar ergeben, daß die Wahlmüdigkeit einem neuen Interesse an Politik zu weichen schien, aber man war sich in Regierungskreisen nicht sicher, ob den Ergebnissen der Umfragen zu trauen sei: »Politik ohne Legitimation« war in den letzten Wochen zum Schrecken der Regierenden geworden, und für dementsprechend wichtig wurde die Sendung »Stimmen zur Wahl« gehalten.

Die lächelnde Ansagerin war gegen einen korrekt gekleideten, Vertrauen erweckenden Ansager ausgetauscht worden; in den Nachrichten wurde jedesmal auf die Sendung hingewiesen, und die Parteien schickten Leute, die sie für besonders werbewirksam hielten, vor die Kamera. Selbstverständlich war auch der Bewegung der Ethno-Zentristen die ihr aus Proporz-Gründen zustehende Sendezeit gewährt worden. Niemand hatte voraussehen können, auf welche Weise sie diese Zeit nutzen würde. Statt vorgefertigter Diskussionen zwischen Experten, Straßenbefragungen, langweiliger Politikerreden oder der Reden von Frauen, die die männlichen Politikformen nachäfften, erschien während der dreiminütigen Sendezeit der Ethno-Zentristen eine rote Schrift auf einem schwarzen Untergrund. Der kurze Text, der unbeweglich während der ganzen Zeit stehenblieb, wechselte nach jedem zweiten Mal, allerdings nur der zweite Satz, während der erste Satz gleichblieb.

Politiker-Werbefilme sind teuer.

Den größten Teil des Geldes für diese drei Minuten hat die Bewegung – (hier folgte die Angabe eines von den Anhängern der Bewegung für gemeinnützig gehaltenen Projekts) – gespendet.

Dazu erklang als Hintergrundmusik eine merkwürdige Mischung aus Elektronik und einfachster Melodik, die einem alten Volkslied nachempfunden war. Der Text, den Talbach sah, lautete:

> Politiker-Werbefilme sind teuer.
> Das Geld für diese drei Minuten hat die Bewegung einer Gruppe von Mädchen gespendet, die praktische Kleidung für ihr freiwilliges Pflichtjahr brauchen.

Während der Text in Hunderttausenden von Haushalten gelesen wurde – Demoskopen hatten eine ungewöhnlich schnell zunehmende Einschaltquote bei den Wahlwerbesendungen festgestellt, die von den Politikern der Allparteien-Koalition mit säuerlichem Lächeln begrüßt worden war –, ging Talbach in die Küche, um den Inhalt der Papiertüte im Kühlschrank zu verstauen. Sie trank ein Glas Wasser, Lust zu essen hatte sie nicht, und ging vor den Fernseher zurück, als die Musik aufhörte. Auf dem Bildschirm erschien der Sprecher und erklärte, daß man sich entschlossen habe, in Anbetracht des bevorstehenden Wahltages die Sendung zu verlängern. Mit beinahe verklärtem Blick verkündete er, daß der Bundespräsident dem Publikum ein paar bewegende Sätze zu sagen gedenke.

Der Präsident, weißhaarig und durchtrieben erschien er auf dem Bildschirm, hatte seit Beginn seiner Amtszeit die Rolle übernommen, dem allzu deutlich kapitalfreundlichen Politik- und Geschichtsverständnis der konservativen Regierung öffentlich zu widersprechen. Er hatte damit so großen Erfolg gehabt, daß auch anfänglich noch zögernde, eher liberale oder sogar linke Kritiker dem Scheinbild einer demokratisch verfaßten Gesellschaft aufgesessen waren. Die wirtschaftliche und politische Krise, die die Konservativen dazu veranlaßt hatte, der Bildung einer Allparteien-Regierung zuzustimmen, hatte ihn in seinem Amt nicht gefährdet. Im Gegenteil, jetzt war er in der Rolle als Mittler zwischen Regierung und Volk noch unabkömmlicher, verhinderten doch die wohlklingenden Wortblasen, mit denen er den hin und wieder aufflackernden Unmut über die Regierungspolitik in der Bevölkerung aufgriff und als berechtigt hervorhob, jeden Ansatz zur Gegenwehr.

Die Ethno-Zentristen schätzten den Präsidenten nicht; er hatte einen Grad von Popularität erreicht, der ihnen nicht lieb war, besonders, weil er es bisher vermieden hatte, sich in irgendeiner Form öffentlich zu ihrer Bewegung zu äußern.

Talbach nahm an, daß der Präsident sich in bezug auf die Ethno-Zentristen in einer Zwickmühle befand. Er hatte zu spät erkannt, daß ihre Bewegung politische Bedeutung erlangen würde. Er hatte sich zu lange als Demokrat gebärdet, um sich jetzt ohne großes Aufsehen auf ihre Seite schlagen zu können. Trotzdem traute sie ihm zu, daß er einen Weg finden würde, sich ihnen im entscheidenden Augenblick anzubiedern. Sie hätte seine öffentliche Kehrtwendung gern miterlebt. Sie, die mit Sprache wie mit einem Werkzeug umging, war seit längerem gespannt auf die rhetorischen Wendungen, die der Präsident benutzen würde, um seine veränderte Haltung vorsichtig anzukündigen. Aber sie wurde enttäuscht. Der Präsident sprach in der ihm eigenen salbadernden Art, die von den Medien »väterlich« genannt wurde, über das große Glück, in einem Land zur Wahl gehen zu dürfen, in dem niemand wegen einer schwierigen oder hoffnungslosen sozialen Lage gezwungen wäre, einer radikalen Partei seine Stimme zu geben. Sein Lächeln, das außer »väterlich« auch gern als »weise« bezeichnet wurde, war verkrampft, die gepflegten Hände, die er sonst in ihm eindrucksvoll scheinenden sparsamen Gesten vor der Kamera zu bewegen gewohnt war, lagen fest gefaltet vor ihm auf dem Tisch. Gegen Ende seiner Darbietung versuchte er, so wie das Volk es von ihm gewohnt war, ein Grundsatzproblem aufzugreifen.

Erstaunt stellte Talbach fest, daß er dabei einen unglaublichen Fehler machte. Er sprach über die Angst, die nach Ansicht einer in den letzten Wochen häufig zitierten Studie zum Grundgefühl der Bevölkerung geworden sein sollte, und machte sich daran, die Ergebnisse der Studie in einer blutleeren, abstrakten Sprache zu widerlegen. Er pries die Klugheit breiter Bevölkerungskreise, die Anonymität der postmodernen Gesellschaft zu durchbrechen und sich in Selbsthilfegruppen zu organisieren, obwohl neueste Umfragen ergeben hatten, daß der Zulauf zu Selbsthilfegruppen, die noch vor zwei oder drei Jahren von immer größeren Bevölkerungsschichten als Allheilmittel angesehen worden waren, ständig geringer werde. Die einzigen Selbsthilfegruppen, deren Mitgliederzahl ständig wuchs, waren die Bürgerwehren. Da sie, jedenfalls offiziell, nicht mit staatlichen Geldern rechnen konnten, hatten sich allerlei Gerüchte um ihre Finanzierung entwickelt, deren wahrscheinlichstes besagte, sie lebten von einer freiwilligen Besserverdienenden-Abgabe. Der Präsident beschwor ein Bild des mündigen Bürgers, das so weit entfernt von der Wirklichkeit war, daß es selbst der Dümmste merken mußte, obwohl, dachte Talbach, die Dümmsten sicher schon längst abgeschaltet haben.

Er log so unverschämt, daß Talbach überlegte, ob er vielleicht heimlich einen Vorstoß in Richtung der Ethno-Zentristen unternommen haben und zurückgewiesen worden sein könnte. Der Präsident bot ein Bild des Jammers, und er sah aus, als wisse er es.

Der Sprecher erschien, entschuldigte sich für die Verspätung und kündigte eine Sendung aus dem Rathaus an. Der übliche, Wasser und Sand und Schiffe und Hafen bejubelnde Vorspann lief ab; darauf fuhr eine Kamera durch die Rathaustür in die Diele. Talbach sah kleine Gruppen von Abgeordneten. Sie sah, wie der Bürgermeister ihre Hand an seine Lippen führte. Dann schwenkte die Kamera hinüber zum Buffet. Ausführlich, beinahe liebevoll wurden die Speisen den Zuschauern präsentiert, bevor die Kamera einem livrierten Rathausdiener folgte, der ein Tablett mit gefüllten Sektgläsern in den Händen hielt. Der Mann durchquerte die Rathausdiele, ging direkt auf die Gruppe der Schwarzgekleideten zu und bot ihnen etwas zu trinken an. Mit einer Miene, aus der nichts als Verachtung sprach, lehnten die Männer ab. Die Kamera verließ den Rathausdiener, schwenkte durch den Raum, streifte wie absichtslos die Eingangstür und hatte die Frau des Bürgermeisters im Bild. Nur jemand, der während der ganzen Szene im Rathaus dabeigewesen war, konnte erkennen, wie raffiniert der Film geschnitten worden war. Die Frau des Bürgermeisters wirkte zwischen den korrekt gekleideten Abgeordneten wie ein Paradiesvogel. Die Reporterin, die auf sie zueilte, war nur von hinten im Bild. Jetzt blieb der Paradiesvogel stehen, um lächelnd in das ihm vorgehaltene Mikrofon zu zwitschern. Die Kamera fuhr zurück, der kleine Mann erschien im Bild. Offensichtlich wußte der Kameramann, was gleich geschehen würde. Der Kleine zog jetzt das Transparent unter seiner Jacke hervor, entrollte es und ging zwei Schritte näher an die Frau des Bürgermeisters heran. Für die Zuschauer deutlich sichtbar war die Aufschrift zu lesen. Dann brach der Film ab, eine Sprecherin erschien und kündigte an, der Bürgermeister werde zu dem Skandal im Rathaus sprechen.

Wer hat ein Interesse daran, daß so ein Film gesendet wird, dachte Talbach. Eine bessere Werbung für die Ethno-Zentristen ist doch kaum denkbar. Ist es möglich, daß der Bürgermeister gar nicht weiß, was da eben über den Bildschirm gelaufen ist?

Das Telefon klingelte. Sie ging ins Nebenzimmer und nahm den Hörer ab. Es meldete sich nicht Frank, wie sie gedacht hatte, sondern eine weibliche Stimme, die ihr bekannt vorkam, die sie aber nicht einordnen konnte.

Du solltest dir genau überlegen, was du tust. Du bist auf der falschen Seite, aber du kannst deinen Fehler jederzeit korrigieren, sagte die Stimme.

Als Talbach nicht antwortete, blieb es einen Augenblick still, dann wurde das Gespräch unterbrochen. Sie ging zurück und schaltete das Fernsehgerät aus. Plötzlich hatte sie keine Lust mehr, dem vergeblichen Versuch des Bürgermeisters zuzusehen, die verpatzte Veranstaltung doch noch zugunsten der Allparteien-Koalition zu nutzen.

War es wirklich möglich, daß die Bewegung die Wahlen gewänne? Bisher hatte sie diesen Gedanken immer noch für theoretisch gehalten. Jetzt wurde ihr klar, daß sie sich vorgemacht hatte, nach dem Grundsatz »Wehret den Anfängen« gehandelt zu haben, obwohl von Anfängen wahrscheinlich nicht mehr die Rede sein konnte. Es schien ihr, als habe sie an ihrem Schreibtisch gesessen und Märchen erzählt, während um sie herum die Häuser angezündet wurden.

Du übertreibst, dachte sie, keiner deiner Freunde hat davon

gesprochen, daß die Stadt brennt. Sie würden es gemerkt haben. Dann fiel ihr Karen Müller ein; eine Kollegin, die Kinderbücher schrieb, und die vor ein paar Monaten nach Schottland ausgewandert war. Talbach hatte die Abschiedsparty besucht, obwohl ihr die ganze Sache lächerlich vorgekommen war. Es hatte an diesem Abend unter den Anwesenden eine heiße Diskussion darüber gegeben, ob Auswandern überhaupt noch möglich sei. Europa vereint, der Osten als Dritte Welt indiskutabel, die USA für Einwanderer gesperrt, ebenso Australien.

Wer geht mit mir nach Afrika, hatte ein völlig betrunkener Grafiker geschrien, kein Großwild, kein Papa Hemingway, aber viel Aids!

Wenigstens wirst du solche Dummköpfe in Zukunft nicht mehr ertragen müssen, hatte sie beim Abschied zu Karen gesagt.

Er hat schöne Illustrationen gemacht, sagte Karen, und die Männer sind überall gleich.

Da wäre der richtige Moment gewesen, sie nach den Gründen zu fragen, die sie weggehen ließen. Sie hatte es nicht getan. Sie war gegangen und hatte sich zu Hause an ihren Schreibtisch gesetzt, um die Seiten vom Vormittag noch einmal durchzusehen. Es waren die letzten Seiten eines Romans, der inzwischen erschienen und dessen erste Auflage bereits vergriffen war. Sie sah auf den Buchrücken im Regal. Plötzlich kam ihr der Verdacht, sie habe sich mit dem Roman lächerlich gemacht, und das Gefühl der Scham war so stark, daß sie die Röte fühlte, die ihr ins Gesicht stieg.

Wie konnte ich schreiben, dachte sie, ohne zu begreifen, was draußen vor sich geht. In unzähligen Interviews habe ich behauptet, daß mein Thema die Wirklichkeit ist. Welche Wirklichkeit denn?

Talbach ging zum Regal, nahm das Buch heraus und schlug die letzte Seite auf. Bevor sie zu lesen begann, klingelte das Telefon erneut. Sie steckte das Buch zurück, froh über die Unterbrechung, und nahm den Hörer auf. Es war Kaspar Schlee.

Wir haben beschlossen, daß du mitmachen sollst, sagte er. Seine Stimme klang, als hätte er zuviel getrunken. Als sie nicht sofort antwortete, sprach er weiter.

Ich weiß, du denkst, ich hab zuviel Bier intus. Kann sein, aber mein Kopf ist klar. Ich will am Telefon nichts sagen. Wir sind im Gelben Engel.

Wer, wir?

Na, Hartmann, meine Frau, so 'ne Tussi vom Fernsehen und ich. Beeil dich, wir warten.

Er legte den Hörer auf, bevor sie antworten konnte.

Mitmachen, dachte sie, wobei mitmachen? Kann es sein, daß Kollegen, während ich am Schreibtisch saß und die Wirklichkeit erfand, etwas getan haben?

An den Sitzungen des Schriftsteller-Verbandes nahm sie schon lange nicht mehr teil. Das letzte Treffen hatte sie empört verlassen. Niemand hatte ein Wort über die politische Situation verloren. Es waren sehr viele Kollegen dagewesen. Sie hatte angenommen, sie wären gekommen, um einen Vorfall zu diskutieren, der ein paar Tage zuvor durch die Presse gegangen war. Angeblich Unbekannte hatten das Haus eines Malers und Schriftstellers verwüstet, der bei Berlin lebte und von dem man wußte, daß er sozialistischen Ideen anhing. Der alte Mann war zwei Tage später gestorben. Fotos, die sein zerschlagenes Atelier zeigten, waren in allen Zeitungen erschienen. Nicht sosehr die Fotos, obwohl sie von einer gezielten Brutalität zeugten, vielmehr die Aufschrift auf einer Wand des Ateliers hatte Talbach beunruhigt. KEIN AUSCHWITZ, KEIN SOZIALISMUS, DU

TROTTEL war mit triefender Farbe an die Wand geschmiert worden.

Die Ethno-Zentristen hatten ein besonderes Verhältnis zur deutschen Geschichte. Es gehörte zur wohlüberlegten Strategie ihrer Führer, die Verbrechen der Nazis nicht zu leugnen, sondern sich von ihnen zu distanzieren. Im gleichen Atemzug erklärten sie den gescheiterten sozialistischen Versuch zum größten Unglück, das über das deutsche Volk gekommen war. EIN UNGLÜCK ÜBERWINDET MAN DADURCH, DASS MAN ES VERGISST war eine ihrer beliebten Parolen. Es hieß, daß das für den Fall eines Wahlsiegs vorbereitete Regierungsprogramm der Ethno-Zentristen konkrete Anweisungen enthalte, wie die Zeit des Faschismus und die Zeit des sozialistischen Experiments aus der deutschen Geschichte zu tilgen sei. Die primitive Inschrift auf dem Foto schien Talbach ein Hinweis darauf zu sein, daß die von manchen vermutete heimliche Verbindung der Ethno-Zentristen mit den Schlägertrupps der Rechtsradikalen wirklich vorhanden war.

Sie hatte die Bilder des zerschlagenen Ateliers vor Augen gehabt, als sie den Raum betrat, in dem die Verbandssitzung stattfand. Aber es gab nur den Vortrag eines Geklonten, der eingeladen worden war, um über die Möglichkeiten zu sprechen, die die Filmindustrie den verehrten Autorinnen und Autoren bot. Talbach war gezwungen, die hoffnungsvoll-gläubigen Augen der Kollegen zu betrachten, die während des Vortrags an den Lippen des Geklonten hingen. Als sie begriff, daß jedenfalls in dieser Versammlung niemand über die Umstände sprechen würde, die zum Tod des Kollegen geführt hatten, war sie gegangen. Sie hatte keine Lust gehabt, dem Gedränge um den Fleischtopf zuzusehen, den der Geklonte den Anwesenden gegen Ende seiner Rede hinhalten würde.

Hatten Kaspar Schlee und die anderen heimliche Treffen veranstaltet, heimlich über Manifesten zur Rettung der Kultur gebrütet, heimliche Überzeugungsarbeit geleistet? Weshalb kamen sie dann erst jetzt zu ihr? Weil sie wußten, daß es nicht nötig war, sie zu überzeugen? Aber hätte sie nicht von Anfang an dabei sein sollen? Ging die Konkurrenz untereinander so weit, daß man sie, die Erfolgreiche, von gemeinsamen politischen Aktionen ausschloß? Aber jetzt hatte Schlee sie angerufen. Entschlossen zog sie das Jackett an, fühlte nach der Geldbörse in der Jackentasche und verließ die Wohnung. Es war dunkel geworden. Sie überlegte einen Augenblick und beschloß, zu Fuß in den Gelben Engel zu gehen. Sie würde eine halbe Stunde brauchen, während der sie sich überlegen wollte, wie weit sie sich auf die Aktivitäten der Kollegen einlassen sollte. Sie schlug die Richtung zur Innenstadt ein. Niemand war auf der Straße zu sehen. Sie hörte nur ihre eigenen Schritte und weit entfernt den gleichmäßigen Lärm der Stadt. Dort, über der Innenstadt, war der Himmel rot. Ein paar Hochhaus-Silhouetten zeichneten sich schwarz dagegen ab. Obwohl der Lärm nichts weiter versprach als fahrende Autos und das Rot des Himmels nichts anderes sein konnte als der Widerschein von Leuchtreklamen, die für unnütze Dinge warben, schien ihr die Innenstadt plötzlich ein erstrebenswertes, herbeigesehntes Ziel zu sein. Sie wünschte sich, sie hätte den dunklen Teil des Weges schon hinter sich und wäre aufgenommen in den Lärm und das künstliche Licht, wäre nicht mehr allein. Sie ging schneller, und gleich darauf begriff sie, daß sie das Licht nicht mehr erreichen würde.

Vom Ende der Straße her kamen Männer, die sich schnell und lautlos auf sie zubewegten. Es waren drei, und als sie sich umsah, sah sie zwei weitere, die ebenso lautlos und schnell von hinten auf sie zukamen. Sie blieb stehen, verfluchte ihren Leichtsinn, als sie feststellte, daß sie ohne die Spraydose ausgegangen war, und hoffte noch, daß sie sich täuschte. Ohne etwas zu sagen, blieben die Männer stehen und bildeten einen Kreis um sie. Der Kreis war weit, und als sie versuchte weiterzugehen, schlossen sie ihn ein wenig enger und begannen, Talbach zwischen sich hin und her zu stoßen.

Es hat keinen Sinn zu schreien. Es ist eine überflüssige Kraftanstrengung. Locker bleiben, du mußt dein Gesicht verdecken.

Sie nahm den rechten Arm vor das Gesicht, nahm ihn aber wieder herunter, als ihr einfiel, daß sie sich die Gesichter der Männer einprägen sollte. Es waren junge Männer. Sie hatten Schals vor ihre Gesichter gezogen und waren nicht zu erkennen. Dann tauchte am Ende der Straße eine Gestalt auf. Sie begann mit aller Kraft zu schreien. Es schien die Männer nicht zu stören, daß sie schrie. Ihre Stöße wurden härter, sie flog zwischen ihnen hin und her, und sie schrie und schrie, und dann trat einer der Männer zur Seite, und sie wurde durch die Lücke im Kreis auf das Straßenpflaster gestoßen und schlug hart auf. Sie hörte kaum, wie die Männer wegliefen. Sie schrie nicht mehr.

Dann kniete jemand neben ihr, und sie spürte den Schmerz in der rechten Schulter.

Sind Sie verletzt? Hat man Ihnen etwas weggenommen?

Die besorgte Stimme eines Mannes. Talbach blieb liegen und wartete darauf, daß das Dröhnen in ihrem Kopf nachließe. Nach einer Weile sagte sie leise: Helfen Sie mir, bitte, und streckte den linken Arm in die Höhe. Der Mann faßte ihre Hand und zog sie behutsam in die Höhe. Er war sehr viel größer als sie. Als sie sich ihm zuwandte und einen Schritt zurücktrat, sah sie gegen seine Brust auf ein schwarzes Hemd und auf eine schwarze Krawatte. Sie hob den Kopf. Das Gesicht darüber kannte sie nicht.

Alles in Ordnung? fragte der Mann.

Der Ausdruck seiner Stimme war mitfühlend. Er stand im Licht der Straßenlaterne. Seine Augen und das Lächeln um seine Lippen waren freundlich und besorgt zugleich.

Ich glaube schon.

Sie war sicher, daß der Mann nicht zufällig aufgetaucht war. Er würde mit ihr reden wollen. Sie wartete. Aber der Mann sagte nichts. Sie standen sich schweigend gegenüber.

Schließlich sagte er: Haben Sie es weit? Ich habe nicht viel Zeit. Aber wenn Sie in der Nähe wohnen, könnte ich Sie nach Hause begleiten.

Danke, sagte sie. Ich glaube, es geht wieder. Danke.

Sie wandte sich um und schlug den Weg zurück in ihre Wohnung ein. Der Mann überholte sie nicht. Nach hundert Metern, als er noch immer nicht an ihr vorübergegangen war, blieb sie stehen und sah sich um. Unter der Laterne, in der Nähe der Stelle, an der sie zu Boden gestoßen worden war, standen Männer. Es waren sechs, und sie standen dort und sahen ihr nach.

Sie ging mühsam weiter. Sie hatte Schmerzen in der rechten Schulter und in der rechten Hüfte, sie fror, obwohl der Abend warm war, und sie spürte, wie ihre Hände und Knie zu zittern begannen.

Schock, dachte sie, ich habe einen Schock.

Sie hatte das Bedürfnis, sich auf den Boden zu setzen und zu weinen. Sie ging noch langsamer und erreichte mit Mühe die Haustür. Eine junge Frau, die, wie sie annahm, hier wohnte, stand vor der Tür und suchte in ihrer Tasche. Talbach lehnte sich an die Wand, holte den Schlüssel hervor und streckte ihn der Frau hin.

Hier, sagte sie, nehmen Sie meinen.

Mein Gott, ist Ihnen nicht gut? fragte die Frau.

Talbach schüttelte den Kopf, wartete, bis die Frau die Tür aufgeschlossen hatte, nahm den Schlüssel an sich und begann, die Treppe emporzusteigen. Sie spürte die Augen der Frau in ihrem Rücken und drehte sich noch einmal um.

Wohnung dreißig, sagte sie. Talbach. Wenn Sie Zeit haben, sehen Sie morgen früh mal nach, wie ich die Nacht überstanden habe. Ich möchte mich jetzt hinlegen.

Soll ich nicht lieber jetzt mitkommen?

Eigentlich hat sie recht, dachte Talbach, sie weiß ja nicht, daß ich jetzt niemanden ertragen kann.

Danke, lieber morgen, sagte sie, mühsam lächelnd. Ihre Hand zitterte so, daß sie daneben griff, als sie sich am Treppengeländer festhalten wollte. Für die zwei Treppen bis hinauf in ihre Wohnung brauchte sie zehn Minuten. Sie hielt mit der linken Hand die rechte, um den Schlüssel ins Schloß stecken zu können. Als sie es endlich geschafft hatte, schloß sie auf, betrat ihre Wohnung, schloß die Tür hinter sich und lehnte sich mit dem Rücken dagegen. Ihre Knie gaben nach. Langsam rutschte sie an der Tür hinunter auf den Fußboden. Sie spürte, daß sie ihre Tränen nicht mehr zurückhalten konnte. Es gab auch keinen Grund dafür. Scham und Wut und Schmerz, ein heulender Haufen aus Scham und Wut und Schmerz, so lag sie hinter der Tür.

Ein paarmal klingelte das Telefon, aber sie stand nicht auf. Sehr viel später kroch sie durch die Wohnung und zog den Stecker heraus. Langsam und unter Schmerzen, immer wieder von Weinkrämpfen geschüttelt, ging sie ins Bad. Sie hatte Angst, das Licht anzumachen, aber schließlich überwand sie sich. In dem großen Spiegel sah sie eine schmale, alte Frau. Ihr

Gesicht war fahl unter der braunen Haut, die Augen waren rot gerändert, und dicke grauschwarze Haare standen ihr wirr um den Kopf. Die Frau trug ein braunes Jackett, auf dessen rechter Schulter ein rosa Schulterpolster aus dem Stoff heraushing. Die Frau stand da und sah sie an, und es dauerte lange, bis ihr bewußt wurde, daß diese Frau etwas mit ihr zu tun hatte. Merkwürdigerweise fühlte sie sich dann nicht mehr allein. Sie ließ sich ein Bad ein, stopfte, während das Wasser lief, die zerrissenen Sachen in einen Müllbeutel, den sie vor die Wohnungstür stellte, und schloß die Wohnungstür von innen ab. Vor dem Spiegel untersuchte sie die schmerzende Schulter und dann das Knie, aber die Haut darüber war heil geblieben.

Es ist besser, ich fahre eine Weile weg, dachte sie, während sie im warmen Wasser lag und langsam in einen einigermaßen normalen Zustand zurückfand.

Sie hatte seit vielen Jahren ein Haus auf Mallorca, in das sie sich hin und wieder zum Schreiben zurückzog. Ein paar Jahre lang hatte sie dort regelmäßig den Winter und das Frühjahr verbracht. Damals hatte sie geglaubt, sie könne durch Sonnenbräune sich und andere darüber hinwegtäuschen, daß sie alt wurde. In den vergangenen zwei Jahren war sie nicht dort gewesen. Die Altersfrage war geklärt, und ein Leben dort hatte sich einfach nicht ergeben. Jetzt stellte sie sich vor, wie sie auf der Terrasse über dem Meer sitzen, den Fischern zuschauen und arbeiten würde. Es gab ein paar Mappen mit Kurzgeschichten, die durchgesehen und zu einem Band zusammengestellt werden mußten. Es gab einen alten, orangefarbenen Ordner, der seit zwanzig Jahren die Gedichte aufnahm, die sie hin und wieder schrieb und über deren Qualität sie sich endlich einmal Klarheit verschaffen würde. Sie hatte auch einen neuen Roman im Kopf, für den sie in den letzten Monaten nicht genug Konzentration aufgebracht hatte und den sie endlich beginnen würde.

Natürlich ist es Flucht, was ich vorhabe, dachte sie. Ich will mir nichts vormachen. Ich muß mich eben entscheiden. Bleibe ich hier, werde ich in die politischen Auseinandersetzungen verwickelt, die in der nächsten Zeit das Leben hier bestimmen werden. Und zwar unabhängig davon, wer morgen die Wahl gewinnt. Ich werde nicht arbeiten, sondern werde mich statt dessen in endlosen Sitzungen um Aufrufe und öffentliche Auftritte streiten, deren Wirkung fragwürdig ist. Ich werde mit Depressionen auf die Tatsache reagieren, daß ich nicht dazu komme zu arbeiten. Wenn ich wegfahre, werde ich arbeiten und so mein seelisches Gleichgewicht bewahren.

Und Angst? Habe ich Angst? Laufe ich weg, weil ich Angst habe?

Sie sah auf ihren bräunlichen Körper im Wasser. Vom Wasser geglätteten Inseln gleich schwammen ihre Brüste auf der Wasseroberfläche. Plötzlich kam sie sich dünn und zerbrechlich vor, und eine sentimentale Regung erfaßte sie.

Nein, dachte sie, Angst habe ich nicht. Aber ich möchte gern heil bleiben. In meinem Alter ist es wichtig, auf die Gesundheit zu achten.

Sie setzte sich auf und umfaßte mit den Händen ihre Knie. Im Spiegel an der gegenüberliegenden Wand sah sie sich im Wasser sitzen. Diesmal war sie sich nicht fremd. Sie brachte ein spöttisches Lächeln zustande, stieg langsam und vorsichtig aus der Wanne und begann, behindert durch die schmerzende Schulter, sich abzutrocknen. Sie hätte gern gewußt, ob es ein Zufall gewesen war, daß die Männer sie auf der Straße getroffen hatten. Sie hätte es gern geglaubt. Und sie weigerte sich anzunehmen, daß Schlee sie angerufen hatte, um sie aus dem Haus zu locken.

Ihr Verhältnis zu Kaspar Schlee war nicht freundschaftlich, aber er war ihr bisher als einer der angenehmeren Kollegen erschienen. Sie hatten, wenn sie sich trafen, immer ein paar freundliche Worte miteinander gewechselt, und sie war jedesmal wieder erstaunt gewesen, wie wenig er durch die große Popularität, die ihm seine Fernsehsendung eine Zeitlang eingebracht hatte, verändert schien. Das war nicht selbstverständlich. Es gab kaum einen Kollegen – das Problem betraf die Frauen nicht, denn sie wurden durch eine perfekt funktionierende männliche Kameraderie fast vollkommen von den gut bezahlten Fernsehaufträgen ferngehalten –, der nicht sofort begann, sein Verhalten zu ändern, wenn er in die Nähe eines Geklonten kam. Ergab sich aus dieser Nähe irgendwann ein Auftrag oder sogar, wie eine Zeitlang bei Schlee, ein einträglicher Job, waren die Männer für die gewöhnlichen Sterblichen verloren. Merkwürdig unpassende Kleidungsstücke waren plötzlich an ihnen zu sehen. Alte Männer liefen in schwarzen Lederjakken herum, die einem Hells Angel jede Ehre gemacht hätten. Schals gehörten zur unverzichtbaren Ausrüstung.

Äußerlichkeiten nahmen in gleichem Maß zu wie der Inhalt ihrer Texte ab. Von diesen und anderen Merkwürdigkeiten, wozu im übrigen auch noch eine zunehmend laute Stimme und eine immer manierierter werdende Sprache gehörten, war Schlee verschont geblieben. Er war ihr sympathisch. Aber plötzlich sah sie ihn am Buffet in der Rathausdiele stehen. Die Kamera hatte das Buffet genüßlich abgefahren, Schlee war in dem gesendeten Film nicht zu sehen gewesen.

Talbach zwang sich, nicht weiter an Schlee zu denken. Es hatte keinen Sinn, darüber nachzugrübeln, was andere taten.

Sie mußte sich darüber klar werden, was sie selbst tun wollte. Erst einmal schlafen, dachte sie, ich muß jetzt unbedingt schlafen.

Da sie unter dem Dach wohnte und ihre Fenster kein Gegenüber hatten, gab es in ihrer Wohnung keine Vorhänge. Es war ihr recht, im Sommer und im Winter vom Sonnenaufgang geweckt zu werden. Obwohl es ihr ein wenig lächerlich vorkam, hatte sie so das Gefühl, Teil eines größeren Ganzen zu sein; ein Gefühl, das ihr Ruhe gab. Jetzt, während sie mühsam, wegen des schmerzenden Knies, ins Bett kletterte, hätte sie zum erstenmal gern Vorhänge vor den Fenstern gehabt, ihre Wohnung zur Höhle gemacht. Sie war wie ein Tier, das sich in seine Höhle verkroch, als könnte der Tod es dort nicht finden.

Er stand neben dem Schreibpult, eine schwarze Schärpe durch den rechten Winkel seines Armknochens gezogen, die rechte Hand auf dem Griff der Sense. Die Schärpe fiel in einem eleganten Bogen hinter seinem Schädel vorbei, blieb in einer kleinen Faltenanhäufung neben dem aufgestützten linken Armknochen auf dem Schreibpult liegen und führte von da hinter dem Oberschenkelknochen entlang, um in einem losen Faltenwurf knapp über der Sense zu enden. Trotz ihres eleganten Bogens nahm die Schärpe dem Knochenmann die ruhige, graziöse Haltung. Immer noch waren die Fußknochen zierlich übereinandergestellt, immer noch bog sich die Wirbelsäule in makellosem Bogen zum Schädel hin. Gleichzeitig aber hatte die ganze Gestalt etwas Unruhiges, Wildes angenommen, so, als sei sie von einem lautlosen, starken Wind neben das Schreibpult getrieben worden und lege nun eine notwendige Rast ein. Der Tod war ein wenig näher gekommen, aber er war noch immer ohne Zeit.

Talbach war so erschöpft, daß sie nicht bei Sonnenaufgang erwachte, sondern erst, als die Sonne schon so hoch stand, daß sie auf die Bettdecke schien. Sie wurde wach, weil ihr warm war. Sie fühlte sich angestrengt, so, als hätte sie lange geweint, und dann fiel ihr ein, was am vergangenen Abend geschehen war, und sie blieb bewegungslos liegen. Jetzt, am Tage, kam ihr das Ganze noch unwirklicher vor als in der vergangenen Nacht. Aber die immer noch schmerzende Schulter hielt sie davon ab, das Geschehene für einen Traum zu halten. Ihr fiel ein, daß sie ernsthaft daran gedacht hatte, das Land zu verlassen. Jetzt, bei Tag, kam ihr der Gedanke nicht mehr so zwingend vor. Gleichzeitig schien ihr, daß sie, wenn sie für ein paar Monate nach Mallorca ginge, nicht wirklich auswandern, nicht wirklich weglaufen würde. Schließlich gab es innerhalb Europas keine Grenzen mehr. Sie würde den deutschen Herbst und Winter mit einem milderen, sonnigeren Klima vertauschen. Sie würde einfach in Ruhe arbeiten und im Frühjahr überlegen, ob sie im Süden bleiben oder zurückgehen sollte. Das Haus war groß genug, um Freunde aufzunehmen. Sie würde Frank einladen, von dem sie annahm, daß er gern käme.

Auch ein leises Gefühl der Scham meldete sich wieder, Scham darüber, wie hilflos sie gewesen war, und sie überlegte, ob das Gefühl sich verstärken oder verschwinden würde, wenn sie am Abend bei Frank über den Vorfall sprach.

Ich werde es davon abhängig machen, wer da ist, dachte sie. Oder vielleicht nehme ich Frank zur Seite und erzähle nur ihm davon.

In Gedanken saß sie mit Frank beim Frühstück auf der Terrasse über dem Meer, als es an der Wohnungstür klingelte. Vor der Tür stand die junge Frau, die sie am Abend zuvor im Treppenhaus getroffen und die sie gebeten hatte, am Morgen nach ihr zu sehen, weil es ihr so am einfachsten erschienen war, sie loszuwerden. Die Frau sah, daß Talbach gerade aus dem Bett kam.

Es tut mir leid, daß ich schon so früh erscheine. Aber ich bin den ganzen Tag nicht zu Hause und wollte nur schnell mal nach Ihnen sehen, bevor ich gehe. Geht es Ihnen besser? Ich könnte schnell Kaffee kochen.

Wenn Sie Zeit genug haben, den Kaffee mit mir gemeinsam zu trinken, dann gern, antwortete Talbach.

Die Frau nickte und ging an ihr vorbei in die Küche, während Talbach ins Bad humpelte. Das rechte Knie war geschwollen und machte sich beim Gehen bemerkbar, und die schmerzende Schulter behinderte sie beim Anziehen. Als sie fertig war, ging sie in die Küche, blieb in der Tür stehen und sah der jungen Frau zu. Der Küchentisch war für zwei Personen gedeckt.

Ich laufe schnell in meine Wohnung und hole etwas Brot, sagte sie und war schon verschwunden. Es dauerte ziemlich lang, bis sie zurückkam. Dann saßen sie sich am Küchentisch gegenüber.

Es geht Ihnen besser, ja?

Talbach nickte, ohne ihre Augen vom Gesicht der Frau abzuwenden. Die Gesichter junger Menschen faszinierten sie selten. Es gab schöne und häßliche, stumpfe und lebendige, aber selten eines, in dem sich ein besonderes Leben ausdrückte. Die Frau, die ihr gegenübersaß, war so vollkommen in Übereinstimmung mit sich selbst und der Welt, daß Talbach verblüfft war. Es ging etwas Selbstverständliches von ihr aus, man konnte es nicht anders nennen. Ihre Bewegungen waren gerade und zweckmäßig, aber nicht eckig, ihr Gesicht war offen und freundlich, aber nicht dumm, ihr Haare waren kurz und praktisch, aber nicht jungenhaft geschnitten, dunkelblond, eine absolut durchschnittliche Haarfarbe, aber seidig glänzend.

Was tun Sie? fragte Talbach, ich meine, welche Arbeit machen Sie?

Es sind doch Wahlen, sagte die Frau. Anscheinend hatte sie Talbachs Frage mißverstanden. Ich hab mich freiwillig als Wahlhelferin gemeldet.

Als sie Talbachs Erstaunen sah, erschien ein kleines Lächeln in ihrem Gesicht, ein Lächeln, das nicht zu ihr zu passen schien.

Ich hab Sie gestern abend im Fernsehen gesehen, sagte die Frau. Sie kommen mir so vor, als ob Sie glauben, daß heute alles mit rechten Dingen zugehen wird. Na schön, Ihnen kann's ja auch egal sein. Aber uns – sie hielt einen Augenblick inne und sagte dann –, aber mir ist es nicht egal. Deshalb geh ich da hin. Ich paß auf, daß nicht manipuliert wird.

Plötzlich, sie wußte nicht, weshalb, hatte Talbach die Stimme des Mannes im Ohr, der ihr am Abend zuvor geholfen hatte. Alles in Ordnung? hörte sie ihn sagen, und sie sah das freundliche Lächeln in seinem Gesicht.

Da Sie mich schon kennen, verzeihen Sie, bitte, ich wüßte natürlich gern Ihren Namen, sagte Talbach.

Ich bin Tina, antwortete die junge Frau, während sie aufstand. Ich muß jetzt unbedingt los. Ich laß Ihnen das Brot hier. Ich kann es doch nicht gebrauchen. Danke für den Kaffee. Und alles Gute.

Sie verließ die Küche, ohne Talbachs Antwort abzuwarten.

Tina wer? dachte Talbach, während sie die Wohnungstür ins Schloß fallen hörte und schnelle Schritte die Treppe hinunterliefen, bis sie nicht mehr zu hören waren.

Das Telefon klingelte sofort, nachdem sie es wieder in Gang gesetzt hatte.

Was ist los? Weshalb meldest du dich nicht? Hat dir dein Auftritt gestern abend die Sprache verschlagen?

Hast du's dir angesehen?

Es war Frank, und seine Stimme klang betont locker. Sie fand ihre Frage unzulässig, denn sie mußte ihn zum Lügen verführen. Ich will ihn prüfen, dachte sie verwundert. Weshalb will ich ihn prüfen? Ich kenne ihn seit zwanzig Jahren, und ich weiß doch, daß ich mich auf ihn verlassen kann. Was ist geschehen? Was geschieht mit mir?

Nein, sagte Frank. Ich habe es nicht gesehen. Du weißt, daß du das nicht von mir verlangen kannst.

Sie schwieg eine Weile.

Ich würde gern etwas früher kommen heute abend, sagte sie dann.

Tu das, sagte Frank. Ist alles in Ordnung?

Na klar, sagte sie, es ist alles in Ordnung. Es ist noch nie so viel Aussicht auf Ordnung gewesen wie jetzt.

Na, na, das hört sich ja an, als ob es dir leid tut, daß du dich gestern abend auf die Politik eingelassen hast.

Nein, es tut mir nicht leid. Im Gegenteil, ich bin sogar froh darüber. Ich glaube, ich weiß jetzt, was ich tun werde.

Erzähl mir nicht wieder, du wirst aufhören zu schreiben. Ich würd's dir nicht glauben. Außerdem wäre es sinnlos. Du änderst nichts.

Ich weiß. Laß uns nachher darüber reden, sagte sie. Ich hab das halbe Buffet für dich abgeräumt. Nur den Wein konnte ich nicht mitnehmen, die Fässer waren zu schwer.

War's so schlimm? Ich hab übrigens genug Wein. Mach dir darüber keine Sorgen. Und komm, sobald du magst.

Bis nachher, sagte Talbach und legte auf. Das Telefon klingelte sofort wieder.

Frau Talbach? Hier ist die persönliche Referentin des Ersten Bürgermeisters. Darf ich Sie einen Augenblick stören? Der Bürgermeister bittet Sie, seine Ent –

Machen Sie sich nicht lächerlich, sagte Talbach und legte den Hörer auf.

Sie arbeitete bis zum Nachmittag, fügte ihrem Aufsatz ein letztes Kapitel an, in dem sie die Zwangsläufigkeit beschrieb, mit der die Beschäftigten in der Fernsehindustrie zu den Ethno-Zentristen überwechseln würden, zumindest alle die, die sich als Intellektuelle verstanden, und gewann während der Arbeit ihre Ruhe wieder. Es gelang ihr sogar, über sich zu lachen, als ihr bewußt wurde, daß sie für den in ihren Augen gelungenen Aufsatz möglicherweise keinen Verleger mehr finden würde.

Jedenfalls keinen Zeitschriften-Verleger, dachte sie. Ich sollte ihn für alle Fälle in eine Kassette tun und einmauern, damit künftige Generationen wenigstens etwas finden von dem, was hier auch geschrieben wurde.

Sie ging in die Küche, um sich einen Kaffee zu machen, und während sie dastand, wurde ihr klar, daß alles, was sie tat, und alles, was sie noch tun würde, vollkommen sinnlos war. Die Erkenntnis überfiel sie so unvermittelt und so absolut, daß sie sich neben den Küchentisch setzte, weil ihr plötzlich schwindlig geworden war. Und so saß sie da, sah vor sich hin und begann, die Zeichen der letzten Jahre zu einem Muster zu ordnen.

Es war wahr, daß sie Erfolg gehabt hatte. Ihr Ruhm war nach jedem Buch größer geworden. Aus Gründen, die sie nicht kannte und die sie auch nie versucht hatte zu ergründen, war es ihr immer besser gelungen, in ihren Büchern die Befindlichkeit breiter Mittelstandsschichten wiederzugeben. Sie hatte den Leuten nicht geschmeichelt. Sie haßte die Leute, über die sie schrieb und von denen nicht wenige sich früher für Linke gehalten hatten. Vielleicht hatte der Haß oder der Selbsthaß sie hellsichtig gemacht. Sie traf mit ihren Büchern einen uneingestandenen, aber weitverbreiteten Masochismus, und anstatt sich zu empören, sprach man, wenn man über ihre Bücher sprach, über den unerhört knappen Stil, über eine »schmerzhafte Sprache«, über »unerträgliche Klarheit und Deutlichkeit«. Je mehr auf diese Weise in den Zeitungen über sie geschrieben wurde und je besser sich ihre Bücher verkauften, desto gleichgültiger wurde ihr der Erfolg.

Es stimmte nicht, daß sie von dem bevorstehenden Wahlsieg der Ethno-Zentristen überrascht wurde. Die rekrutierten sich ja aus denen, über die sie schrieb. Nur mit ihnen war dieser Sieg überhaupt möglich. Und sie hatte es gewußt. Weshalb sonst war sie mit einer letzten, hilflosen Geste bereit gewesen, an der lächerlichen Veranstaltung der Allparteien-Koalition im Rathaus teilzunehmen.

Sie hatte nur versucht, ihr Gewissen zu beruhigen, nichts weiter. Sie machte sich seit Jahren etwas vor. Sie hatte sich vorgemacht, eine sinnvolle Arbeit zu haben. In Wirklichkeit hatte sie die masochistischen Bedürfnisse gescheiterter Linker und unerträglicher Klugscheißer mit Abitur bedient, die gut davon lebten, daß hundert Kilometer weiter nach Osten ein großer Teil der Bevölkerung noch immer keine Arbeit hatte, daß noch ein paar hundert Kilometer weiter nach Osten nur die perversen Lehren katholischer oder orthodoxer Priester die Menschen das Elend vergessen machten, in dem sie lebten, und daß ein paar tausend Kilometer weiter nach Süden täglich Menschen an Krankheiten und vor Hunger zu Tausenden starben. Oder sie zerfleischten sich gegenseitig, anstatt über die herzufallen, die noch an den Waffen gut verdienten, mit denen die Hungernden einander umbrachten. Das war die Wahrheit.

Es schadet nicht, dachte sie belustigt, wenn man sich hin und wieder über sich selbst Rechenschaft ablegt. Und jetzt trinke ich meinen Kaffee, zieh mich um und rufe ein Taxi.

Talbach sah Frank am Fenster stehen, als der Wagen vor seinem Haus hielt. Er kam ihr entgegen, bemerkte ihren unsicheren, humpelnden Gang und faßte sie fürsorglich am Arm.

Was ist los mit dir?

Laß uns erst mal reingehen.

Er setzte sie in den Sessel am Fenster, und ihr fiel die Verzweiflung ein, die sie gestern an ihm gesehen hatte. Nichts davon war jetzt zu spüren. Sie sah sich aufmerksam im Zimmer um, das aufgeräumt war und solide aussah und nach Disziplin wie immer. Sie lehnte sich zurück und schloß einen Augenblick die Augen. In der Küche hörte sie Frank mit Glas hantieren. Dann kam er zurück, auf einem Tablett eine geöffnete Flasche und zwei Gläser vor sich her tragend, die er auf einem kleinen Tisch neben dem Sessel abstellte. Er schenkte den Wein ein, gab ihr ein Glas in die Hand und trank ihr zu. Nun red schon, sagte er. Du siehst müde aus.

Es schien ihr, als hörte sie ein Geräusch in der Küche. Ist dort jemand, fragte sie, und er sagte, nein, aber es kam ihr so vor, als habe er einen Augenblick gezögert, bevor er antwortete.

Ich sehe Gespenster, sagte sie lächelnd.

Ich weiß, antwortete er, das gehört zu deinem Beruf. Nun red schon.

Die Veranstaltung im Rathaus ist geplatzt, sagte sie. Ich bin einfach gegangen.

Ich denke, du warst die Hauptperson?

Hast du etwas dagegen, wenn ich mal eben telefoniere?

Er stand auf, brachte das Telefon.

Ich rufe nur mal einen Kollegen an. Du hast doch nichts dagegen, wenn ich ihn hierher einlade?

Frank schüttelte den Kopf. Sie wartete, aber Schlee hob nicht ab.

Wer war's denn, fragte er, als er ihr das Telefon abnahm. Kenne ich ihn?

Schlee, sagte sie, dann fiel ihr ein, daß Frank ihn wahrscheinlich nicht kannte, aber er nickte und sah sie an.

Er hat mich gestern abend angerufen. Er wollte mich treffen. Auf dem Weg zu ihm bin ich – sie suchte nach einem Ausdruck, sie hatte mißhandelt sagen wollen, und das Wort war ihr plötzlich zu dramatisch vorgekommen.

Jedenfalls war's so eine Art Überfall, ich hab keine Ahnung, was dahintersteckt.

Und jetzt denkst du, Schlee könnte die Sache erklären? Entweder er hat dich angerufen, um dich aus dem Haus zu locken. Dann wird er dir nichts sagen. Oder er hat nichts damit zu tun. Dann weiß er auch nichts.

Ja, sagte sie, natürlich. Aber es wäre mir schon lieber, er hätte nichts damit zu tun, und das könnte man ja immerhin feststellen.

Was für ein Überfall eigentlich, sagte Frank. Was ist los mit dir? Weshalb muß man jede Information mühsam aus dir herauslocken? Bist du nicht früher gekommen, um mir die Geschichte zu erzählen?

Doch, sagte sie. Es ist nur, es kommt mir so unwahrscheinlich vor. Die Veranstaltung wurde von den Ethno-Zentristen gezielt gestört. Und gestern abend schien es mir so, als hätten die Kerle, die mich auf die Straße warfen, auch zu ihnen gehört.

Sie sah den Zweifel in Franks Gesicht.

Jedenfalls ist es gut, wenn man darüber redet, sagte sie. Die Dimensionen verändern sich.

Sie hörten beide die Türglocke, und Frank ging hinaus, um die ersten Gäste einzulassen. Talbach stellte ihr Glas ab und blieb im Sessel sitzen. In den Augen ihrer Bekannten galten Frank und sie als ideales Paar, das eine Beziehung hatte, in der jeder dem anderen alle Freiheit ließ. Nur sie beide wußten, daß ihr Verhältnis sich schon lange verändert hatte.

Es ist wie eine Versicherung, dachte Talbach, ich habe unser offizielles Verhältnis als eine Art Versicherung benutzt.

Solange ich als mit Frank liiert gelte, muß ich niemandem erklären, weshalb ich Männer so langweilig finde, daß ich keine Lust habe, mich mit ihnen zu befassen. Und Frank? Sie kam nicht mehr dazu, darüber nachzudenken, welche Vorteile Frank aus dem öffentlichen Irrtum über die Art ihrer Beziehung zog. Ein Mann und eine Frau kamen herein, leere Gläser in den Händen haltend. Sie sahen die Weinflasche neben Talbachs Sessel, hatten aber noch so viel Willenskraft, zuerst die Frau zu begrüßen, die im Sessel saß und ihnen entgegensah.

Lisa Talbach, rief die Frau strahlend. Ich dachte, Sie seien im Ausland. Ich hab doch erst vorige Woche etwas darüber gelesen.

Talbach reichte ihnen nacheinander die Hand. Sie war überrascht, die beiden unter Franks Gästen zu sehen. Schriftstellernde Ehepaare hatten bisher nicht zu seinen Bekannten gezählt. Die beiden wandten sich der Weinflasche zu, und Talbach beobachtete sie. Die Frau trug ein einfaches schwarzes Kleid, das als Passepartout für die Brillanten gedacht war, mit denen sie sich behängt hatte. Talbach zählte fünf an den Händen, je einen im Ohr und an den Armen, zwei in der Halskette und drei auf einer Brosche, die auf der linken Schulter befestigt war. Alle Steine waren von ausgesuchter Qualität und die Fassungen betont schlicht. Auch der Mann war betont schlicht dazu ausgesucht worden, jedenfalls was seinen Anzug betraf. Er trug Tweed, jugendlich-elegant verarbeitet, so recht geeignet, die in der Blüte stehende Männlichkeit seiner dreiundvierzig oder dreiundfünfzig Jahre hervorzuheben. Seine Kleider zwangen ihn, ständig jungenhaft zu lachen und kraftvolle Bewegungen auszuführen, sie hätten sonst nicht zu ihm gepaßt und wie eine Verkleidung gewirkt für einen unaufhaltsam alternden Mann, der zuviel trank, weil es ihm nicht gefiel, daß seine Frau die Ideen produzierte, von denen sie lebten.

Frank kam herein und brachte vier weitere Gäste mit. Die Männer begrüßten Talbach. Sie kannte die vier. Zwei waren Kollegen von Frank, die beiden anderen waren Studenten, die bei Frank Examen gemacht hatten und jetzt an ihrer Doktorarbeit saßen. Frank stellte sich hinter Talbachs Sessel und legte die Hände auf ihre Schultern.

Er genießt die Komödie genauso wie ich, dachte Talbach. Leise fragte sie: Was ist los? Warum hast du den Tannenbaum eingeladen? Und lauter Männer? Ich dachte, wir könnten vernünftig miteinander reden!

Der Tannenbaum hat sich ein bißchen aufgedrängt, ich konnte nicht ablehnen. Und die Kollegen kennst du doch. Sie sind ganz manierlich.

Talbach spürte Franks Stimme an ihrem Ohr und lächelte. Er kannte ihre Abneigung, sich an Gesprächen mit Männern zu beteiligen.

Hinterher weiß ich, wer wem gerade den Steigbügel hält und wer wen gerade aus dem Sessel kippt, hatte sie einmal erklärt, mehr nicht.

Sei nicht zu streng, flüsterte Frank. Sie haben gerade eine interessante Studie zum Thema Armut gemacht. Ich nehme an, sie werden nachher darüber sprechen. Das Thema sollte dich interessieren.

Die Haustürglocke läutete, und Frank verließ das Zimmer. Sollen wir nicht schon mal den Fernseher anmachen, sagte der Tannenbaum. Einer der Studenten, offensichtlich geblendet von dem Gefunkel, begann nach der Fernbedienung zu suchen.

Sie brauchen nur auf den Knopf zu drücken, sagte Talbach und zeigte auf den Fernsehapparat. Es entstand eine kleine Pause, in der alle auf den flimmernden Bildschirm sahen. Es dauerte eine ganze Weile, bis das Bild erschien.

Frank müßte sich mal ein neues Fernsehgerät anschaffen, sagte Tweedy und wiegte sich zierlich in den Hüften.

Du weißt doch, wie er die modernen Dinge haßt, sagte der Tannenbaum, und Tweedy nickte schuldbewußt und hörte auf zu tänzeln, während Talbach sich fragte, woher die Frau Franks Gewohnheiten kannte.

Auf dem Fernsehbild erschienen zwei männliche Fleischklumpen in Lederhosen und Wadengamaschen. Sie sangen einen Text, der der Vorbereitung zum Beischlaf diente, was geradezu grotesk wirkte, weil die beiden durch ihre unförmige Figur auf jeden Fall daran gehindert gewesen wären, dem dazu notwendigen Gegenstück auch nur annähernd nahe zu kommen. Das Lied schien eine Art Volkslied zu sein. Die Kamera schwenkte über Tische mit Biergläsern und Bänke, auf denen Männer und Frauen saßen, die im Takt klatschten.

Was wir brauchen, ist ein gesundes Nationalgefühl, sagte einer der Studenten. Es gibt keinen Grund, sich lustig zu machen. Niemand hatte gelacht, und alle sahen den jungen Mann an.

Das meinen Sie doch nicht im Ernst, sagte der Tannenbaum.

Talbach entschuldigte sich im stillen bei ihr und nahm sich vor, die Diamanten ab sofort zu übersehen. Als der Student nicht antwortete, fragte die Frau noch einmal nach.

Ich meine, das mit dem gesunden Nationalgefühl, das kann doch nicht Ihr Ernst gewesen sein. Wenn ich bedenke, welche Mühe es macht, den Leuten ein Gefühl dafür zu geben, daß sie in Europa leben. Ihr sogenanntes Nationalgefühl ist in dieser Situation doch außerordentlich kontraproduktiv.

Der junge Mann würgte an einer Antwort. Es war ihm anzusehen, daß er keine Lust hatte, mit einer Frau zu diskutieren. Aber er wollte ihre Behauptung auch nicht unwidersprochen lassen. Schließlich tat er das, was alle Männer in so einer Situation tun. Er wandte sich mit seiner Antwort an den Ehemann.

Ich glaube nicht, sagte er, und dabei färbte sich sein Gesicht rosa und die kurzen blonden Haare schienen plötzlich vom Kopf abzustehen, ich glaube nicht, daß die in Mode gekommene Euro-Besoffenheit unser Volk in irgendeiner Form voranbringt. Wir Deutschen haben schon immer den Fehler gemacht, uns von unseren Aufgaben durch populistische Schwätzer abhalten zu lassen. Diesmal –

Und was bezeichnen Sie als unsere Aufgaben, rief die Frau, die sich bemühte zu übersehen, daß der Student sie übersehen hatte. Der sah Tweedy erwartungsvoll an. Aber Tweedy stand einfach da, hielt das schon zum zweiten Mal geleerte Glas in der Hand und starrte auf den Bildschirm. Dort waren die Fettwänste inzwischen von zwei Frauen abgelöst worden, deren in den tiefen Ausschnitten ihrer Dirndl freigelegten Brüste ihn mehr interessierten als ein Gespräch über die Aufgaben der Deutschen. Der Student, der begriff, daß sein Versuch, den Ehemann in die Diskussion einzubeziehen, vergeblich war, würdigte die Frau wieder keiner Antwort. Frank erschien mit einer sehr jungen und einer sehr alten Frau in der Tür. Da niemand etwas sagte, schien es, als lauschte die versammelte Gesellschaft dem Gesang der Dirndl. Frank ließ die Frauen in der Tür stehen und ging zum Fernsehapparat. Er stellte den Ton ab und unterbrach damit eine Art Krampf, der die Versammelten erfaßt hatte. Ich möchte euch meine Mutter vorstellen, sagte er, und diese junge Dame, die Eva heißt und meine Nichte ist.

Großnichte, lachte die Nichte, und Talbach stand auf, um Franks Mutter zu begrüßen und ihr den Sessel anzubieten. Draußen vor den Fenstern ging die Sonne unter. Wie am Abend zuvor leuchteten aus dem Halbdunkel die gelben Blätter der Kastanie.

Das schriftstellernde Ehepaar ging in die Küche, um mehr Wein zu holen, während Frank und die übrigen Männer Stühle im Halbkreis um das Fernsehgerät aufstellten. Aus der Küche hörte man einen heftigen Wortwechsel. Als ein Sprecher auf dem Bildschirm erschien, stellte Frank den Ton an. Der Sprecher erklärte, daß in wenigen Minuten die ersten Hochrechnungen bekanntgegeben werden würden.

Lisa, bringen Sie mir etwas zu trinken, befahl Franks Mutter, und Talbach brachte ihr ein Glas Wein, als die erste Grafik auf dem Bildschirm erschien. Sie blieb neben dem Sessel der alten Dame stehen und sah zu, wie der schwarze Turm, der den Stimmenanteil der Ethno-Zentristen darstellte, höher und höher wurde. Niemand sagte etwas. Es sah aus, als wäre auch der Sprecher überrascht. Regie, auch die anderen, bitte, sagte er; und als sich das Bild nicht änderte, wiederholte er: Auch die anderen, bitte.

Talbach sah in die Gesichter der Versammelten. Frank hatte die Mundwinkel verächtlich nach unten gezogen. Der junge

Mann, dem das gesunde Nationalgefühl am Herzen lag, sah aus, als wäre ihm der Heilige Geist auf dem Bildschirm erschienen. Sein Mund war halb geöffnet, und ein verklärtes Lächeln lag auf seinem Gesicht. Es war offensichtlich, daß er angenehm überrascht war. Der Ehemann hatte seiner Frau den linken Arm um die Schultern gelegt, mit der rechten Hand hielt er das Glas am Mund. Er trank, ohne zu bemerken, daß das Glas leer war.

Das kann sich noch verändern, sagte seine Frau. Niemand antwortete ihr. Alle sahen schweigend auf den flimmernden Bildschirm, auf dem inzwischen auch die mageren Säulen der Allparteien-Koalition erschienen waren. Der Sprecher begann zu beteuern, daß es sich um eine erste Hochrechnung gehandelt habe. Jemand reichte ihm einen Zettel. Der Sprecher warf einen kurzen Blick auf das Blatt und lächelte erleichtert.

Ich erfahre gerade, daß wir, bevor uns die nächsten Ergebnisse erreichen, eine kurze Gesprächsrunde einschalten werden.

Vertreter der Allparteien-Koalition und der Opposition haben sich kurzfristig bereit erklärt, an einem Gespräch teilzunehmen. Selbstverständlich bleibt es bei der angekündigten Elefantenrunde im Anschluß an das endgültige Wahlergebnis. Ich darf Ihnen jetzt –

Einer von Franks Kollegen stand auf und stellte das Fernsehgerät ab.

Natürlich, sagte er, während er an seinen Platz zurückging, das kann sich noch ändern, von achtundfünfzig auf siebenundfünfzig Prozent.

Oder auf sechzig, sagte der blonde Student. Es gelang ihm nur schlecht, den Triumph in seiner Stimme zu unterdrücken.

Du hast recht, sagte Frank und sah den Kollegen an, der den

Apparat ausgeschaltet hatte. Das Geschwätz, das jetzt kommt, müssen wir uns nicht anhören.

Er drehte seinen Stuhl, so daß er mit dem Rücken zum Fernsehgerät saß. Die anderen folgten seinem Beispiel. Einen Augenblick herrschte Schweigen.

Kann man nicht etwas mehr Licht machen? fragte Franks Mutter.

Der blonde Student erhob sich sofort und schaltete die Deckenbeleuchtung ein. Von den drei Glühbirnen brannte nur eine. Talbach schien das klägliche Licht zu dem kläglichen Haufen zu passen, der da zusammenhockte. Der Ehemann machte eine Runde durchs Zimmer und schaltete die Lampe wieder aus, nachdem er verschiedene kleine Tischlampen in Gang gesetzt hatte. Ich sehe nicht, sagte der Student, was an dieser Entwicklung so tragisch sein sollte. Ich meine, man muß doch einfach mal zur Kenntnis nehmen, was das Volk will. Die Linke hat sich doch immer um das Volk gesorgt. Jetzt artikuliert es seinen Willen, das ist alles. Wir müssen das zur Kenntnis nehmen.

Wir – wir haben eine Geschichte, die es uns verbietet, nach rechts zu gehen, junger Mann. Die Stimme von Franks Mutter war laut und scharf.

Verzeihen Sie mir, wenn ich widerspreche, sagte der Student höflich. Selbstverständlich haben wir eine Geschichte. Aber ist es unsere eigene? Oder ist sie ein Produkt alliierter Umerziehung? Müßten wir nicht fragen, wer dafür verantwortlich ist, daß unsere deutsche Elite gekennzeichnet war von nationalem Selbsthaß, von persönlicher Egomanie, von geistiger Impotenz?

Es reicht, sagte Frank. Er stand auf und ging zur Tür. Der Student verbeugte sich höflich in Richtung von Franks Mutter und folgte ihm. In der Tür blieb er stehen und drehte sich noch einmal um.

Ich glaube nicht, sagte er lächelnd, daß wir uns zum letztenmal sehen. Nicht wenige Linke sind in den vergangenen Jahren engagierte Rechte geworden. Sicher ein schmerzlicher Prozeß, aber radikale Prozesse sind uns Deutschen nicht fremd, im Gegenteil, man könnte sogar sagen, daß es uns liegt, radikalen Prozeß zu machen.

Er ging ohne weitere Aufforderung. Niemand sagte etwas, bis die Wohnungstür ins Schloß gefallen war. Frank setzte sich zurück auf seinen Stuhl.

Was ist denn mit dem los, fragte er, während er sich ein Glas Wein einschenkte. Umständlich begann der andere Student mit einer Erklärung.

Der Taxifahrer trug ein schwarzes Abzeichen, auf dem ein roter Blitz zu sehen war.

Jetzt wird alles anders, sagte er. Der nächste, der einen von uns umlegt, ist selber dran.

Wollen Sie die Todesstrafe wieder einführen? fragte Talbach.

Ich? Ne, das machen die schon für uns. Haben Sie nicht gestern den Redner gehört, der vor dem Rathaus gesprochen hat? War doch alles in der Zeitung. Ich nehme mal an, die halten, was sie versprechen. Nicht so wie die anderen, die quatschen und quatschen, und es passiert nichts. Seh'n Sie mal, mein Sohn, der ist behindert, richtig, meine ich, der liegt nur und lallt. Und meine Frau Tag und Nacht um ihn rum. Das ist doch nicht mehr mit anzusehen. Das letzte Mal, daß sie gelacht hat, war vor vier Jahren. Mich sieht sie gar nicht mehr. Ich bin doch auch nur ein Mensch.

Würden Sie das Fenster schließen? Talbach unterbrach seine Rede. Er entschuldigte sich und fuhr schweigend weiter. Als er vor ihrer Tür anhielt, begannen im Rundfunk Nachrichten.

Bei den Wahlen zum Bundestag, sagte die Sprecherin mit unbeteiligter Stimme, hat die Opposition einen überraschend hohen Sieg errungen. Die Sprecher der Allparteien-Koalition haben in einer ersten Fernsehrunde zum Ausgang der Wahlen schwere Fehler in der Anlage und Umsetzung ihrer Politik zugegeben.

Talbach zahlte und stieg aus. Der Taxifahrer richtete die Scheinwerfer auf die Haustür und wartete, bis sie den Schlüssel gefunden und die Tür aufgeschlossen hatte. Er fuhr erst an, als sie die Tür hinter sich schloß. Im Treppenhaus war es ruhig. Niemand feierte den Wahlausgang. Sie spürte beim Treppensteigen das verletzte Knie und die Hüfte. Als sie ihre Wohnung betrat, die nun durch den nächtlichen Großstadthimmel erleuchtet wurde, hatte sie einen Augenblick lang das Gefühl, als habe sie eine Höhle erreicht. Als sie das Licht angemacht hatte, verschwand das Gefühl sofort. Sie blieb an der Tür stehen und blickte über die Bücherregale, die beiden Schreibtische, die auf dem Boden liegenden Mappen. Als sie feststellte, daß sie dabei war, Abschied zu nehmen, ging sie hinüber zum Telefon und wählte die Nummer des Flughafens. Sie hatte angenommen, daß die Leitung besetzt sei, aber sie erhielt sofort eine Verbindung. Sie erfuhr, daß der nächste Flug nach Mallorca am nächsten Tag um vierzehn Uhr war und daß es noch freie Plätze gab. Sie buchte, legte den Hörer auf und begann darüber nachzudenken, was sie mitnehmen mußte.

Den Entschluß, das Land für ein paar Monate zu verlassen, hatte sie gefaßt, während Frank und die anderen über die Folgen des Wahlergebnisses diskutierten. Der Auftritt des blonden Studenten hatte kaum noch eine Rolle gespielt. Die Ehefrau hatte zu schnell zu viel getrunken und sich nicht mehr an der Diskussion beteiligt. Die anderen ereiferten sich, diskutierten Versäumnisse der Allparteiler, mögliche Entwicklungen, innen- und außenpolitische Konsequenzen. Zu Anfang hatte sie das Gespräch interessiert, aber schon nach kurzer Zeit sah sie nur noch zum Fenster hinaus. Eine schwärzlichblaue Wolke, in der man mit einiger Phantasie eine Fahne erkennen konnte, hatte sich vor den untergehenden Sonnenball geschoben, und sie beobachtete die hinter der schwarzen Fahne vom Himmel rutschende rote Scheibe. Während die Ehefrau nicht mehr fähig war, von dem kalten Buffet zu essen, das die Großnichte inzwischen aus den Tüten geholt und auf Franks Schreibtisch angerichtet hatte, und der Ehemann sich an den leicht durchgeweichten Lachsschnittchen gütlich tat, war Talbach aufgestanden, hatte Frank ein kurzes Ich melde mich ins Ohr geflüstert und war gegangen.

Besuchen Sie mich, Lisa, hörte sie die alte Dame rufen, als sie die Haustür schon in der Hand hielt, und sie dachte, das werde ich ganz sicher nicht tun.

Jetzt, am Schreibtisch sitzend, wurde ihr bewußt, daß Franks Mutter das Alter erreicht hatte, in dem jeder Gedanke, jede Geste, jedes Wort nur noch eine Wiederholung aller vorigen Gedanken, Gesten und Worte geworden war. Nichts war mehr neu, nichts mehr originell, alles war gedacht, getan und gesagt worden, was Anlagen und Lebensumstände diesem Menschen ermöglicht hatten. Jetzt war nur noch Wiederholung möglich. Talbach saß da und überlegte, wieviel Zeit ihr noch bliebe, bevor sie selbst beginnen würde, die darzustellen, die sie einmal gewesen war. Aber Gedanken dieser Art waren jetzt überflüssig und lächerlich. Sie stand auf und ging zum Telefon. Früher, als sie regelmäßig und mehrmals im Jahr in das Haus im Süden gefahren war, hatte sie Rosas Telefonnummer auswendig gewußt. Jetzt suchte sie in dem Zettelkasten auf ihrem Schreibtisch, fand die Nummer und wählte. Etwas Verläßliches lag darin, daß sie ohne weiteres davon ausgehen konnte, daß Rosas Nummer sich nicht geändert haben würde. Es schien ihr, als versuchte sie, mit einer abgelegenen Insel Kontakt aufzunehmen, zu der es nur geheime Zugänge gab und die sie aufsuchen würde, um in jene Ruhe und Freundlichkeit aufgenommen zu werden, die es nur dort gab. Sie lächelte über ihre romantischen Gefühle, konnte aber nicht umhin, sich von Rosas fröhlicher Stimme und ihrer Freude auf das lang erwartete Wiedersehen anstecken zu lassen.

Rosa und ihr Sohn Juan betrieben einen kleinen Laden, in dem es Postkarten, Eis und Andenken-Trödel gab für die wenigen Touristen, die sich in die Gegend verirrten. Von den Umsätzen allein konnten sie nicht leben. Juan fischte und verkaufte seine mageren Fänge an die wenigen Restaurants und an Privatleute. Rosa betreute zwei oder drei Haushalte von Ausländern, die sich in dieser Gegend auf der Insel angesiedelt hatten. Sie sah auch in Talbachs Haus nach dem Rechten, sorgfältig und selbständig. Talbachs Haus war ihre erste Arbeit gewesen. Arbeit nannte sie die Tätigkeit, die sie außerhalb ihres Ladens verrichtete, obwohl sie mit dem Laden nicht weniger beschäftigt war. Der Laden war winzig, dahinter schloß sich ihre und ihres Sohnes kleine Wohnung an, und Rosa bezeichnete jede Tätigkeit, die sich im Umkreis ihrer Wohnung abspielte, nicht als Arbeit. Arbeit war etwas, wofür sie aus dem Haus ging, bei dem sie sich nach den Wünschen anderer zu richten hatte und wofür sie regelmäßig jeden Monat einen Betrag auf dem Konto fand.

Rosa versprach, sie mit dem Wagen abzuholen.

Nach diesem Gespräch zog Talbach den Telefonstecker aus der Wand. Es war möglich, daß Frank anriefe, aber sie hatte keine Lust, mit ihm über ihre Pläne zu sprechen. Später saß sie auf dem Fußboden und blätterte in einem Manuskript, das sie vor sehr langer Zeit angefangen, beiseite gelegt und vollkommen vergessen hatte, als sie das Klopfen an der Wohnungstür hörte. Ihr fiel ein, daß die junge Frau, die am Morgen nach ihr gesehen und mit ihr zusammen gefrühstückt hatte, wahrscheinlich kam, um den Ausgang der Wahlen mit ihr zu besprechen. Sie hatte keine Lust, an die Tür zu gehen, und keine Lust, mit der Frau zu reden. Aber dann dachte sie daran, wie freundlich die Frau gewesen war und besorgt, und sie stand auf, um zu öffnen. Auf dem Weg zur Tür überlegte sie, wie der Name der Frau gewesen war.

Tina, richtig, Tina, dachte sie und öffnete. Vor ihr lehnte Schlee an der Wand neben der Tür, stieß sich mit der Schulter von der Wand ab, als er Talbach im Türrahmen stehen sah, und ging leicht torkelnd an ihr vorbei in die Wohnung. Es blieb Talbach nichts anderes übrig, als die Tür zu schließen und hinter ihm her zu gehen. Er ging, blieb erst vor dem Schreibtisch stehen, starrte auf die Tischplatte, ging weiter und landete schließlich, nachdem er auch davor stehengeblieben und leicht schwankend auf die Sitzfläche gestarrt hatte, in dem Ohrensessel, in dem Talbach die Zeitung zu lesen pflegte. Er hob den Kopf und sah sie an, und Talbach, die ihm gefolgt war und annahm, er sei sinnlos betrunken, merkte, daß sie sich getäuscht hatte. Wahrscheinlich hatte er getrunken, aber der Blick, mit dem er sie ansah, war durchaus klar, und nur eine gewisse Frechheit oder Aggressivität in seinem Gesicht, die weder zu ihm noch zu ihrer beider oberflächlich-freundlichen Beziehung paßte, mochte darauf hindeuten, daß er mehr getrunken hatte, als ihm gut tat.

Entschuldige, sagte er.

Seine Stimme war kontrolliert. Es schien ihm kaum Mühe zu machen, sie unter Kontrolle zu halten. Du bist gestern nicht gekommen. Wir haben lange auf dich gewartet.

Bis jetzt wahrscheinlich, sagte Talbach.

Sie setzte sich Schlee gegenüber auf ein kleines Sofa und sah ihn an. Der Abstand zwischen ihnen betrug etwa drei Meter. Sie roch einen leichten Alkoholdunst und sah, daß Schlee sie nicht aus den Augen ließ.

Einen Kaffee würde ich gern trinken, sagte er, ich habe schon lange nicht mehr geschlafen.

Talbach blieb sitzen und sagte nichts. Als er merkte, daß sie nicht aufstehen und Kaffee kochen würde, lehnte er sich im Sessel zurück und schloß die Augen. Sie fürchtete, er würde einschlafen, aber er öffnete die Augen wieder und zog die Mundwinkel nach unten.

Weshalb hast du dir nie eine bessere Wohnung gesucht, sagte er, das hier ist doch unter deinen Möglichkeiten.

Bist du gekommen, um mir einen Vortrag über meine Wohnung zu halten? sagte sie. Ich nehme zur Kenntnis, daß sie dir nicht gefällt, und bitte dich, sie zu verlassen.

Natürlich nicht, sagte er. Sie haben mir einen Job angeboten, und ich habe ihn angenommen. Und wenn du gestern abend dabeigewesen wärst, dann hättest du ebenfalls die besten Chancen, das neue Programm mitzugestalten. Sieht so aus, als ob sie uns brauchen. Ich hab gesagt, daß ich mit dir rede. Dein Platz ist noch frei.

Hat es jemals ein größeres Rindvieh gegeben als mich? dachte Talbach.

Ich werde darüber nachdenken und dich anrufen, sobald ich zu einem Entschluß gekommen bin, sagte sie. Ich war gerade dabei, schlafen zu gehen. Meinst du nicht, die Sache hat Zeit bis morgen? Dir würde etwas Schlaf auch nicht schaden. Es sieht aus, als ob du deinen neuen Job ausgiebig gefeiert hättest. Ich werde dir ein Taxi rufen.

Sie stand entschlossen auf, und Schlee, der soviel Entgegenkommen in der Sache nicht erwartet hatte, war so erleichtert, daß er sich widerspruchslos erhob.

Nicht nötig, sagte er, ich komme schon weg.

Talbach war versucht, ihn zu fragen, ob er schon einen Dienstwagen zur Verfügung habe, sagte aber nichts und ging zur Tür, in der Hoffnung, daß Schlee ihr folge. Sie hörte seine Schritte, spürte dann, daß er stehenblieb, und sah sich um. Er stand in der Mitte des Arbeitszimmers und sah auf eine an der Wand hängende Zeichnung.

Das ist Fritz Cremer, sagte er, Deutschland, bleiche Mutter.

Mach dir nichts draus, sagte sie, als er nicht weitersprach, sondern nur weiter auf die Zeichnung starrte. Ich vermute, du hast Weib und Kind zu ernähren. Bisher hat die Familie in solchen Fällen noch immer als allgemein akzeptierte Ausrede gegolten. Wenn man nicht wüßte, daß es auch noch ein paar andere, noch einfachere Gründe dafür gibt, daß Männer heiraten, dann könnte man fast annehmen, sie tun es, um bei passender Gelegenheit einen Grund für ihren Opportunismus hervorholen zu können. Mach dir nichts draus, das ist wirklich nichts Neues. Ich glaube nicht mal, daß es als ehrenrührig gilt.

Sie wandte sich ab und ging endgültig zur Tür.

Ich ruf dich an, sagte sie, als Schlee an ihr vorüberging. Sie war nicht sicher, ob Schlee das, was sie sagte, und das, was sie gesagt hatte, während er auf die Zeichnung starrte, überhaupt gehört hatte. Er stolperte auf der obersten Treppenstufe, fiel aber nicht, sondern griff nach dem Geländer, hielt sich fest und ging dann, die Füße sorgfältig setzend, um ein erneutes Stolpern zu vermeiden, langsam die Treppe hinunter. Talbach schloß die Tür, als sein Kopf hinter der Biegung der Treppe verschwunden war.

Einen Augenblick blieb sie hinter der Tür stehen und lauschte auf Schlees Schritte, die sich im Treppenhaus verloren, dann ging sie ans Telefon, suchte und fand die Nummer eines Flughafen-Hotels und bestellte ein Zimmer für die Nacht. Sie ging ins Bad, suchte ein paar Sachen zusammen und sah sich im Spiegel dabei zu. Schließlich stand sie vor dem Spiegel und überlegte, ob so eine aussah, die Angst hat.

Nein, dachte sie, noch einmal, ich habe keine Angst. Wovor sollte ich auch Angst haben? Ich verlasse die Wohnung früher, weil ich keine Lust habe, mit jemandem zu sprechen. Solange ich hier bin, bin ich erreichbar. Tina oder Frank oder jemand, der ein Interview will, was weiß ich. Ich hab nichts zu sagen. Ich will arbeiten. Sie suchte zwischen den Reisetaschen herum, packte verschiedene Mappen in die kleinste, die sie finden konnte, legte die Sachen aus dem Bad obenauf und schrieb einen Zettel für die Putzfrau. Dann rief sie ein Taxi und ließ sich ins Hotel fahren. Als sie dort ankam, war es kurz vor Mitternacht. Sie stieg aus und zahlte, und der Taxifahrer sah sie prüfend an.

Sie fliegen wohl heute nacht noch, sagte er.

Morgen mittag, antwortete sie.

Ach so, sagte er, dachte ich mir schon. Hier – er nahm ein Kärtchen aus der Jackentasche und reichte es ihr durch die geöffnete Tür – nur für den Fall, daß Sie Langeweile haben. Gute Nacht und gute Reise.

Er schlug die Tür zu und fuhr an. Talbach nahm die Tasche auf und ging über einen Kiesweg auf den beleuchteten Hoteleingang zu. Rechts und links am Weg standen niedrige Rosenbüsche, die von unten angestrahlt wurden. In der Dunkelheit war die Farbe der Blüten nicht zu erkennen. Auf der Treppe vor dem Hoteleingang lagen zwei schwarze Katzen. Sie lagen, die Hinterteile im rechten Winkel aneinandergerückt, und sahen bewegungslos in die Nacht. Einen Augenblick lang hatte Talbach ein Bild aus ihrer Kindheit vor Augen. In einem Buch, das sie unter den Büchern ihres Vaters gefunden hatte, waren siamesische Zwillingspaare abgebildet gewesen, die an den Hüften zusammengewachsen waren. Sie erinnerte sich des kindlichen Entsetzens, mit dem sie die Bilder betrachtet hatte, immer und immer wieder. Irgend etwas in der Haltung der Katzen war diesen Bildern ähnlich, und sie hätte am liebsten in die Hände geklatscht oder mit den Füßen aufgestampft, um die Katzen in Bewegung zu setzen und sich zu überzeugen, daß sie nicht zusammengewachsen waren. Statt dessen ging sie schnell durch die Drehtür und betrat die Hotelhalle.

An der Bar am Ende der Halle stand er. Er hatte ihr den Rükken zugekehrt. Unter dem weißen, faltigen Gewand sah sie die dunklen Fußknochen und auf dem runden Schädel einen blutroten Turban. Der Tod hatte die Unterarme auf die Bar gelegt, so daß sie seine Hände nicht sehen konnte. Unter dem dünnen Stoff des Überwurfs zeichneten sich die Schulterknochen deutlich ab.

Ohne die Augen von der Gestalt im Hintergrund abzuwenden, ging Talbach an die Rezeption und bat um ihren Zimmerschlüssel. Die junge Frau folgte ihrem Blick. Bei uns sind Gäste aus aller Welt – und manchmal sogar aus der Unterwelt, sagte sie lächelnd.

Der Mann an der Bar wandte sich um und ging durch die Hotelhalle hinüber zum Fahrstuhl.

Afrika, sagte die junge Frau, irgendein Häuptling. Sieht doch toll aus, finden Sie nicht?

Talbach war der vertrauliche Ton in den Worten der Frau unangenehm.

Lassen Sie die Tasche aufs Zimmer bringen, bitte, sagte sie, ich geh an die Bar.

Sie ging durch die Halle, vorbei an der Fahrstuhltür, neben der noch immer der Afrikaner stand. Er war sehr schön. An der Bar verlangte sie einen trockenen Martini. Später, sie hatte den zweiten Martini getrunken und suchte in ihrer Jackentasche nach einem der Bleistiftstummel, die sie immer mit sich herumtrug, fand sie die Karte, die ihr der Taxifahrer gegeben hatte.

> Sie müssen heute nacht nicht allein sein. Rufen Sie 333 vom Apparat in Ihrem Zimmer. Jede Art Unterhaltung. Diskret.

Sie wendete die Karte um, die Rückseite war leer, und steckte sie wieder in die Jackentasche.

Noch einen Martini, bitte, hörte sie sich sagen. Ihre Stimme kam von weit her und war ihr fremd. An der Bar standen drei Männer, die vor sich hinstarrten. Niemand hatte gesprochen in der Zeit, seit sie dort saß. Der Barkeeper brachte den Martini.

Wenn ich Ihnen raten darf, sagte er und beugte sich vertraulich nach vorn, dann fragen Sie nach Achmed. Es wird Ihnen bestimmt nicht leid tun. Hinterher fühlen Sie sich wie dreißig.

Die Rechnung, bitte, sagte Talbach.

Sie dachte daran, wie sie sich mit dreißig gefühlt hatte, und bedauerte den Barkeeper. Er wußte nicht, was er redete und daß er sich eben um seine Provision gebracht hatte. Als sie zum

Fahrstuhl ging, schwankte der Boden unter ihren Füßen, aber sie hielt sich gerade, und es gelang ihr, den Fahrstuhl zu erreichen, ohne sich unterwegs festhalten zu müssen oder stehenzubleiben. Im Rücken fühlte sie die Blicke des Barkeepers.

In ihrem Zimmer stellte sie fest, daß die Fenster sich nicht öffnen ließen. Der Himmel über der Stadt war hell, auf dem dunklen Grund des Flughafens leuchteten die Positionslampen der Landebahnen. Eine große Maschine rollte lautlos, erst langsam und dann immer schneller, auf die Startbahn zu und hob ab. Die Lichter im Rumpf waren erloschen, und einen kurzen Augenblick sah sie die tote Fensterreihe an ihrer Seite und dann nur noch die roten und grünen Positionslampen. Sie ging an das Telefon neben dem Bett und wählte. Am anderen Ende der Leitung hob jemand ab, und eine bemüht weiche Männerstimme hauchte: ja. Sie fragte: Achmed? Der Mann sagte nein, und Talbach sagte: Siebenhundertvier, in einer halben Stunde und eine Flasche trockenen Weißwein, und legte auf.

Talbach begann langsam sich auszuziehen, hängte ihre Sachen in den Schrank und zog einen dünnen Morgenmantel an, das einzige Kleidungsstück, das sie mitgenommen hatte. Sie stellte sich wieder ans Fenster und sah den lautlos startenden und landenden Flugzeugen zu. Ein Auto fuhr mit hoher Geschwindigkeit unten vor den Hoteleingang. Zwei Männer sprangen heraus. Sie ließen die Scheinwerfer brennen und die Türen offen stehen. Die Männer verschwanden im Eingang des Hotels. Talbach wartete. Unten fuhr ein zweites Auto vor, langsamer und ebenso lautlos wie das erste. Direkt hinter dem ersten blieb es stehen. Niemand stieg aus. Über dem Flughafen schwebte ein Flugzeug ein, lautlos.

Talbach teilte ihre Aufmerksamkeit zwischen dem Himmel

und der Erde. Sie hätte gern gewußt, was die eiligen Männer im Hotel suchten. Als an die Tür geklopft wurde, ging sie unwillig in den Hintergrund des Zimmers, um zu öffnen. Der Mann, den sie bestellt hatte, stand vor der Tür. Sie ließ ihn ein, ging schnell zurück ans Fenster und sah wieder hinunter. Die beiden Wagen fuhren gerade ab. Sie drehte sich um und sah dem Mann entgegen.

Sie hatte die Tür geöffnet, ohne den, der davorstand, genauer anzusehen. Jetzt, bei seinem Anblick, hatte sie Mühe, ein Lachen zu unterdrücken. Vor ihr stand Hartmann, der Lyriker, derselbe Hartmann, mit dem gemeinsam sie das Buffet im Rathaus abgeräumt hatte. Die Situation war ihm sichtlich unangenehm. Er öffnete den Mund, und Talbach dachte, jetzt wird er mir erklären, daß er von seiner Kunst allein nicht leben kann.

Laß uns etwas trinken, sagte sie, bevor er anfing zu sprechen. Sie ging ihm entgegen, nahm ihm das Tablett mit der Flasche und den Gläsern aus den Händen und stellte es auf dem Tischchen ab, das in der Nähe der Fenster stand.

Hartmann setzte sich in den Sessel ihr gegenüber. Sie musterte ihn eingehend und dachte, daß sie ihn auch unter anderen Umständen nicht besonders attraktiv gefunden hätte. Aber wahrscheinlich wäre es dann darauf noch weniger angekommen. Trink, sagte sie, du bekommst dein Geld trotzdem. Erzähl mir, wie du auf die Idee gekommen bist, hier auf Kundschaft zu warten. Aber erzähl mir nicht, daß du es tust, um Erfahrungen zu sammeln, die du für deinen nächsten Gedichtband brauchst.

Du würdest es doch nicht begreifen, sagte Hartmann. Er trank einen Schluck Wein, dann noch einen, und dann trank er das Glas in einem Zug leer. Talbach fand, daß er einen unruhigen Eindruck machte. Es kam ihr vor, als lausche er auf irgendwelche entfernten Geräusche.

Erwartest du jemanden, fragte sie. Hartmann schüttelte den Kopf, nahm noch einmal die Flasche und füllte sein Glas. Auf dem Gang vor der Zimmertür waren jetzt deutlich Schritte und Stimmen zu hören. Hartmann sah sich im Zimmer um, dann sah er zu Talbach hinüber.

Vielleicht kommen sie zu dir, sagte er, wenn du willst, geh ich an die Tür und sage, daß du nicht da bist.

Sie hatte plötzlich das Gefühl, in einem Stück mitzuspielen, von dem sie weder Text noch Regieanweisungen kannte. Sie wußte nicht, was sie ihm antworten sollte. Was waren das für Leute, die auf dem Gang näher kamen, und weshalb sollten sie mit ihr sprechen wollen?

Du bist verrückt, sagte Talbach.

Entschlossen stand sie auf, ging zur Zimmertür und öffnete. Sie sah die Rücken dreier Männer, die gerade an ihrer Tür vorbeigegangen waren.

Wenn wir die Unterschrift morgen früh nicht bekommen, fliegen wir zurück, hörte sie einen von ihnen sagen. Die Antwort verstand sie nicht, die Männer waren schon zu weit entfernt. Ihre Schritte und ihre Stimmen wurden leiser. Sie schloß die Tür. Hartmann stand mit dem Rücken zum Fenster und sah ihr entgegen. Hinter ihm startete ein Flugzeug. Sie blieb an der Tür stehen und fühlte ihr Herz klopfen. Der Mann am Fenster schien ihr plötzlich fremd und gefährlich. Es ging eine besondere Art der Gefahr von ihm aus, eine Gefahr, die sie an Kinderspiele erinnerte, bei denen man sich versteckt und herzklopfend darauf wartet, entdeckt zu werden. Wird man entdeckt, dann ist das Spiel verloren, aber ein süßer Augenblick gewonnen. Natürlich sah Hartmann, was in ihr vorging; sie sah es an seinem Gesicht, das Staunen, dann Bewunderung und schließlich so etwas wie Spott ausdrückte. Es ging ihr durch den Kopf, daß von ihrer Begegnung für beide ein Gefühl der Erniedrigung zurückbleiben würde. Jeder würde den anderen erniedrigen und leugnen, selbst erniedrigt worden zu sein.

Ich kann es aushalten, dachte sie, weil ich es vorher gewußt habe.

Später lagen sie nebeneinander auf dem Bett und schwiegen. Hartmann hatte einen Teil der Bettdecke über ihren dünnen, dunklen Körper gezogen, sie wußte nicht, ob zu seinem oder zu ihrem Schutz: Als sie merkte, daß er zu weinen begann, stand sie auf, um sein Geld zu holen. Sie konnte ihre Tasche nicht gleich finden, und es dauerte eine Weile, bis sie die Geldbörse in der Hand hielt und zurückkam. Hartmann stand angezogen neben dem Bett. Während sie auf ihn zuging, sah sie sich im Spiegel: eine kleine Frau mit wirren dunklen Haaren in einem glänzenden Morgenmantel. Sie fand sich schön, aber sie sah an Hartmanns Gesicht, daß er ihre Meinung nicht teilte.

Ein bißchen sieht es so aus, als ob er mich haßt, dachte sie amüsiert. Weshalb können sie immer nur in den Begriffen von Sieg oder Niederlage denken. Zu albern.

Dein Geld, sagte sie und streckte ihm ihre Hand mit den Scheinen entgegen.

Er nahm das Geld und verließ das Zimmer, ohne etwas zu sagen. Talbach bewunderte seine Beherrschung.

Sie schloß hinter ihm die Tür ab und legte sich ins Bett. Nicht einen Augenblick dachte sie daran, das merkwürdige Verhalten Hartmanns ernstzunehmen. Sie dachte überhaupt nicht an die vergangenen zwei Stunden, sondern daran, daß sie am nächsten Abend auf der Terrasse am Meer sitzen und den Fischern beim Auslegen der Netze zusehen würde. Am Morgen darauf wollte sie mit der Arbeit beginnen. Sie fühlte sich ruhig und war ganz sicher, daß ihr arbeitsreiche und produktive Monate bevorstanden.

Am nächsten Morgen schlief sie lange und ließ sich dann das Frühstück und die Morgenzeitungen aufs Zimmer bringen. Die Zeitungen waren voll von Spekulationen über die Zusammensetzung der neuen Regierung. Allgemein ging man davon aus, daß der amtierende Präsident erneut um die Übernahme des Amtes auch in der Vierten Republik gebeten werden würde. Es hieß, er sei bereit, einem Ruf des Volkes zu folgen. Niemand schien etwas dagegen zu haben. Offenbar versprachen sich die an der Allparteien-Koalition Beteiligten, daß seine Wahl positive Auswirkungen auf ihre Weiterexistenz haben würde.

Die Allparteien-Koalition selbst war noch in der Wahlnacht auseinandergebrochen. Die Beteiligten schwiegen sich, merkwürdig genug, bisher über die Gründe aus. Der ETHNISCHE RUF, die Zeitung der Ethno-Zentristen, brachte dagegen eine umfangreiche Enthüllungsgeschichte über angebliche Verbindungen der Allparteien-Regierung zum organisierten Verbrechen. Die Artikelschreiber scheuten sich nicht, einzelne Regierungsmitglieder namentlich zu erwähnen. Da die engen Verbindungen einiger ethno-zentristischer Parteiprominenter zur Mafia kein Geheimnis waren, empfand Talbach den Artikel als besonders übel. In Politikerkreisen und wohl auch in der Öffentlichkeit hatte man sich in den letzten Jahren daran gewöhnt, daß ein bestimmter Prozentsatz des umlaufenden Geldes aus Mafia-Geschäften kam. Es war deshalb merkwürdig, daß die Zeitungsartikel gerade diese, inzwischen allgemein bekannte und kaum noch bekämpfte Tatsache in den Mittelpunkt stellten. Die Erklärung dafür fand sie auf einer der Innenseiten.

Dort wurde in knappen Worten angekündigt, die neue Regierung beabsichtige, eine Wochenzeitung herauszugeben, die ausschließlich über Kriminalität berichten solle. Die neue Zeitung sei Teil einer umfassenden Strategie zur Bekämpfung der Kriminalität. Dabei sei man auf die Mitarbeit von Volkskorrespondenten besonders angewiesen. Der Artikel endete mit der dick gedruckten Parole: WENN WIR DIE KRIMINALITÄT BEKÄMPFEN WOLLEN, MÜSSEN WIR ALLE ZUSAMMENSTEHEN.

Talbach zweifelte nicht daran, daß die neue Zeitung genügend Korrespondenten finden würde.

Die Strategie der Ethno-Zentristen schien klar. Man würde, um die allgemeine Unzufriedenheit aufzufangen, einen Schwerpunkt auf die Bekämpfung der Kriminalität legen und sich dabei der Mitarbeit der Bevölkerung versichern. Was als kriminell zu gelten hatte, würde die neue Zeitung vorgeben.

Das Volk wird sich in kürzester Zeit gegen das Volk selbst wenden, im konkreten Fall wohl hauptsächlich gegen die noch immer in großer Zahl im Land anwesenden ausländischen Flüchtlinge.

Ein Interview mit der Überschrift DIE VERFASSUNG WAR UNSER GEFÄNGNIS erregte ihre Aufmerksamkeit. Ein Foto unter der Schlagzeile zeigte das freundliche, runde Gesicht eines Intellektuellen mit Nickelbrille. Talbach kannte das Gesicht nicht. Aus dem einleitenden Text war zu entnehmen, daß der Abgebildete, ein Rechtsanwalt, »an hervorragender Stelle die gedanklichen Grundlagen zur Erneuerung des deutschen Volkes mitgeprägt« habe. In dem Gespräch wurde ihm Gelegenheit gegeben, die geplanten Eckpfeiler gegen eine angebliche Überfremdung und gegen einen offenbar erwarteten Ansturm auf den deutschen Wohlstand darzustellen.

Angewidert legte Talbach die Zeitung beiseite. Sie sah auf die

Uhr. Es war Zeit aufzustehen. Während sie ihre Sachen zusammenpackte, versuchte sie, sich auf die bevorstehende Reise zu konzentrieren. Es gelang ihr nur schlecht. Sie hätte gern Frank angerufen, war aber sicher, daß er doch nur versuchen würde, sie zum Bleiben zu überreden. Dann, ganz plötzlich, fiel ihr die vergangene Nacht wieder ein. Sie verstand nicht mehr, weshalb sie es unterlassen hatte, Hartmann nach dem Grund seiner Unruhe und seiner dunklen Bemerkungen zu fragen. Er hatte so ausgesehen, als wüßte er etwas Wichtiges, was sie betraf. Er hätte es mir gesagt, dachte sie. Weshalb habe ich ihn nicht gefragt.

Sie suchte die Karte, die ihr der Taxifahrer gegeben hatte, und fand sie neben dem Telefon. Sie wählte, aber es meldete sich niemand. Schließlich legte sie den Hörer zurück, nahm ihre Tasche und verließ das Zimmer. Auf dem Gang stand ein Wagen mit Putzzeug und frischer Wäsche. Die Türen der übrigen Zimmer standen offen. Es roch unangenehm nach Staub und Tannennadeln. Aus dem Zimmer neben ihrem war der Lärm eines Staubsaugers zu hören. Talbach fühlte sich allein, trotz des Geräusches und der deutlich wahrnehmbaren Anwesenheit von Menschen.

Wegen all dieser Zeichen, dachte sie. Gibt es etwas Überflüssigeres als Menschen, die darüber schreiben, wie andere Menschen leben? Die alles beschreiben, nichts wissen und nichts ändern?

Sie spürte, daß sie dem Beginn einer Depression gefährlich nahe war. Im Fahrstuhl beschloß sie, an der Bar einen Kaffee zu trinken und den Barkeeper nach Hartmann zu fragen. Als sich die Fahrstuhltür öffnete, lag die Hotelhalle vor ihr wie ein ruhiges, braunes Meer. Niemand war zu sehen, der Steinfußboden glänzte, sie mußte sich zusammennehmen, um ohne Zögern die glänzenden Steine zu betreten. Sie ging langsam, um ihre Unsicherheit zu verbergen. Schon von weitem sah sie, daß der Barkeeper gewechselt hatte.

Natürlich, dachte sie, man läßt sie doch nicht rund um die Uhr arbeiten.

Sie bestellte einen Kaffee, und als der Mann den Kaffee brachte, fragte sie ihn nach Hartmann.

Sie sagte: Ich habe gestern abend diese Nummer hier angerufen und einen Mann auf mein Zimmer bestellt. Ich würde den Mann gern noch einmal sehen. Wissen Sie, wie ich ihn erreichen kann, und schob dabei die Karte mit der Telefonnummer über den Tisch.

Der Barkeeper sah sie an, sah auf die Karte und schüttelte den Kopf.

In unserem Hotel?

Natürlich.

Tut mir leid, davon weiß ich nichts. Diese Nummer da? Er zeigte auf die Nummer, die auf der Karte stand.

Ja, sagte Talbach, diese Nummer da.

Haben Sie was dagegen, wenn ich es mal versuche?

Natürlich nicht, sagte Talbach, der es vorkam, als mache der Mann ihr Theater vor, deshalb frage ich doch.

Der Mann nahm die Karte auf und ging damit ans Telefon am anderen Ende der Bar. Er wählte und wartete. Dann legte er die Karte auf den Tresen und holte einen schmalen Ordner hervor.

Talbach ging zu ihm und sah zu, wie er die Nummer auf der Karte mit den Nummern des Telefonverzeichnisses verglich, das in dem Ordner war.

Ne, sagte er, hab ich mir gleich gedacht. Diese Nummer haben wir nicht. Und da soll ein Mann gekommen sein? Er sah sie zweifelnd an, und einen Augenblick lang hatte sie den Eindruck, als wüßte der Mann wirklich nichts.

Geben Sie her, sagte sie und nahm die Karte an sich. Sie legte etwas Geld auf den Tresen und ging. Diesmal ging sie sicher und ohne zu zögern durch die Hotelhalle. Auch vorn an der Rezeption war nicht mehr dieselbe junge Frau wie in der Nacht zuvor. Sie überlegte einen Augenblick, verzichtete dann aber darauf, sich nach der Nummer auf der Karte zu erkundigen. Der Gedanke, daß das Hotel ein geheimes Nachtleben haben könnte, von dem die Bediensteten des Tages nichts wußten, kam ihr plötzlich nicht mehr so unwahrscheinlich vor. Sie zahlte ihre Rechnung und ließ sich ein Taxi zum Flughafen rufen.

Während sie wartete, kam der Mann von der Bar an die Rezeption. Er sah sie prüfend an und sagte leise etwas zu der Frau, die ihr das Taxi bestellt hatte. Talbach empfand die Blicke der beiden als unangenehm. Sie nahm ihre Tasche auf und ging. Als sie aus der Drehtür trat, hielt das Taxi vor dem Eingang. Am Steuer saß eine junge Frau, mürrisch und übernächtigt, die während der kurzen Fahrt zum Flughafen kein Wort sprach, aber unentwegt gähnte. Auf dem Armaturenbrett klebte das Bild eines kleinen Kindes. Talbach war versucht, der Frau zuviel Geld zu geben und ihr zu sagen, sie möge nach Hause fahren. Sie tat es nicht, fühlte sich schuldig und ärgerte sich darüber.

Wenn du die Welt erlösen willst, dachte sie, während sie zum Schalter ging, dann solltest du zumindest hierbleiben.

Wie viele Schriftsteller litt sie unter Schuldgefühlen, die sich bei jeder Gelegenheit bemerkbar machten. In mehreren ihrer Bücher hatte sie die Armut und das Elend inmitten von Glanz und Verschwendung beschrieben, zu Anfang noch in der Hoffnung, irgend etwas ändern zu können, später, nach einer schweren Krise, mit dem Gefühl der Vergeblichkeit. In nüchternen Augenblicken, mit denen sie zu ihrem eigenen Bedauern reichlich gesegnet war, stellte sie fest, daß sie am Elend eines immer größer werdenden Teils der Bevölkerung gut verdiente. Immer war es dann Frank, der sie beruhigte. Er hatte sich angewöhnt, auf ihre unglücklichen, manchmal auch sentimentalen Fragen nach dem Sinn ihres Lebens mit einem Zitat des todkranken Tschechow zu antworten:

Du fragst, was ist das Leben? Das ist, als wollte man fragen: Was ist eine Mohrrübe? Eine Mohrrübe ist eine Mohrrübe, mehr ist dazu nicht zu sagen.

Sie lächelte in Gedanken an Frank, und die Frau hinter dem Schalter lächelte freundlich zurück. Sie steckte die Bordkarte in ihre Jackentasche und sah sich nach einem Telefon um. Sie hatte noch beinahe zwei Stunden Zeit bis zum Abflug. Sie würde Frank anrufen.

Es ist nicht fair, einfach zu verschwinden, dachte sie, während sie vor einer der Telefonzellen stand und wartete. Ein Mädchen, vielleicht vierzehn oder fünfzehn Jahre alt, neben sich eine ramponierte Reisetasche, versuchte, jemanden zu erreichen, der nicht abhob. Schließlich gab es auf und verließ die Telefonzelle. Der Ausdruck von Wut, ja Haß in dem kindlichen Gesicht erschreckte Talbach. Während sie darauf wartete, daß Frank den Hörer aufnahm, versuchte sie, dem Mädchen mit den Augen zu folgen, bis es im Gedränge verschwunden war. Zuletzt sah sie nur noch die Reisetasche, die einer älteren Frau in den Rücken schlug, als das Mädchen sie sich mit einem Schwung über die Schulter hängte. Sie wollte schon auflegen, als Frank den Hörer abnahm.

Entschuldige, ich wußte, daß du es bist. Ich war gerade in ein

Gespräch mit dem Postboten verwickelt. Die allgemeine Verblödung scheint rapide fortzuschreiten. Weshalb bist du gestern abend so früh gegangen?

Gestern abend, dachte Talbach, und es kam ihr vor, als sei der Abend bei Frank nicht zwölf oder vierzehn Stunden her, sondern zwölf oder vierzehn Tage.

Ich habe beschlossen wegzufahren, sagte sie.

Wegfahren? Du bist doch gerade erst wiedergekommen.

Hör zu, Frank, ich bin auf dem Flughafen. Ich fahre jetzt gleich.

Wohin willst du? Franks Stimme kam schnell, so als fürchtete er, daß keine Zeit mehr sei für eine Antwort.

Bitte, sagte sie, es ist nichts. Ich fahre nach Mallorca. Ich bin schon zwei Jahre nicht dort gewesen. Vielleicht ist jetzt der richtige Zeitpunkt, dort nach dem Rechten zu sehen. Außerdem kann ich da in Ruhe arbeiten.

Wann geht dein Flugzeug?

Talbach sah auf die Uhr über den Abfertigungsschaltern.

In genau einer Stunde und vierzig Minuten, sagte sie.

Willst du mir einen Gefallen tun?

Frank, ich wollte dir Auf Wiedersehen sagen und dich einladen. Mach, bitte, kein Drama draus. Ich fahre, weil ich dort arbeiten will, versteh doch.

Tust du mir einen Gefallen?

Wenn er sich in einer Stunde und neununddreißig Minuten erledigen läßt, sagte sie ergeben.

Such dir auf dem Flughafen einen Platz, an dem man dich nicht gleich sieht. Sag mir, wo du bist, ich komme.

Irgend etwas in seiner Stimme hielt sie davon ab, ihm zu widersprechen. Gleichzeitig hatte sie das Gefühl, sich lächerlich zu machen, wenn sie sich hier so etwas wie ein Versteck suchte.

Ich bin im Bistro, sagte sie, du hast noch genau eine Stunde und achtunddreißig Minuten.

Frank legte den Hörer auf, bevor sie den Satz beendet hatte. Talbach ging durch die Flughafenhalle und suchte sich im Bistro einen Platz im Hintergrund. Wieder hatte sie plötzlich das Gefühl, in einem fremden Spiel mitzuspielen. Von ihrem Platz aus konnte sie durch die gläsernen Wände des Bistro die Menschen in der Halle beobachten. Sie versuchte zu erkennen, ob sich das Bild, das sie sah, durch irgendwelche Einzelheiten von den Bildern von Reisenden in Flughafenhallen unterschied, die sie bisher gesehen hatte.

Als sie merkte, daß sie nach Männern Ausschau hielt, die schwarz gekleidet und zu zweit oder zu dritt waren, kam sie sich lächerlich vor und schalt sich eine alberne Gans. Sie lehnte ihren Kopf an die hölzerne Rückwand des Bistro und schloß die Augen. Bald hörte sie den Lärm aus der Halle, die Stimmen an den Tischen um sie herum, das Lachen der Kellnerin hinter der Bar nur noch von weitem. Sie sah und hörte auch nicht, daß Frank gekommen war. Erst als er einen Stuhl heranzog und seine Hand auf ihren Arm legte, schlug sie die Augen auf und sah auf die Uhr.

Noch eine Stunde und fünf Minuten, sagte sie lächelnd. Du wirst mich doch besuchen, oder?

Du verstehst mich falsch, sagte Frank. Ich werde dich nicht zurückhalten. Ich will nur, daß du weißt, was hier los ist.

Sag's mir, antwortete Talbach. Sie ärgerte sich darüber, daß Frank sie für uninformiert und naiv hielt.

Du erinnerst dich an den Studenten gestern abend? Den mit dem Nationalgefühl, fügte er ungeduldig hinzu, als sie nicht gleich antwortete. Er ist noch einmal zurückgekommen. Du warst schon weg, und die anderen waren gerade dabei zu gehen. Ich war müde, aber er ließ nicht locker. Also habe ich ihn noch einmal hereingelassen, hab uns einen Kaffee gekocht und ihm zugehört. Er hat mir ein paar Dinge erzählt, von denen er annahm, daß ich sie noch nicht wüßte. Und bei vielem hatte er recht, ich hatte wirklich keine Ahnung. Ich werde jetzt nicht alles wiederholen. Ich muß auch erst noch genauer darüber nachdenken. Aber ich dachte, einiges davon könnte dich angehen. Deshalb –

Mach's nicht so spannend, fang an, sagte sie ungeduldig. Ihr fiel Hartmann ein, mit seinen Andeutungen.

Also: Wir stehen erst am Anfang einer nationalen Offensive. Der Wahlsieg der Ethno-Zentristen beweist zwar die Unzufriedenheit im Volk und daß man den Zentristen zutraut, die Verhältnisse zu ändern. Aber mit dem, was die Leute zur Zeit noch in den Köpfen haben, sind diese Burschen absolut unzufrieden. Faschistische Vorstellungen bei vielen Älteren, bei den Bürgerwehren, bei den Schlägertrupps, sozialistische Träume bei ein paar Altlinken, in der Jugendszene, verblödetes Konsumdenken in der Masse der Bevölkerung. Damit sei kein Staat zu machen, sagen sie. Entschuldige, ich merke, daß ich das alles immer noch nicht ernst genug nehme.

Frank machte eine Pause. Talbach sah zwei Männer vor der Glasscheibe, die sich suchend umsahen. Als eine junge Frau in einem sehr kurzen Rock an ihnen vorüberging, wechselten sie einen Blick miteinander und folgten ihr.

Wovon wir träumen, hat er gesagt, ist der Mensch, der für die Demokratie bewußt Opfer bringt. Nur mit solchen Menschen kann unser Land seine Aufgabe in der Zukunft erfüllen.

Frank, sagte Talbach, weshalb erzählst du mir diesen Blödsinn?

Sie sahen sich an, bis Frank sagte: Weil du in diesem Spiel

eine Rolle zugewiesen bekommen wirst. Wir alle werden eine Rolle verordnet bekommen. Ich werde es vielleicht leichter haben als du. Ich werde einfach in Pension gehen, wenn sie mir zu nahe rücken. Dich werden sie nicht gehen lassen.

Den Eindruck habe ich nicht, sagte Talbach. Oder siehst du hier irgend jemanden, der mir auf den Fersen ist?

Frank folgte ihren Blicken nicht. Er sah vor sich hin. Beinahe dreißig Jahre lang hat er auf stille und dennoch engagierte Art versucht, seinen Studenten eine demokratische Haltung vorzuleben, dachte Talbach. Er muß das Gefühl haben, vor den Trümmern seiner Arbeit zu stehen, fast tat er ihr leid. Aber als Frank den Kopf hob und sie ansah, wurde ihr klar, daß Mitleid überflüssig war. Es ging ihm ja nicht anders als ihr. Mitleid hätte nur Selbstmitleid sein können.

Ich will dir sagen, was ich denke, sagte er. Offensichtlich sind diese Leute von ihrem Wahlsieg selbst überrascht worden. Und nicht nur sie. Auch die, die sie in den letzten Jahren finanziert haben, sind sich zur Zeit noch nicht ganz klar über die Formen der Machtausübung, die sie bevorzugen werden. Klar ist nur, daß sie die Macht nicht wieder abgeben wollen. Sie werden versuchen, sie mit allen Mitteln zu festigen. Und eines dieser Mittel wird eine Kampagne zur Einbeziehung der noch abseits stehenden Intellektuellen sein. Erinnere dich an die Politik nach dem Fall der Mauer. Es gab für die sozialistischen Intellektuellen der DDR zwei Möglichkeiten: Entweder sie krochen zu Kreuze, oder sie wurden niedergemacht. Damals ist nicht heute. Heute haben andere Leute politische Macht; legitimierte politische Macht. Ich –

Danke. Danke für die Warnung, sagte Talbach. Sie stand auf, und auch Frank erhob sich.

Was empfiehlst du mir zu tun? Hierzubleiben und zu demonstrieren? Ich schreibe, Frank, verstehst du? Und ich organisiere mir Bedingungen, unter denen das möglich ist. Das ist alles.

Sie verließen das Bistro, ohne miteinander zu sprechen. Talbach suchte im Gehen in ihrer Jackentasche nach dem Reisepaß. An ihren fahrigen Bewegungen merkte sie, daß ihre Ruhe nur vorgetäuscht war, und sie ärgerte sich darüber. Sie sah Frank an und sah, daß er grinste.

Komm mit, sagte sie. Und als er den Kopf schüttelte: Besuch mich, sobald du kannst.

Sie blieben vor der Paßkontrolle stehen.

Jedenfalls bleibe ich auf dem Flughafen, bis ich weiß, daß du in der Luft bist, sagte Frank. Talbach schüttelte lächelnd den Kopf. Sie sah ihm nach, als er sich einen Platz in der Halle suchte. Er setzte sich auf einen Sessel in der Nähe der Eingangstür. Sie zog ihren Paß aus der Tasche und reichte ihn dem Grenzbeamten. Nach einem flüchtigen Blick auf das Papier gab der Mann ihr den Paß zurück.

Gute Reise, sagte er.

Talbach betrachtete das Fliegen als eine nur selten zu umgehende Notwendigkeit, der sie keinerlei Vergnügen abgewinnen konnte. Das enge Zusammensein mit Unbekannten, deren Gesellschaft sie sich freiwillig nur selten ausgesucht haben würde, die mit Alkohol, Essensgerüchen und gerade modischen Parfümdüften beladene Luft, der Lärm der Passagiere, gemischt mit dem Fluglärm, das aufdringliche und gleichzeitig stoische Lächeln der Essensverteilerinnen und Parfümverkäuferinnen schienen ihr jedesmal schwerer erträglich. Ein kleiner Zwischenfall zu Beginn des Fluges war nur noch ein zusätzliches Argument, um sie in ihrer Abneigung gegen das Fliegen zu bestärken. Schon als sie das Flugzeug betreten hatte, eine, wie ihr schien, überdimensionale Röhre, in der für die nächsten Stunden ein ihr noch unbekanntes Experiment geplant war, schlug ihr heftiger Alkoholgeruch entgegen. Der Geruch verstärkte sich, je näher sie dem ihr zugewiesenen Platz kam. Als sie ihn endlich erreichte – mehrere andere Teilnehmer hatten offenbar unbedingt notwendige Handgriffe an den Kofferklappen über ihren Sitzen vorzunehmen, so daß sie die nach ihnen Kommenden auf dem Weg zu ihren Plätzen behinderten – sah sie neben ihrem Sitz einen Mann auf dem Boden.

Talbach blieb stehen, auch, weil beim Näherkommen der von dem Mann ausgehende Alkoholgeruch unerträglich wurde, und stellte fest, daß der Mann am Boden kniete. Sein massiger Körper war eingeklemmt zwischen seinem und Talbachs Sitz und den Rückenlehnen der Vorderplätze. Er hatte die Hände gefaltet vor sich auf den Oberschenkeln liegen und hielt die Augen fest geschlossen. Leise brabbelnde, einem Gebet ähnliche Laute kamen zwischen seinen Lippen hervor und beförderten den Alkoholdunst aus der Spalte zwischen Sitzen und Rückenlehnen, ähnlich dem Dampf, der nach Meinung einiger klassischer Schriftsteller aus einer Erdspalte unter dem Dreifuß der Pythia in Delphi gekommen war. Während jedoch trotz eifriger Nachforschungen in Delphi weder eine Erdspalte noch Dampf gefunden worden waren, lag der Anlaß der sich vor Talbachs Augen abspielenden Szene deutlich sichtbar neben den fetten Oberschenkeln des Knienden. Es handelte sich um eine fast leer getrunkene Rumflasche, die nur unzureichend verschlossen worden war und aus der langsam, aber stetig Tropfen in den mit Teppich belegten Fußboden der Röhre sikkerten. Der Alkoholdunst speiste sich sichtbar und auch mit der Nase deutlich unterscheidbar aus zwei Quellen: Er kam aus der schlecht verschlossenen Flasche, die einen kräftigen Duft nach weißem Rum in die Luft entließ, und, schwerer zu ertragen, aus der Haut des vor Angst und Betrunkenheit schwitzenden und stinkenden Mannes.

Talbach sah einen Augenblick mit angehaltenem Atem auf den Knienden, sah seinen roten, mit gelblichweißlichen Haaren besetzten Nacken, der auf einen hellhäutigen Typ schließen ließ, dessen Haut bei der ersten Sonnenberührung verbrennen würde. Dann drängte sie sich rücksichtslos durch die kleine Anzahl der noch nach ihr kommenden Passagiere nach hinten und bat die Stewardeß um einen anderen Platz. Der Flugzeug war nicht voll besetzt, so daß ihr Wunsch ohne Schwierigkeiten erfüllt werden konnte. Während des Fluges leerten sich die Plätze um den Knienden. Schließlich lag er allein zwischen den Sitzen und betete; ein einsames und bedauernswertes Opfer wütender Versuchungen und konkurrierender Preisangebote der Reiseindustrie. Talbach versuchte, sich den Mann am Ufer eines friedlichen norddeutschen Sees beim Angeln vorzustellen, bevor sie beschloß einzuschlafen.

Sie verließ das Flugzeug mit einem Gefühl der Beschädigung, das sie schon kannte und das sie als Preis anzusehen gelernt hatte, den sie für den Gewinn von Zeit zu zahlen bereit sein mußte, den zu zahlen ihr aber von Mal zu Mal schwerer fiel.

Zwischen den Wartenden vor der Absperrung zur Zollkontrolle sah sie Rosa. Möglicherweise war sie gerade erst angekommen und hatte sich durch die Reihen der Wartenden nach vorn gedrängt. Jedenfalls strich sie sich mit beiden Händen die Haare glatt, während sie in einer lebhaften Auseinandersetzung mit den um sie herum Stehenden begriffen war. Sie brach den kleinen Streit sofort ab, als die ersten Passagiere durch den Zoll kamen, und winkte, als sie Talbach erkannte. Wenig später saß Talbach neben Rosa im Auto, überschüttet mit Fragen, Berichten über Juan, Neuigkeiten aus dem Dorf und hin und wieder beobachtet von skeptischen Seitenblicken. Schließlich hielt Rosa es nicht mehr aus.

Sie sehen nicht gut aus, Señora. Señor Frank hätte Sie nicht allein fahren lassen sollen. Kommt er Sie wenigstens besuchen?

Rosa kannte das Verhältnis zwischen Talbach und Frank, jedenfalls das äußerliche, und war ihm von Anfang an mit geheimem Staunen und offener Mißbilligung begegnet. Talbach glaubte nicht, daß Rosa besonders fromm war, aber sie hielt wohl die vom Priester gesegnete Ehe für eine sinnvolle Institution, weil sie ihrer Meinung nach die Männer bis zu einem gewissen Grad daran hinderte, sich aus dem Staub zu machen. Lang andauernde Freundschaften zwischen Männern und Frauen waren nach ihren Erfahrungen nicht möglich. Ihr Gesichtsausdruck, als sie vor langer Zeit erfahren hatte, daß Señor Frank und Señora Lisa keine Eheleute waren, hatte zwischen Mitleid und Empörung gewechselt. Schließlich, Rosa war eine gutmütige Person, hatte sie sich dafür entschieden, Mitleid mit der Señora zu empfinden. Aber Mitleid ist eins von den Gefühlen, die ständig Nahrung brauchen, um zu überleben. Und so hatte sie sich angewöhnt, intensiv nach traurigen Ereignissen in Talbachs Leben zu forschen und, obwohl sie ihr von Herzen zugetan war, hätte sie nichts mehr entzückt, als zu erfahren, daß der Señor aus dem Leben der Señora auf Nimmerwiedersehn entschwunden war. Deshalb schwieg sie eine Weile, als Talbach zu verstehen gab, daß Frank sie wahrscheinlich besuchen würde, und konzentrierte sich auf das Fahren.

Wahrscheinlich, sagte sie plötzlich halblaut vor sich hin. In ihrer Stimme und in ihrem Gesicht war so viel entzückte Skepsis, daß Talbach lachte. Rosa, die durchaus Sinn für Humor hatte, begann ebenfalls zu lachen. Talbach beobachtete die kleine, runde, schwarzgekleidete Person hinter dem Steuer. Obwohl Rosa und sie gleich alt waren, fühlte sie plötzlich eine Art kindliche Zärtlichkeit für die resolute Person neben sich. Mit einem Mal schien es ihr, als gehöre sie nicht in das Land, das sie gerade verlassen hatte, sondern hierher, neben eine ältere mütterliche Frau, in ein klappriges, altes Auto und in eine ockerfarbene ausgetrocknete Landschaft, an deren Ende ein ewig sich veränderndes und ewig gleiches Meer auf sie wartete. Im Bewußtsein, in einer schönen Illusion zu leben, die erst aufhören würde, wenn sie selbst es wollte, lehnte sie sich zurück, immer noch lächelnd, sah auf die sandfarbenen, zerfallenden Mauern rechts und links der Straße, die rotbraune Erde hinter den Mauern. Einmal sah sie sich um, und ihr Blick fiel auf die Reisetasche auf dem Rücksitz. Mit einem Gefühl der Vorfreude dachte sie an die Arbeit, die sie erwartete. Eine Weile fuhren sie schweigend weiter, während Dunkelheit sich langsam auf die Felder legte. Dann, während sie durch das Dorf kamen, die Hauptstraße entlang, an deren einer Seite das Hafenbecken lag, fuhr Rosa langsamer und hupte zweimal; beim erstenmal hupte sie, als sie an Don Pedros Kneipe vorbeifuhren, denn sie hatte Don Pedro gesagt, daß sie die Señora abholen würde.

Lisa sah Pedro im Halbdunkel hinter der Theke fröhlich winken. Sie sah den wie immer laufenden Fernseher, zwei Männer vor dem Tresen auf Barhockern und auf der kleinen, überdachten Terrasse vor dem Lokal einen langen, blonden Mann in einem Korbstuhl. Sie freute sich, den Mann zu sehen, aber er war offenbar nicht über ihre Ankunft informiert worden, denn er sah nur kurz hoch und erkannte sie nicht.

Wie schön, Max ist hier, sagte sie lachend zu Rosa.

Der ist jetzt fast immer hier, antwortete Rosa, und an dem Ton in ihrer Stimme konnte Lisa erkennen, daß irgend etwas daran ihr Mißfallen erweckte. Bevor sie dazu kam nachzufragen, hupte Rosa zum zweitenmal. Diesmal galt ihr Signal einem kleinen Boot, das durch die Dämmerung in das schwarze, glatte Wasser des Hafenbeckens einfuhr. Der gleitende, fast nur noch an der Buglaterne zu erkennende Umriß des Bootes zwischen dem dunkelnden Himmel und der Schwärze des Wassers rief in Lisa ein Gefühl von Ewigkeit hervor. Ewigkeit und Ruhe, dachte sie. Von den alltäglichen, immer wiederkehrenden, seit Jahrtausenden verrichteten Tätigkeiten der Menschen geht Ruhe aus, wenn man sie so wahrnimmt wie ich jetzt das Boot.

Viel fängt er nicht, sagte Rosa neben ihr. Aber es reicht, um das Boot in Ordnung zu halten und den Treibstoff zu kaufen. Ohne Boot wäre dieser Sohn kein Mensch.

Er würde rudern, sagte Lisa lachend. Sie kannte Juan schon sehr lange, und manchmal war sie nicht sicher, ob er zuerst schwimmen und rudern oder erst laufen gelernt hatte.

Das würde nicht reichen, Señora, antwortete Rosa.

Sie nahm die Kurve am Ende der Dorfstraße und am Ende des Hafenbeckens mit besonderem Schwung.

Mit Rudern fängt man keine Fische mehr heutzutage. Und von dem Laden allein kann er nicht reich werden.

Lisa schwieg. Ihr Haus lag außerhalb des Dorfes am Felsufer. Der Weg führte durch Felder, vorbei an Mauern, die schwarz waren in der Dunkelheit und hinter denen sich Schafe zusammendrängten, die die Nacht erwarteten. Sie hörte es am gelegentlichen Bimmeln von Glocken und am vereinzelten Blöken unruhiger Jungtiere. Das Dorf lag jetzt schon ein paar Kilometer hinter ihnen. Lisa dachte an den wunderbaren Geruch nach Erde und Feldblumen, der für sie zu dem Weg gehörte. Sie bat Rosa, langsamer zu fahren und das Standlicht einzuschalten, während sie das Fenster an ihrer Seite öffnete. Sie fand den Geruch nicht wieder, vielleicht gehörte er zum Frühjahr, aber ihre Augen gewöhnten sich an die Dunkelheit, und sie sah hin und wieder die schwarzen Schatten eines Bauernhauses schwer inmitten der Felder liegen, einzelne Fenster erleuchtet und bewacht von einem schläfrig bellenden Hund, sah eine abgestorbene Eiche, deren Umrisse sie wiedererkannte, und schließlich die hohen Mauern rechts und links des schmalen Feldwegs, der zu ihrem Haus führte.

Hier, dachte sie, müßte ich jetzt eigentlich das Meer hören, wenn der Motorenlärm nicht wäre.

Aber sie scheute sich, Rosa darum zu bitten, den Wagen einen Augenblick anzuhalten. Sie wollte vor Rosa nicht sentimental sein, und sie tröstete sich damit, daß sie von jetzt an und für unbegrenzte Zeit mit dem Geräusch des Meeres leben würde. Eine stille, arbeitsreiche Gleichförmigkeit würde ihr Leben erfassen. Ihr Leben würde regelmäßig sein, wie die an den felsigen Strand schlagenden Wellen. Und obwohl sie wußte, daß die Gleichförmigkeit Unterbrechungen erfahren würde, schließlich hatte sie Max gesehen, Pedro und Juan, bei deren Anblick Erinnerungen an Nächte mit Rotwein, Gespräche, Einladungen und Gegeneinladungen aufgetaucht waren, würde doch das Grundmuster der Tage, die sie erwarteten, Ruhe und Arbeit sein.

Rosa hielt vor dem Haus. Über der Tür brannte eine Lampe, und bevor Lisa etwas sagen konnte, stand ihre Reisetasche auf der niedrigen Mauer, die den Weg zur Haustür einfaßte.

Ich hab die Heizung angemacht. Im Kühlschrank ist genug für Frühstück morgen früh. Haben Sie Ihren Schlüssel?

Rosa hatte den Wagen gewendet und war davongefahren. Lisa stand vor der Haustür und sog den Geruch der Pinien ein. Ein kleiner Wald lag dem Haus gegenüber, und Pinien standen auch im Garten, der neben dem Haus an der Straße begann und sich bis hinunter zur Felsküste ausdehnte. Jetzt lag er im Dunkeln, aber nicht schwarz und fremd, sondern wie ein dunkelblaues, geheimnisvolles Versprechen, dessen baldige Erfüllung im voraus angenehme Gefühle weckte. Lisa nahm die Tasche, schloß die Haustür auf und ging hinein. Ein leichter Modergeruch, wie man ihn immer in Häusern findet, die nahe am Wasser liegen und selten bewohnt werden, schlug ihr entgegen. Lisa nahm ihn kaum wahr. Die Vorhänge vor dem Terrassenfenster zum Meer waren zur Seite gezogen worden. Über die Brüstung der Terrasse hinweg fiel ihr Blick auf einen glitzernden Streifen im Wasser. Am Himmel hing ein fast runder Mond.

Wenn ich den Atem anhielte, dachte Lisa, würde sich nie mehr etwas ändern.

Sie spürte, daß sie wirklich den Atem angehalten hatte, und lächelte über sich selbst. Sie stellte die Tasche auf den Fußboden und ging an die Terrassentür.

Hinter den noch verschlossenen Fenstern waren die Wellen an den Felsen nur leise und wie von fern zu hören. Sie hatte ihre Hand schon auf den Türgriff gelegt, als das Schrillen der Telefonklingel die Stille zerstörte. Das Telefon war sehr laut, und sie erinnerte sich sofort, daß sie es bei ihrem letzten Aufenthalt vor zwei Jahren absichtlich lauter gestellt hatte, um es auch unten im Garten hören zu können. Es klingelte dreimal und verstummte, bevor sie sich entschlossen hatte, den Hörer nicht abzunehmen. Sie öffnete die Tür und trat auf die Terrasse. Der Steinfußboden, die Brüstung und die in einer Ecke zusammengestellten Möbel glitzerten naß und kalt. Sie blieb einen Augenblick stehen und sah auf das Meer hinunter. Aber der Eindruck des Wunderbaren, der geheimnisvollen Schönheit, die sie beim Betreten des Hauses und beim Blick durch das Fenster gesehen und gespürt hatte, war verflogen. Sie spürte, daß sie fror und daß eine andere Erinnerung von ihr Besitz zu ergreifen drohte. Vor Jahren, als sie vor dem Alter in dieses Haus geflüchtet war, hatte das ewig gleiche und gleichmütige Geräusch der an die Felsen schlagenden Wellen für sie die Unabänderlichkeit des Vergehens symbolisiert. Es hatte sie verzweifelte Anstrengungen gekostet, diesem Geräusch standzuhalten, nicht zu flüchten und zu begreifen, daß in der Unabänderlichkeit auch ein Trost lag. Die Gefühle, die die regelmäßig an den Strand schlagenden Wellen jetzt in ihr hervorriefen, waren nur noch ein sehr fernes Echo der Ängste, die sie damals bedrängt hatten. Es gab keinen Grund mehr, sich ihnen noch einmal auszusetzen.

Lisa verließ die von Nässe glänzende Terrasse. Als sie die Tür von innen schloß, schellte das Telefon zum zweitenmal. Sie ging zum Schreibtisch, tastete nach der Schnur, fand die Steckdose und zog den Stecker heraus. Dies war ihr freiwillig gewählter Aufenthalt. Sie hatte ihn gewählt, weil sie Ruhe brauchte, um zu arbeiten. Sie würde dafür sorgen, daß niemand diese Ruhe störte, es sei denn, sie ließe es selbst zu.

In der Nacht hatte Lisa Talbach einen Traum. Sie stand am Rand eines großen Parks und beobachtete Männer beim Spielen. Das Spiel, mit dem sie beschäftigt waren, hieß ALTWERDEN, und Frauen durften dabei nicht mitspielen. Schließlich begannen die Männer sich zu langweilen und beschlossen, auch Frauen zuzulassen. Sie winkten, und Talbach betrat den Park und schloß sich einer Gruppe von Männern an, die eine Führung durch den Park veranstaltete. An verschiedenen, besonders schönen Plätzen waren Kameras aufgestellt. Es wurden dort Filme gedreht, die offensichtlich pornografische Inhalte hatten. Irgendwann beschlossen die Männer, daß man sich ausziehen sollte. Einige begannen, Fußball zu spielen, laut rufend, manche mit riesigen Geschlechtsteilen, die sie beim Laufen behinderten. Andere setzten sich in einem Kreis zusammen. Männer und Frauen bildeten getrennte Kreise. Die Männer präsentierten ihre Geschlechtsteile in den Händen vor sich. Die Frauen waren jung und schön. Talbach ging an ihnen vorbei, von Trauer darüber erfüllt, daß sie sich nicht zu ihnen setzen konnte. Ihr Körper war zu alt und zu häßlich. Sie ging weiter, an das Ende des Parks, in ihrem Rücken die grölenden Stimmen der Fußball spielenden Männer. Schließlich erreichte sie eine Trümmerlandschaft. Sie beschloß, über die Trümmer zu klettern, die ihr den Weg versperrten. Während sie mühsam emporstieg, sah sie, daß die aufgehäuften Steine, die ihr am Anfang häßlich und hinderlich erschienen waren, aus Marmor bestanden. Der Marmor war rosa und sehr schön. Die einzelnen Bruchstücke waren so schwer, daß sie sie nicht beiseite schieben konnte. Aber sie konnte hinaufgelangen und von oben in eine Landschaft blicken, die ihr sehr gefiel. Die Landschaft war flach und weit. Sie sah aus, als sei sie von Caspar David Friedrich gemalt. Sie erwachte mit demselben umfassenden Glücksgefühl, das sie im Traum beim Anblick der Traumlandschaft empfunden hatte.

Sie blieb ruhig liegen und dachte darüber nach, daß sie den Traum kannte. Er war zurückgekommen aus der Zeit vor zwei

Jahren. Damals allerdings hatte er ein anderes Ende genommen. Scham und Verzweiflung waren nach dem Aufwachen zurückgeblieben. Keine rosa Marmorstücke, kein Ausblick in eine weite Landschaft hatten sie getröstet. Ihr Blick fiel auf die Reproduktion eines Bildes von Caspar David Friedrich, die an der Wand gegenüber hing. Eisschollen türmten sich auf vor einer bläulichen, eisigen Weite. Lisa erkannte in ihren schroffen, starren Formen die Marmortrümmer ihres Traumes und lächelte. Sie hatte das Bild immer geliebt, und sie war an diesem Morgen über die Fähigkeit ihres Unterbewußtseins, die eisigen Trümmer in rosigen, lebendigen Marmor zu verwandeln, viel zu beglückt, um darüber nachzudenken, daß das Bild den Titel DIE GESCHEITERTE HOFFNUNG trug.

An diesem Morgen hörte sie die Wellen nicht an die Uferfelsen schlagen. Hinter den Vorhängen des Schlafzimmers war Stille und Licht. Sie mußte lange geschlafen haben, wenn die Sonne schon so hell war. Vom Schlafzimmer führte eine Tür zur Terrasse über dem Meer. Lisa stand auf, neugierig und gleichzeitig erstaunt über ihre Neugier auf eine Aussicht, die sie doch schon sooft erlebt hatte. Draußen jedoch, als sie das Wasser sah und ein einzelnes Segelboot, verstand sie die Neugier. Erst dieses Meer, die schon ein wenig kraftlose, aber immer noch sehr helle Sonne auf ihrer Haut, das zarte, durch die geschlossenen Fenster schon nicht mehr vernehmbare Schlagen der Wellen ans Ufer, die völlige Abwesenheit von Menschen und von Geräuschen, die sich Menschen zuordnen ließen, gaben ihr das Gefühl, in dem anderen Leben angekommen zu sein, das zu erreichen ihr so wichtig gewesen war. Erst jetzt fühlte sie sich aufgenommen und in Ruhe gelassen zugleich. Erst jetzt schien ihr die Entscheidung, ihr Land zu verlassen, vollkommen richtig zu sein. Barfuß ging sie die Treppenstufen zum Meer hinunter. Kleine Pinienzapfen drückten sich in ihre Fußsohlen. Sie zertrat ein paar Blätter des Fettblatts, das die Stufen überwuchert hatte, aus Ritzen zwischen den Stufen drängend, in denen kaum Erde haftengeblieben war. Bevor sie vorsichtig ins Wasser stieg, ließ sie einen Augenblick die Sonne ihren mageren, braunen Körper wärmen. Sie schwamm eine kurze Strecke. Das Wasser erschien ihr eiskalt, aber sie wußte, daß sie sich bald daran gewöhnen würde. Sie würde jeden Morgen nach dem Aufstehen schwimmen, und das Wasser würde ihr so angenehm frisch und durchaus nicht kalt vorkommen, daß sie schon jetzt Vorfreude empfand. Schließlich kletterte sie fröhlich und zitternd vor Kälte die eiserne Badeleiter empor, wickelte sich in den Morgenrock und blieb, die Arme um die Knie gelegt, auf einem flachen Felsen sitzen, bis die Sonne sie aufgewärmt hatte. Sehr weit entfernt auf der Grenze zwischen Himmel und Meer war ein winziger Dampfer aufgetaucht. Er fuhr von Westen nach Osten. Am Himmel zeigte sich keine Wolke.

Sie brauchte beinahe den ganzen Tag, um ihr Haus wieder in Besitz zu nehmen, ihren Arbeitsplatz einzurichten und ein paar unangenehme Erinnerungen zu vertreiben. So versuchte der hohe Spiegel im Bad neben ihrem Schlafzimmer, ihr das Bild der verzweifelten alternden Frau zu zeigen, die sie gewesen war, als sie vor drei Jahren hineingesehen hatte. Sie zwang sich, davor stehenzubleiben und genau hinzusehen, bis sie sich sah, wie sie wirklich war: zäh und neugierig und mit einem zärtlichen Lächeln, das sich über die vergangenen Ängste lustig machte.

Ein Foto, das in der Küche über dem Herd befestigt war und auf dem sie in Juans Bar zusammen mit Rosemarie und Max und einem sehr jungen und sehr schönen Mann zu sehen war, warf sie in den Mülleimer. Der junge Mann war der Auslöser für ihre Gesundung gewesen. Er hatte sich in sie verliebt, in sie oder ihren Ruhm, vielleicht auch in ihr Geld – gemessen an dem niedrigen Einkommen der Inselbewohner war sie reich –, und sie war drauf und dran gewesen, ein Verhältnis mit ihm zu beginnen. Nach ein paar Tagen, oder waren es Wochen, sie wußte nicht mehr genau, wie lange diese Sache gedauert hatte, war ihr aufgefallen, daß sie seine Gegenwart nur amüsant fand, wenn sie betrunken war. Sie erinnerte sich genau an die Szene in Juans Bar. Sie sah wieder den schönen Kopf ihres Freundes, der ihr sein Profil zuwandte und auf das Meer hinaussah. Er hielt ein Rotweinglas in der Hand. Der Wein war fast schwarz, seine dunkle Haut leuchtete sanft, es war ein beinahe unwirklich schönes Bild. Unwirklich schön – das waren genau die Worte, die sie damals plötzlich gedacht hatte. Sie war aufgestanden und gegangen. Niemand hatte sie begleiten dürfen. Stolpernd und immer wieder stehenbleibend, war sie den langen Weg durch die Felder allein nach Hause gegangen. Sie hatte die Schafe nicht gehört und nicht das Bellen der Hunde in den Feldern.

Nach zwei Tagen, an denen sie alle Einladungen zu fröhlichen Inseltouren und gemeinsamen Essen abgelehnt hatte und allein geblieben war, wußte sie, daß sie dabei gewesen war, sich zu belügen und den Rest ihres Lebens damit zu verbringen, die Lüge aufrechtzuerhalten. Sie beendete die Beziehung zu dem schönen Jungen und begann zu arbeiten. Das Buch, das damals entstanden war, hatte bei den Kritikern ungeteilte Ablehnung erfahren, wurde aber von den Lesern mit Begeisterung aufgenommen. Lisa erinnerte sich mit Vergnügen eines Nebeneffekts ihrer damaligen Arbeit.

Irgendwann, zwei oder drei Wochen nach der Beendigung der Affäre, hatte sie zufällig in einen Spiegel gesehen und festgestellt, daß ihr gefiel, was sie sah. Daraufhin hatte sie Rosemarie und Max zu einem selbst hergestellten Essen auf der Terrasse eingeladen, obwohl das Buch noch nicht fertig war und sie sich ursprünglich vorgenommen hatte, bis zum Ende der Arbeit allein zu bleiben. Es war ein vergnügter Abend geworden. Sie hatten viel gelacht, auch über den schönen Jüngling, der, wie sie erfuhr, drei Tage lang verzweifelt gewesen und dann aus dem Dorf verschwunden war. Es hieß, er habe auf dem Festland eine reiche Freundin gefunden.

Gegen Abend, Lisa stand vor dem Schreibtisch und überlegte, ob jetzt noch der richtige Zeitpunkt war, um mit der Arbeit anzufangen, oder ob es besser wäre, bis zum nächsten Tag zu warten und sich früh an den Schreibtisch zu setzen, hielt ein Auto auf der Straße vor ihrer Haustür. Sie kannte das Auto nicht, aber sie hätte den Fahrer nicht sehen müssen, um zu wissen, wem es gehörte. Nur Max fuhr so große und protzige Autos. Er war reich, und er hatte überhaupt keine Hemmungen, seinen Reichtum zu zeigen. Obwohl niemand so genau wußte, weshalb gerade Max über soviel Geld verfügte. Bevor er sich auf der Insel niedergelassen hatte, war er Gärtner gewesen. Jedenfalls behauptete er das und begründete damit, daß er sich hauptsächlich damit beschäftigte, den Park zu pflegen, der sein Haus umgab. Sein Haus, so aufwendig wie die ständig wechselnden Wagen, die er fuhr, war tatsächlich von einem blühenden, duftenden Park umgeben. Bäume, Sträucher und Blumen verdeckten die Zusammenstellung von Marmorsäulen, Südstaaten-Freitreppen und postmoderner Garage, die ihm ein Architekt aufgeschwatzt hatte. Manchmal, wenn Lisa in der Dämmerung während eines Spaziergangs an seinem Grundstück vorbeigekommen war, wirkte der weiße Marmor hinter den Büschen wie eine edle und gleichzeitig geheimnisvolle Architektur. Der Garten, oder besser der Park, war auch im Sonnenlicht noch schön, auch wenn er sein Geheimnis unter der glühenden Sonne verlor. Das Haus war bei Licht besehen einfach scheußlich. Sie hatte es vor Augen, als sie jetzt an die Tür ging, um Max einzulassen.

Wo ist Rosemarie?

Max hob sie hoch und setzte sie zurück auf den Boden. Neben ihm wirkte Lisa sehr klein.

Du kennst sie doch, sagte er.

Noch immer zu viel Wein zu früh am Tag?

Wein, ja, sagte Max.

Er wirkte unruhig, obwohl Lisa seine Begrüßung als herzlich und offen empfunden hatte. Seine Augen sahen prüfend durch den Wohnraum und blieben an den Papieren auf dem Schreibtisch hängen.

Du bist zum Arbeiten gekommen, was? Aber heute wird daraus nichts mehr werden. Sie warten alle auf dich. Ich bin nur gekommen, um dich zu holen.

Wer wartet auf mich, fragte Lisa, obwohl sie es wußte. Sie sah die Bar am Hafen vor sich, Pedro hinter dem Tresen, zwei oder drei Gäste, vielleicht Juan, gerade mit dem Boot heimgekehrt, der Pedro ein paar Fische verkauft hatte. Und Rosemarie, beinahe betrunken, weil es erst früh am Abend war, und sie noch eine oder zwei Flaschen Wein brauchte, bis sie anfing, sich wohlzufühlen.

Na, Pedro, sagte Max. Juan wird inzwischen auch zurück sein. Er fängt immer weniger, verkauft eigentlich nur noch an Pedro. Ein Neuer ist da, oder kennst du den mit der Segelschule schon vom letztenmal? Er kommt jeden Abend auf einen

Drink vorbei. Hoffentlich reicht das, was er mit seinem Unterricht verdient hat. Wenn meine Frau ihm weiter so beim Trinken hilft, wahrscheinlich nicht. Ich darf doch?

Max setzte sich. Seine langen, dünnen Beine steckten in einer Art khakifarbenen Reiterhosen. An den Füßen trug er weiße Nietenstiefel, von denen Lisa wußte, daß er sie im Dutzend anfertigen ließ, wenn er, was hin und wieder vorkam, auf dem Festland zu tun hatte.

Klingt, als würdest du dich nicht besonders wohlfühlen, sagte Lisa. Ich weiß nicht, ob ich Lust habe mitzukommen. Ich will arbeiten. Ich muß einen klaren Kopf behalten.

Das war schon immer dein Problem, dies Ding mit dem klaren Kopf. Wahrscheinlich wird's dir eines Tages leid tun. Aber dann ist es zu spät. Hätte ich doch bloß mein Leben genossen, als ich noch jung war.

Die letzten Worte hatte Max, begleitet von einem Augenaufschlag und bittend erhobenen Händen, gesagt, und Lisa lachte, während sie sagte, er möge einen Augenblick warten, sie sei gleich fertig.

Während sie hinunterfuhren in den Ort am Hafen, sprachen sie nicht. Lisa, die sich vorgenommen hatte, den Freunden von Anfang an klarzumachen, daß sie zum Arbeiten gekommen sei, betrachtete entspannt den dunkelblauen Himmel, ein paar schwarze Wolken und die ersten in der Ferne sichtbaren Lichter der nächsten Stadt. Max fuhr langsam, so, als wollte er sie auffordern, den Abend zu genießen, den Himmel, die Landschaft und die Vorfreude auf die Freunde. Lisa sah ihn von der Seite an. Er tat so, als bemerkte er ihre Blicke nicht. Sie fand ihn verändert, obwohl er gekleidet war wie immer und sein Gesicht und seine Bewegungen ihr vertraut waren. Sie versuchte, die Veränderung zu erkennen, aber es gelang ihr nicht.

Vielleicht bin ich es selbst, die sich verändert hat, dachte sie. Aber das war nicht der Grund, und sie wußte es.

Die Laternen sind kaputt, sagte Max, während sie ins Dorf fuhren.

Die Straße am Hafen war dunkel. Ein warmer, gelbroter Lichtschein, der aus Pedros Bar auf die Straße fiel, erhellte ein längliches Stück Asphalt. Die Scheinwerfer des Autos beleuchteten im Vorüberfahren ein paar Masten von Segelbooten und ließen sie im Dunkeln zurück. Es parkten keine Autos am Hafen. Sie hielten an der Hafenseite der Straße im Dunkeln. Das Licht aus der Bar endete dicht neben dem Auto. Lisa sah, daß Max suchend hinüberblickte.

Sie kommt gleich, nehme ich an, sagte er.

Ihnen entgegen kam ein unbeleuchtetes Auto, das mit zu hoher Geschwindigkeit fuhr und vor der Bar mit quietschenden Reifen anhielt.

Hab ich doch gesagt, sagte Max.

Sie kletterten aus dem Auto und folgten Rosemarie in die Bar.

Seit vorgestern waren überall an den Wänden Plakate aufgetaucht, schwarz, mit roter Schrift.

Die ersten hundert Tage
Bilanz einer erfolgreichen demokratischen Revolution

Heute waren DIE ERSTEN HUNDERT TAGE auch als Balken auf allen, beinahe allen, Tageszeitungen zu sehen. Die schwarz-roten Plakate waren die einzigen auffälligen Farbflecken an diesem naß-kalten Januartag. Nur wenige Menschen waren auf den Straßen. Der kleine Park vor dem Krankenhaus war menschenleer. Die Stadtreinigung hatte die letzten Reste des Herbstlaubes beseitigt. Schwarzglänzend von Nässe führte ein schmaler Betonweg auf das Portal des Krankenhauses zu. Hartmann und Schlee kamen von einem nahe gelegenen Parkplatz. Im Portal des Krankenhauses öffnete sich ein Türflügel. Eine schwarz gekleidete Krankenschwester, deren Gesicht unter der ausladenden Flügelhaube winzig wirkte, sah ihnen entgegen. Sie konnten von weitem erkennen, daß die Frau fror. Sie blieb einen Augenblick stehen, sah ihnen entgegen, ohne das Gesicht zu verziehen, und verschwand wieder im Innern des Hauses.

Wir werden erwartet, sagte Hartmann.

Seine Stimme klang müde, und es war deutlich, daß er für das, was sie erwartete, keinerlei Interesse aufbrachte.

Ich will dir sagen, was mit dir los ist, gab Schlee zur Antwort. Du hast die Realität unterschätzt, und jetzt spielst du den Betrogenen. Aber du irrst dich, mein Lieber, wenn du denkst, ich könnte dich ewig mit durchziehen.

Hartmann stieß statt einer Antwort mißmutig einen nassen Kiefernzapfen zur Seite.

Natürlich, fuhr Schlee fort, auch ich hätte mir vor einem halben Jahr nicht träumen lassen, welche Rolle die Religion im Leben unseres Volkes spielt.

Mach dich nicht lächerlich, nuschelte Hartmann.

Schlee tat, als hätte er die Worte nicht verstanden.

Es gibt, Gott sei Dank, für alles eine Erklärung. Ich gebe zu, manche leuchten nicht gleich ein. Man muß schon ein wenig nachdenken, wenn man auf der Höhe der Zeit sein will. Konservative Revolution! Hast du mal darüber nachgedacht – egal, jedenfalls die Sache mit der Religion ist einleuchtend.

So? Hartmann blieb stehen und sah sein Gegenüber herausfordernd an.

Schlee tat, als bemerke er die Herausforderung nicht. Er war ebenfalls stehengeblieben. Seine Stimme hatte einen belehrenden und gleichzeitig ungeduldigen Unterton, während er zu einer längeren Antwort ansetzte. Der Ton verlor sich, während er sprach, und machte einer vorsichtigen Begeisterung Platz, einer Art Versuchsbegeisterung, so, als wolle er für sich selbst prüfen, ob das Eis hält, auf dem er sich befindet, und als sei er leise entzückt, als er dessen Tragfähigkeit spürt.

Religion und Kultur sind untrennbar miteinander verwoben. Ist dir wirklich noch nie aufgefallen, wie verlogen es damals war, die Religion aus der Politik herauszuhalten? Ich sage nur Indien. Oder Israel. Der ganze Osten. Es ist ein Verdienst der Regierung, diese Leute in ihrer Religion ernst zu nehmen. Zum Beispiel Polen. Ich bekam einen Brief meiner Schwester. Sie ist mit ihrem Mann über Silvester in die Kaschubei gefahren. Er sitzt da in irgendeinem Komitee der »Soziokulturellen Gesellschaft der Deutschen Minderheit«.

Polen? sagte Hartmann. Seine Stimme war voller Hohn. Gut, ja, aber noch ist es Polen, mein Lieber, immer korrekt, sage ich, immer korrekt.

Schlees Stimme klang einen Augenblick wie die Stimme, derer er sich bediente, wenn er seine wöchentliche Sonnabendabend-Unterhaltungssendung moderierte; Entzücken über die Dummköpfe, die sich für die Sendung zur Verfügung stellten, war darin gepaart mit dem Ausdruck kaum verhüllter, nur durch eine dünne Schicht Freundlichkeit kaschierter Überlegenheit. Dann, als hätte er bemerkt, wie unangebracht sein Tonfall gegenüber dem Mann war, den er als seinen Freund bezeichnete, nahm seine Stimme wieder ihren üblichen Klang an.

Weißt du, was sie schreibt? Die Kirchen waren am Neujahrstag so überfüllt, daß die Gottesdienste mit Lautsprechern auf die Straßen übertragen wurden. Kniend bei Eis und Schnee haben die Menschen stundenlang die Gottesdienste angehört.

Er überlegte, ob er so weit gehen sollte, Hartmann das poetische Bild zu schildern, daß seine Schwester angesichts der in Eis und Schnee Knienden eingefallen war. Sie hatte etwas von Breughelschen Winterlandschaften und vergangenen Jahrhunderten geschrieben. Aber er entschied, daß diese Szenen von dem ablenken würden, was er eigentlich sagen wollte. Besonders, da er glaubte, bei Hartmann eine gewisse ungesunde Empfänglichkeit für poetische Bilder voraussetzen zu können, die er nicht zu fördern gedachte.

Und bei uns? Ich sage dir, was uns passiert ist. Durch dieses ganze jahrelange Gewäsch von Sozialismus und Moderne und Aufklärung haben wir eine regelrechte Wahrnehmungsblockade in uns aufgebaut.

Na klar, Wahrnehmungsblockade, äffte Hartmann nach. Kann es sein, daß ich das Wort in letzter Zeit häufiger in den Zeitungen gelesen habe?

Und wenn schon.

Im Portal des Krankenhauses war die Schwester wieder erschienen. Sie winkte ihnen zu und blieb wartend stehen. Schlee setzte sich in Bewegung. Er senkte die Stimme, während er weitersprach, so als wolle er vermeiden, daß die Frau in der Tür ihm zuhört. Auch Hartmann ging weiter. Er versuchte, sich den Anschein zu geben, als ginge er nicht widerwillig.

Schlee setzte das Gespräch fort. Es war eine Fehleinschätzung anzunehmen, daß Religion keine Bedeutung mehr habe, nur weil ein paar Linke aus der Kirche ausgetreten sind. Was ist denn gleichzeitig passiert? Haufenweise haben junge Leute sich den Sekten zugewandt. Es gibt das Bedürfnis nach Religion. Und es ist eine der großen Leistungen der neuen Regierung, dem Rechnung zu tragen.

Na klar, mit Lesungen in katholischen Krankenhäusern.

Ich erinnere mich an eine Zeit, sagte Schlee mit scharfer, leiser Stimme, denn sie hatten die Nonne in der Tür beinahe erreicht, da warst du dir nicht zu schade, in dreckigen Asylantenbaracken deine Perlen vor die Säue zu werfen. Heute verstehen dich die Leute wenigstens. Immerhin ein Unterschied. Und die Sekten sind auch verschwunden.

Und die Bezahlung, sagte Hartmann, während er schon die Hand aus der Manteltasche zog, um die Schwester zu begrüßen, die Bezahlung ist auch besser.

Während sie durch das Portal des Krankenhauses gingen, fiel Hartmanns Blick auf das schwarz-rote Plakat an der Wand rechts neben der Eingangstür. Er zögerte, blieb stehen und tat so, als lese er die darauf verkündete Bilanz.

Wir kommen gleich, Schwester, sagte Schlee. Ich möchte mit meinem jungen Freund hier nur noch einmal kurz die Reihenfolge unserer Darbietungen durchgehen. Bitten Sie doch das Publikum, schon Platz zu nehmen.

Seine Stimme hatte wieder den Moderatorenton angenommen. Ohne zu antworten, verschwand die Frau hinter der schweren Tür. Gleich darauf steckte sie den Kopf noch einmal durch den Türspalt. Mit verzerrtem Gesicht, sie hatte Mühe, die riesige Tür offen zu halten, und mit leiser Stimme sagte sie: Bitte, meine Herren, kommen Sie bald. Bedenken Sie, daß hier Kranke auf Sie warten.

Dann verschwand sie endgültig. Mit einem sehr leisen Plopp fiel die Tür ins Schloß.

Sieh es dir nur genau an, sagte Schlee, während er sich neben

Hartmann stellte. Du wirst finden, daß das hier eine wirklich eindrucksvolle Sache ist. Das Zusammenwirken von hochentwickelter Technik, sensibelster Einfühlung in die Bedürfnisse unseres Volkes und internationaler Zusammenarbeit trotz wehrhafter Grenzen.

Beide sahen einen Augenblick schweigend auf das Plakat. Die Schwerpunkte der BILANZ DER HUNDERT TAGE waren vor dem Hintergrund eines Deutschland in den Grenzen von 1937 aufgeführt. Die Grenzen waren durch Sterne markiert, die auch stilisierte Videokameras darstellen konnten. Die Sterne sandten ihre Strahlen sowohl ins Innere des Landes als auch nach außen. Hartmann überlegte, ob es Zufall war, daß die Sterne an der Grenze nach Osten größer und schöner waren als an der Westgrenze.

Ein freies Volk in freien Grenzen, sagte Schlee neben ihm. Ich finde, sie hätten etwas mehr Wert auf das Wort Demokratie legen sollen. Nach meiner Meinung ist doch der Kern der neuen Entwicklung das demokratische Moment. Einfach genial, dieses Gerede über Faschismus und Sozialismus zu beenden. Wie lange hat das Ansehen unseres Volkes in der Welt unter diesen Ungeheuern gelitten? Ist dir aufgefallen, daß die Wörter im deutschen Sprachschatz nicht mehr vorkommen? Demokratie, mein Lieber, ordnende Demokratie, das ist es, was wir Deutschen der Welt zu schenken haben. Freiheit durch Ordnung.

Hartmanns Gesicht blieb skeptisch, während er dem älteren Kollegen die Tür aufhielt. Als ihnen die Krankenhausluft entgegenschlug, fiel beiden gleichzeitig ein, daß sie kein Wort über den Ablauf des Programms miteinander gewechselt hatten.

Wie üblich? fragte Hartmann.

Schlee nickte, und Hartmann begann, sich die ersten Worte

der Ballade ins Gedächtnis zu rufen, die er zu Beginn jeder Lesung vorzutragen sich angewöhnt hatte.

Lenore
Lenore fuhr ums Morgenrot
empor aus schweren Träumen.
»Bist untreu, Wilhelm, oder tot?
Wie lange willst du säumen?«

Tatsächlich ging Lisa in den folgenden Monaten nicht sehr oft hinunter in Pedros Bar. Manchmal aber, nach Tagen intensiver Arbeit, brauchte sie ein wenig Gesellschaft. Heute war Rosemarie schon angetrunken gekommen und trank im Laufe des Abends so viel Wein, daß sie in der Nacht nicht in der Lage war, allein zurückzufahren. Lisa bugsierte sie gemeinsam mit Max in den Wagen und sah ihnen nach, als sie am Hafen entlang in der Dunkelheit verschwanden. Auch Max war nicht mehr nüchtern gewesen, auf jeden Fall hatte er vergessen, das Licht einzuschalten. Lisa hatte das Auto sehr schnell aus den Augen verloren, war aber auf der Straße stehengeblieben, bis das Geräusch des Motors nicht mehr zu hören gewesen war. Erst dann hatte sie sich allein auf den Weg gemacht. Der nächtliche Spaziergang hatte ihr gutgetan. Zu Anfang folgte sie in Gedanken Rosemarie und Max in das häßliche Marmor-Haus. Sie wollte sich vorstellen, wie Max die betrunkene Frau über die Südstaaten-Freitreppe hineintrug. Merkwürdigerweise geriet in ihrer Vorstellung Rosemarie dabei zu einer weichen, willenlosen Stoffpuppe, die Max am Arm hinter sich herzog. Sie zwang sich, ihren Gedanken eine andere Richtung zu geben, dachte an ihren Schreibtisch, sah vor sich die ordentlich ausgebreiteten Mappen. Womit würde sie am nächsten Tag anfangen?

Rechts von ihr, in den dunklen Feldern, schlug ein Hund an. Es war nicht klar, ob er auf ihre Schritte reagierte, nur verhalten, weil er an irgendeinem Pflock angeleint war und wußte, daß er sie nicht erreichen konnte, oder ob er im Schlaf bellte. Lisa blieb stehen, lauschte auf das schläfrige Gebell und atmete tief. Vor sich hörte sie ein unbekanntes Geräusch, das näher kam. Irgend etwas knirschte auf dem mit grobem Kies bedeckten Weg. Sie hätte sehen können, was es war, wenn der Mond am Himmel gewesen wäre, so wie in der Nacht zuvor. Ein leises Quietschen mischte sich unter das mahlende Geräusch. Lisa fiel ein, daß sie früher den Weg nach Hause nie ohne einen Stock in der Hand gegangen war. Sie hatte den Stock niemals gebraucht, aber er hatte ihr dennoch Sicherheit gegeben. Offenbar war sie noch nicht lange genug zurück, um alle Gewohnheiten wieder aufzunehmen, die zu ihrem Leben auf der Insel gehört hatten. Als sie das Geräusch dicht neben sich hörte, erkannte sie es. Im selben Augenblick sah sie auch den alten Mann, der es verursachte. Er fuhr auf einem Fahrrad an ihr vorbei, das keine Reifen zu haben schien. Die Felgen knirschten im Sand. Sie sah den Alten nur einen kurzen Moment, als er dicht neben ihr war. Es schien ihr, als wäre sein Gesicht sehr weiß gewesen und als hätten seine Augen tief in den Höhlen gelegen. Sie blieb stehen und versuchte, ihm nachzusehen. Aber die Dunkelheit hatte ihn verschluckt, ihn und das sich merkwürdig schnell verlierende Geräusch der mahlenden Räder auf dem Kies.

In der Nacht schlief sie unruhig. Sie war froh, als der Himmel über dem Meer sich türkis färbte und der Morgen kam. Das Licht über dem Meer verwandelte die Welt in türkisfarbenes

Glas unterschiedlicher Schattierungen, und sie stieg über eine dunkelgrüne, gläserne Treppe ins Wasser und schwamm, bis das gläserne Licht eine warme rosa Farbe annahm und ihrer durchfrorenen Haut, als sie aus dem Wasser stieg, einen warmen, lebendigen Ton gab. Dann saß sie erschöpft auf dem Felsen neben der Treppe, sah auf das fast unbewegte, sich langsam blau färbende Meer und wartete, bis ihr warm geworden war. Niemand war zu sehen, nicht auf dem Meer und nicht am Ufer.

Als sie Lust auf einen Kaffee bekam, stand sie auf und ging, immer noch ein wenig erschöpft, aber ruhig und jetzt erwartungsvoll, zurück ins Haus. Das Gefühl der Erwartung, das sie spürte, gehörte schon zu ihrer Arbeit. Sie nahm es hin wie ein lange entbehrtes gutes Zeichen, wartete nicht ab, bis sie ihren Becher mit Kaffee ausgetrunken hatte, sondern nahm ihn mit an den Schreibtisch und begann zu arbeiten. Irgendwann um die späte Vormittagszeit stand die Sonne so hoch, daß sie an die Fenster ging, um die Vorhänge vor der Terrasse zum Meer zu schließen. Sie sah zwei Segler, die in einiger Entfernung dahinfuhren. Sie segelten hintereinander, so daß es aussah, als gehörten sie zusammen. In den Felsen, rechts von ihr, nahe dem Strand und der Treppe, die sie benutzt hatte, um ins Meer zu steigen, machte sich ein Mann zu schaffen. Vielleicht suchte er Muscheln.

Lisa arbeitete bis zum Mittag. Sie hatte sich entschlossen, mit der Überarbeitung der Gedichte anzufangen, und die Arbeit daran erschien ihr wie eine Reise in die eigene Vergangenheit. Sie spürte, daß sie jetzt genug Abstand gewonnen hatte, um dem Leben, das sich darin wiederfand, die Form zu geben, die nötig war, damit das Dargestellte klar und durchsichtig und endgültig wurde. Es fiel ihr leicht, schöne und sentimentale Worte durch nüchterne zu ersetzen. Sie wußte, daß ihre Gedichte Glanz gerade durch diese Nüchternheit erhielten. Erst als sie Hunger spürte und ihr plötzlich die Stille bewußt wurde, die sie umgab, legte sie die Arbeit beiseite.

Sie zog sich an und setzte das klapprige Auto in Gang, das in der Garage neben dem Haus stand. Schließlich sprang der Motor an, und sie zockelte an ockerfarbenen Mauern vorbei über Feldwege ins Nachbardorf. Zweimal mußte sie anhalten und rückwärts in eine Wegbucht fahren, denn die Straße war schmal, und die Wagen, die ihr entgegenkamen, bewegten sich nicht von der Stelle. Sie war jedesmal froh, als sie feststellte, daß ihr Auto auch beim Rückwärtsfahren funktionierte. Im zweiten Fahrzeug, das ihr begegnete, saß irgend jemand, der sie erkannt haben mußte, denn er winkte fröhlich, als er an ihr vorbeifuhr. Erst später fiel ihr ein, daß der Winkende Tomas gewesen war, der Mann der Bäckersfrau, bei der sie gleich einkaufen würde. Zuerst aber hielt sie vor dem Kaufmannsladen. Es gab zwar einen großen Supermarkt, zehn Kilometer entfernt, an der Küste, in dem das Angebot sich kaum von dem unterschied, aus dem man in jeder beliebigen Stadt zu Hause wählen konnte, aber Lisa verabscheute den Supermarkt. Ihrer Meinung nach war er bis unters Dach, und das Dach war hoch und groß, mit überflüssigen Dingen angefüllt.

Die Frau im Krämerladen hatte sie bei ihrem ersten Einkauf geradezu in Entzücken versetzt, als ihr auf ihre Frage nach Käse mit der Gegenfrage manchego o mallorquin? geantwortet wurde. Sie hatte vor sich den zehn Meter langen Käseverkaufstresen des Supermarkts gesehen, vollgepackt mit Hunderten von Käsesorten, eine so künstlich wie die andere, und mit Begeisterung von beiden Sorten ein großes Stück gekauft.

Auch jetzt holte die Frau die Käselaibe unter der Theke hervor, sorgfältig in feuchte Tücher verpackt, und während sie daran herumsäbelte, sah Lisa sich im Laden um. Es war alles da, was sie zum Leben brauchte: Gemüse, Wein, Brot, zwei Sorten Wurst, Früchte, Butter und Käse. Ihr fiel ein, daß Montag war und der Bäckerladen montags geschlossen hatte. Also nahm sie auch noch ein paar der länglichen Weißbrötchen aus dem Korb neben der Kasse.

Sie erinnerte sich an ihren Einkauf im Herbst, an das Glücksgefühl, wieder in dem kleinen Laden zu stehen, Käse, Früchte und Wein zu riechen. Erst wenn man das erste Mal richtig eingekauft hat, dachte sie damals, ist man wirklich angekommen.

Nach dem Essen schlief sie auf der Terrasse. Gegen Abend, die Sonne ging unter, und sie erwachte davon, daß sie unter dem dünnen Laken fror, unter dem sie zum Schutz vor der Sonne gelegen hatte, fiel ihr ein, daß sie vergessen hatte, das Telefon wieder in Gang zu setzen, das sie während der Arbeit immer abschaltete. Sie ging steifgliedrig hinein, steckte den Stecker zurück in die Steckdose und verließ das Zimmer, um sich in der Küche einen Kaffee zu kochen. Sie war noch nicht bis zur Türschwelle gekommen, als es in ihrem Rücken zu läuten begann. Nicht Frank, wie sie im stillen gehofft hatte, sondern Max rief an.

Seit heute früh versuche ich, dich zu erreichen. Was ist los? War dein Telefon kaputt? Du mußt unbedingt herkommen. Mit Rosemarie –

Hör mal, Max, Rosemarie hat einen Kater. Den Mengen nach zu urteilen, die sie gestern in sich hineingeschüttet hat, wird es noch eine Weile dauern, bis die Sache überwunden ist. Dann ist sie wieder fit und kann –

Und kann von neuem loslegen, meintest du das?

Hör mal, Max, erinnerst du dich daran, was ich gestern mal

wieder versucht habe, euch klarzumachen? Ich meine, daß ich zum Arbeiten gekommen bin?

Natürlich erinnere ich mich. Aber du mußt doch für heute genug getan haben. Es ist nicht so einfach mit ihr. Ich dachte, du könntest. Ich kann nicht. Und verheiratet bist du mit ihr. Weshalb trinkt sie eigentlich? Probleme mit dem Ehemann? Lisa war wütend, und das war ihrer Stimme anzuhören.

Trotzdem lachte Max am anderen Ende.

Ist ja gut. Ich werd schon mit ihr fertig. Aber nur, wenn du versprichst, auch wirklich zur Party zu kommen.

Was für eine Party?

Sie konnte sich nicht erinnern, daß am Abend zuvor von einer Party gesprochen worden war. Aber sie konnte sich gut vorstellen, was er meinte. Diese Partys oder Essen oder Spielabende fanden zu jeder Zeit und überall auf der Welt statt, wo langweilige Leute aus irgendwelchen ehrenhaften oder unehrenhaften Gründen »ins Ausland« gegangen waren und sich dort niedergelassen hatten. Menschen, die, hätten sie sich zu Hause getroffen, sich nichts zu sagen gehabt hätten, taten mit mehr oder weniger großem Erfolg im Ausland so, als seien sie aneinander interessiert. Seit das heimatliche Fernsehprogramm über Satellitensender zu empfangen war, hatte die internationale Party-Bewegung zwar nachgelassen. Einige der an ihr Beteiligten hatten beschlossen, das zu tun, was sie daheim auch getan hätten, nämlich fernsehen. Übriggeblieben war eine große Gruppe von Unentwegten, denen das Einladen und Eingeladenwerden ein so wesentlicher Bestandteil ihres Lebens in der Fremde geworden war, daß sie nicht darauf verzichten mochten. Im allgemeinen der Sprache des Landes, in dem sie lebten, nicht oder nur wenig mächtig, waren es besonders die, deren Umsiedlungsgründe nicht unbedingt an die große

Glocke gehängt wurden, die im Exil großes Interesse an häufigen Treffen entwickelten. In kunstvoller Kleinarbeit und unter ständigen Bemühungen sowohl der Phantasie, die eine möglichst oft variierende Speisefolge zu erfinden hatte, als auch des oft nicht gerade wohlgefüllten Geldbeutels, um die Vergnügungen zu finanzieren, hatten sie sich eine Art Heimatersatz aufgebaut. Was nicht gelang, weder mit Phantasie noch mit Geld, war, diese Abende mit interessanten Inhalten zu versehen. Immer wieder dieselben Cocktail- und Kochrezepte wurden ausprobiert, immer wieder die gleichen Klagen über die – je nachdem spanischen, italienischen, portugiesischen oder griechischen – Bediensteten wurden geführt, immer wieder musterten die gleichen scheelen Blicke neue oder alte Kleider, neuen oder schon bekannten Schmuck. In manchen Gegenden hatten sich auch sonderbar anmutende Bräuche entwickelt, die für neu Hinzukommende nicht gleich zu durchschauen waren. War man in einer solchen Gegend an einem Dienstag zu einer Party eingeladen, so waren die Gespräche von geradezu großartiger Informiertheit und Weltoffenheit, und es kam vor, daß ein Bogen gespannt wurde vom aktuellsten politischen Skandal in der Heimat über den Stand der Krebsforschung weltweit bis hin zu der Frage, ob der Busen einer gerade mit einem Oskar ausgezeichneten Schauspielerin wirklich echt war.

Das alles war Lisa inzwischen bekannt. Sie war zu Beginn ihrer häufigeren Aufenthalte auf der Insel zum erstenmal an einem Dienstag eingeladen worden und hatte staunend und sprachlos das anscheinend umfassende Wissen der Gesprächsteilnehmer über eine damals in Deutschland gerade anstehende Gerichtsreform, den Lebenslauf des Arztes, der das Aidsvirus besiegt haben wollte, die unterschiedlichen Inszenierungsweisen westdeutscher und ostdeutscher Opernregisseure und den

Ausgang einer Schlägerei zwischen zwei Filmschauspielern, die beide Schallplatten besangen und voneinander behauptet hatten, sie könnten eine Note nicht von einem Fliegenschiß unterscheiden, zur Kenntnis genommen. Es war ihr kaum möglich gewesen, sich an den Gesprächen zu beteiligen, denn jedesmal, wenn sie es versucht hatte, waren ihre Argumente sofort von allen Anwesenden gemeinsam widerlegt worden. Sie erinnerte sich, daß diese Widerlegung irgendwann beinahe die Form eines Kanons angenommen hatte. Irgend jemand gab die ersten Töne an, ein anderer fiel ein, noch einer, der erste griff das Thema an einer neuen Stelle wieder auf. Schließlich hatte sie, gehemmt, staunend und sprachlos, nur noch stumm versucht, dem Gespräch zu folgen. Ein paar Tage später war Frank angekommen. Er hatte aus dem Flugzeug den SPIEGEL mitgebracht. Sie saßen auf der Terrasse und tranken Wein. Als Frank das Tablett mit den Gläsern hineintrug, rutschte das Blatt vom Tisch und fiel aufgeschlagen zu Boden. Sie nahm es auf, um es in den Mülleimer zu werfen, und ihr Blick fiel zufällig auf die zerschlagenen Gesichter der beiden Männer, deren körperliche Auseinandersetzung einen so breiten Raum in der Unterhaltung der Partygäste eingenommen hatte. Staunend sah sie sich das Bild an. Von einem noch unbestimmten Verdacht getrieben, begann sie das Heft durchzublättern. Sie fand alles: die Vor- und Nachteile der Gerichtsreform, den Aidsforscher, die Opernregisseure und noch ein paar andere Themen, die sie schon kannte. Natürlich hütete sie sich, bei der nächsten Einladung das Wort SPIEGEL auszusprechen. Sie war sicher, daß es als unfein galt und gegen die Spielregeln verstieß, die Quelle des Wissens zu erwähnen. Unhinterfragt und unberührt von den wirklichen Ereignissen, bar jeder Gegeninformation und in Ermangelung einer eigenen Realität wurde die Quelle als wahr betrachtet und ernst genommen.

Erinnerst du dich wirklich nicht, oder tust du nur so?

Lisa hörte die drängende Stimme von Max und besann sich, daß er auf eine Antwort wartete.

Ich weiß es wirklich nicht. Sag's mir.

Ihre Stimme klang ergeben, so als hoffte sie, daß Max auflegen würde, wenn er ihr geantwortet hätte. Es ging tatsächlich um eine der üblichen Partys, zu der er sie angeblich eingeladen hatte. Lisa sagte zu, als sie hörte, daß das Fest am Sonntag morgen stattfinden sollte. Sie hatte am Abend zuvor kaum Gelegenheit gehabt, mit Rosemarie zu sprechen. Vielleicht war sie morgens noch nicht betrunken. Außerdem versprach Max, sie bis Sonntag in Ruhe zu lassen. Das allein war schon eine Zusage wert.

An einem ungewöhnlich schönen März-Morgen, weiß von Licht unter dunkelblauem Himmel, ging Lisa Talbach den Sandweg an der Küste entlang, der nach etwa einer halben Stunde im Garten des Marmorpalastes von Max und Rosemarie endete. Ihre Haut war noch dunkler geworden, ihre Schritte hatten die Unbeschwertheit von Menschen, die lange Urlaub gemacht und noch eine lange Urlaubszeit vor sich haben. Die Turnschuhe an ihren Füßen waren kurz vor dem Auseinanderfallen, ihre Hosen dünn gewaschen, der dunkelblaue Baumwollpullover zu weit und zu lang. Diese Frau, die da den Sandweg entlangschlenderte, den holzigen Stiel eines verblühten Grases in der Hand, wirkte beinahe ausgelassen. Sie hatte, bevor sie beschloß, zur Verabschiedung von Max hinüberzugehen, das letzte der Gedichte, an denen sie in den vergangenen

Wochen gearbeitet hatte, beiseite gelegt. Als es fertig gewesen war, war sie schwimmen gegangen. Danach hatte sie es noch einmal gelesen und gelungen gefunden. Unterwegs, während sie mit dem Stöckchen Pinienzapfen weiterstieß, manchmal stehenblieb, um zwischen Büschen hindurch ein paar Fischer auf dem Meer zu beobachten oder auf das Geräusch eines Motors zu hören, der zu einem Boot gehörte, das tuckernd aus dem entfernten Hafen kam, hatte sie noch immer dies Gedicht im Kopf. Sie hatte vor, sich bei ihren Freunden nach einer Möglichkeit zu erkundigen, die Gedichte kopieren zu lassen. Ihr Verleger wartete darauf.

Gedichte – sie erinnerte sich an seine Briefe, während sie weiterging. Er war nicht sehr begeistert gewesen, als sie ihm ihre Idee mitgeteilt hatte. Gedichte verkauften sich schlecht, der Verlag könne im Augenblick keine Risiken eingehen. Sie hatte ihm einige geschickt, und seine Antwort war begeistert gewesen »große, schimmernde Perlen, die in den Sand Ihres Strandes da unten gerollt, und an deren feuchter Oberfläche glitzernde und stumpfe Sandkörner haftengeblieben sind«; so klang es, wenn Verleger lyrisch wurden. Zusammen mit seinem zweiten Brief war auch der neue Verlagsprospekt gekommen. Bei dem Gedanken an diesen Prospekt verdüsterte sich zum erstenmal an diesem Morgen Lisas Gesicht.

Es hatte in den vergangenen Monaten nur zwei Gelegenheiten gegeben, deretwegen sie fast ihren Vorsatz, die Ereignisse in dem Land, das sie verlassen hatte, nicht zur Kenntnis zu nehmen, vergessen hätte. Beim erstenmal war sie nachmittags bei einem Spaziergang in Pedros Lokal geraten und hatte, weil alle anderen ebenfalls dorthin sahen, und durch eine Bemerkung Don Pedros aufmerksam gemacht, auf das Fernsehbild geachtet, das in der Ecke flimmerte.

Wenn man das 1939 bei uns auch so gemacht hätte, wäre uns eine Menge erspart geblieben, hatte Pedro gesagt. Neben ihm der Mann mit der Lackmütze der Guardia Civil hatte genickt. Er war zu jung, um 1939 miterlebt zu haben. Auf dem Bildschirm lief eine Befragung, deren Antworten die TV-Station auf Spanisch wiedergab. Die Stadt, in der die Befragung stattfand, war nicht genau zu erkennen. Sie vermutete, daß es sich um Berlin handelte. Die Frage, die den Menschen auf der Straße gestellt wurde, bestand aus zwei Teilen, die, ins Spanische übersetzt, ständig eingeblendet wurden.

»Das deutsche Volk hat in seiner Geschichte Faschismus und Sozialismus überstanden. Welche Zeit, glauben Sie, hat dem Ansehen Deutschlands in der Welt mehr geschadet?«

»Sind Sie auch der Meinung, daß diese schlimmen Zeiten so schnell wie möglich vergessen werden und an ihrer Stelle die Neue Demokratie von allen gemeinsam aufgebaut werden sollte?«

Die Befragung wurde ungewöhnlich lange übertragen. Während sie lief, wies der Sprecher darauf hin, daß Deutschland ein Gesetz zur Einheit von Sprache und Geschichte vorbereitete, das neueste Erkenntnisse der Massenpsychologie in handhabbare politische Instrumente verwandeln würde. Es sei geplant, dieses Gesetz, nach Ländern modifiziert, von der Europäischen Föderation zu übernehmen. In diesem Zusammenhang wurde die positive Rolle Deutschlands hervorgehoben. Das Land sei zwar als letztes der Föderation beigetreten, habe aber schon vorher ein großes Beispiel durch den verantwortungsvollen Populismus gegeben, den die Regierung der

Neuen Demokratie zur Grundlage ihres Handelns gemacht habe.

Die Antworten auf die beiden Fragen waren ungewöhnlich einheitlich. Während auf die erste Frage überwiegend: beide gleich geantwortet wurde, gab es bei der zweiten Frage nur die Antwort: ja.

Lisa war fassungslos über die Gleichförmigkeit der Antworten und die Zustimmung der Spanier um sie herum gewesen. Sie war gegangen, ohne ihren Wein auszutrinken. Auf dem Rückweg hatte sie versucht, sich klarzumachen, daß es sinnlos war, sich aufzuregen. Sie hatte sich entschlossen, das Land zu verlassen. Es konnte gut sein, daß sie länger im Ausland bleiben würde, als sie vorgehabt hatte. Trotzdem brauchte sie zwei Tage, um die Gedanken an die veränderten Verhältnisse in ihrem Land zu verdrängen.

Die zweite Beunruhigung, allerdings auf eine ganz andere Weise, war durch den Verlagsprospekt entstanden. Die einzige Rechtfertigung für das Leben, das sie führte und das ihr gefiel, war für sie die Tatsache gewesen, daß sie in dem, was sie schrieb, versuchte, der Wahrheit näherzukommen. Das, was ihren Lesern als »schonungslos« erschien, war für sie Notwendigkeit zum Überleben. Zu dieser Haltung hatte auch gehört, daß sie mit einem Verlag zusammenarbeitete, der, soweit das unter komplizierten ökonomischen Bedingungen möglich war, mit seinem Programm ihrer Haltung nicht entgegenstand. Beim Durchsehen des neuen Prospekts war es ihr plötzlich erschienen, als habe sich die Verlagspolitik geändert. Der Aufmacher betraf ein Buch über Kinderprostitution, durch das nach ihrer Auffassung das Elend der Kinder der Dritten Welt vermarktet wurde. Sie hatte auf ihren Reisen oft genug die elenden Behausungen gesehen, in denen besinnungslose, halbnackte

Männer und Frauen miteinander schliefen und Kinder zeugten, deren einziger Sinn, falls sie überhaupt das gefragte Alter erreichten und nicht vorher von Ratten totgebissen, vor Hunger oder Krankheit krepiert waren, darin bestand, schlecht zahlenden Männern aus reichen Ländern ihre Geschlechtsteile zum Kauf anzubieten. Es war dies ein in der ganzen Welt bekannter Zustand, an dessen Änderung niemand wirklich interessiert war. Kein Land dachte daran, diese Art Vergnügen zu unterbinden. Niemand hatte bisher untersucht, was in den Köpfen der Kinderficker vor sich ging. Niemand hatte bisher untersucht, welches Alter manches der Gastgeschenke hatte, das den Regierungsmitgliedern reicher Länder auf ihren internationalen Konferenzen zum JAHR DES KINDES, zum SCHUTZ DER MÄDCHEN, zur BEKÄMPFUNG DES ANALPHABETISMUS und wie diese Veranstaltungen sonst noch hießen, gemacht wurde. Man hatte sich stillschweigend darauf geeinigt, diesen Zustand hinzunehmen und das Beste daraus zu machen. Ein Buch darüber zu schreiben, in dem die günstigsten Geschlechtsteil-Einkaufsmöglichkeiten genannt wurden, wäre ehrlich gewesen. Ein Buch, das, reich bebildert, die Lage beschrieb und vorgab anzuklagen, war unehrlich und überflüssig.

Zum erstenmal, seit Lisa auf der Insel war, hatte sie beim Nachdenken über die Verlagsankündigung daran gedacht, mit dem Schreiben aufzuhören.

Lisa erreichte das Gestrüpp, das den Park um das Haus zum Wasser hin begrenzte. Der Weg führte jetzt dicht an der Küste entlang. Die Felsen mochten vielleicht zwanzig Meter über dem Meer liegen. Bevor sie durch das Gebüsch kroch, blieb sie einen Augenblick stehen und sah hinunter. Blau, Türkis und Weiß, spitzige Felsbrocken, besetzt mit Muschelkalk. Sie blickte sich um. In der Ferne sah sie ihr Haus. Die gelben Fensterläden leuchteten in der Sonne. Auf dem Felsen neben der Badetreppe bewegte sich ein dunkler Punkt. Ohne Fernglas konnte sie nicht erkennen, ob dort ein Mensch herumging. Sie starrte darauf und spürte, daß eine für sie merkwürdige Beunruhigung von diesem dunklen Punkt ausging. Sie schüttelte den Kopf, wendete sich ab und begann, durch das Gestrüpp zu kriechen. Es gab einen schmalen Weg, den sie selbst ausgetreten hatte, aber die stacheligen Zweige zerkratzten ihr die Arme, die sie, um ihr Gesicht zu schützen, vor sich hielt. Sie brauchte fast eine Minute, um den Rasen zu erreichen. Von weitem sah sie Rosemarie und Max auf der Terrasse sitzen. Max trug einen olivfarbenen Khaki-Anzug und rosa Stiefel mit silbernen Nägeln. Neben seinem Korbsessel lag etwas auf der Erde, was sich beim Näherkommen als hellgrauer Stetson herausstellte. Rosemarie war, wie meistens am Vormittag, in einen schlampigen Bademantel gekleidet. Sie hatte davon mehrere in verschiedenen Farben. Heute trug sie Rosa.

Was tue ich eigentlich hier, dachte Lisa, während sie mitten über den Rasen ging. Sie hatte den Eindruck, als bemerkten die beiden sie nicht. Ihr fiel ein, daß Max sie zu einem Abschiedsdrink eingeladen hatte. Er wollte für ein paar Tage verreisen; eine seiner üblichen Reisen, von denen nicht ganz klar war, weshalb er sie eigentlich unternahm.

Bankgeschäfte, sagte er jedesmal lächelnd, so als könne er – immerhin hatte er seinen festen Wohnsitz auf der Insel – sein Vermögen nicht von hier aus verwalten.

Die Sonne schien auf ihren dunkelblauen Pulloverrücken, und sie spürte die Wärme wie eine weiche Hand an ihrem Hals. Im Näherkommen versuchte Lisa, Rosemaries Gesichtsausdruck zu erkennen. Sie sah aus, als hätte sie geheult. Ihr Gesicht war aufgequollen. Wimperntusche vom Make-up des Vorabends war an den unteren Lidrändern verschmiert. Anscheinend war sie nackt unter dem Bademantel, und es störte sie nicht, daß ihre linke Brust von den übereinandergeschlagenen Hälften des Bademantels freigelassen wurde.

Sie ist fünfundvierzig, dachte Lisa, aber morgens in der Sonne und mit dem ersten oder zweiten Glas Whisky sieht sie aus wie sechzig. Wenn sie sich nicht bald ein anderes Leben angewöhnt, wird sie völlig verkommen.

Erst als sie die Treppe zur Terrasse erreichte, sahen die beiden ihr entgegen. Sie beschloß, sich ihre gute Laune nicht verderben zu lassen. Guten Morgen, sagte sie, stieg die Treppe hinauf, ging hinter Rosemaries Sessel, griff über deren Schultern die Hälften des Bademantels, bedeckte die nackte Brust und setzte sich.

Champagner, nehme ich an, sagte Max statt einer Antwort.

Du hast Glück, daß ich mit meiner Arbeit fertig bin, sagte sie. Sonst hättet ihr allein trinken müssen.

Ihr hätte das nichts ausgemacht, sagte Max.

Gib zu, dir auch nicht.

Die Stimmung zwischen den beiden war so schlecht, daß Lisa beschloß zu gehen, wenn sie ihr Glas ausgetrunken hätte.

Niemand sagte etwas, während Max Lisas Glas und sein eigenes füllte. Er schob Lisa das Glas über den Tisch.

Trink ruhig, wer weiß, vielleicht ist es dein letztes, sagte er und hob ihr sein Glas entgegen. Die Bemerkung klang verkrampft lustig.

Rosemarie stand auf und ging ins Haus.

Ich muß mich anziehen, murmelte sie. Ihre Stimme klang deutlich betrunken. Ich soll ihn zum Flugplatz bringen.

Du läßt sie in dem Zustand fahren? fragte Lisa, als Rosemarie die Terrasse verlassen hatte.

Natürlich nicht. Tu mir einen Gefallen und hab ein Auge auf sie, ja? Ich weiß nicht, was in sie gefahren ist. Seit Tagen ist sie nur noch betrunken.

Wie wär's, wenn du sie mitnähmst? Vielleicht langweilt sie sich? Ehrlich gesagt, ich hab mir noch nie vorstellen können, was man in diesem Luxusschuppen den ganzen Tag machen kann. Marmor und Chrom, Putzfrau und Köchin, und du wühlst im Garten herum. Sogar den Einkauf erledigt jemand anders. Für Rosemarie bleibt wirklich nichts zu tun. Vielleicht solltest du mal über eine Änderung eurer Gewohnheiten nachdenken? Max überhörte ihre Frage. Als das Telefon läutete, verschwand er im Haus, kam aber gleich darauf zurück.

Das war für dich, sagte er. Frank hat bei Pedro angerufen. Er kommt morgen. Pedro soll ihn abholen. Er hätte schon den ganzen Morgen versucht, dich zu erreichen.

Frank. Sie hatte ihn nicht mehr gesehen, seit er sie auf dem Flughafen verabschiedet hatte. In die Freude, die sie über den unerwarteten Besuch spürte, mischte sich ein merkwürdiges Gefühl der Unruhe. Sie wollte wissen, was für ein Gefühl das war, darüber nachdenken, weshalb ihre Freude so zwiespältig war. Sie mußte allein sein. Sie stand auf und verabschiedete sich.

Während sie über den Rasen auf das Gebüsch zuging, segelte eine weiße Sandale über ihren Kopf und fiel vor ihr zu Boden. Als sie sich umdrehte, stand Rosemarie an einem der Fenster im ersten Stock.

Tut mir leid, rief sie. Der Riemen ist ab. Ich wußte nicht, daß du da unten gehst.

Lisa ging weiter, ohne zu antworten. Die Sandale lag mit der Sohle nach oben im Gras. Sie konnte nicht sehen, ob wirklich ein Riemen abgerissen war. Sie nahm sich vor, nicht mehr zu

Rosemarie und Max zu gehen. Während sie durch das Gebüsch an die Felsküste zurückkroch, hörte sie den schweren Wagen von Max über die Auffahrt fahren. Irgend jemand rief hinter ihm her. Sie nahm an, daß Max heimlich losfahren wollte und Rosemarie ihn im letzten Augenblick entdeckt hatte.

Hoffentlich kommt sie nicht auf die Idee, mir nachzulaufen, dachte Lisa und beschleunigte ihre Schritte. Die betrunkene Rosemarie auf dem schmalen Weg über der Felsküste – kein beruhigender Gedanke. In der Ferne sah sie ihr Haus. Der bewegliche Punkt neben der Treppe, der sie auf dem Hinweg beunruhigt hatte, war verschwunden.

Es gibt Konferenzen und Treffen. Erstere sind nötig, um dem Volk den Eindruck zu vermitteln, daß es von kompetenten Männern regiert werde. Die Konferenzen werden mit großem Pomp abgehalten. Die Ankunft und die Abreise der Teilnehmer sind bedeutsame Teile des Fernseh-Unterhaltungsprogramms. Dem staunenden Publikum als handverlesen angekündigte sogenannte Journalisten, deren besondere Qualität darin besteht, daß sie in der Lage sind, vor laufenden Kameras, ohne abzulesen, genau die Fragen an die Politiker zu stellen, die ihnen von den regierungsamtlichen Presseabteilungen vorher aufgeschrieben wurden, füllen den Bildschirm mit teuren Trenchcoats. Die Zeitungen veröffentlichen auf den ersten Seiten große Fotos, auf denen die konferierenden Männer in der hochpolitischen, vorher nach gründlichen Überlegungen festgelegten Sitzordnung zu sehen sind. Speisefolgen von Eingangs- und Abschlußmenüs werden abgedruckt und Kommuniqués veröffentlicht, die so nichtssagend sind, daß sich ihre Bedeutungslosigkeit nur hinter sehr großen Worten verbergen läßt. Zeitungen, die als besonders informiert gelten wollen und auch gelten, versichern, nur ihnen sei die genaue Zahl der Huren und Schuhputzer bekannt, die an den Konferenzorten zusammenströmen.

Und es gibt die Treffen, von denen niemand erfährt außer den Beteiligten, und auf denen Entscheidungen getroffen werden, die einer Neuen Demokratie würdig sind.

Vielleicht wäre die Wannsee-Konferenz der deutschen Öffentlichkeit viel früher bekannt geworden, wenn sie mit all dem Pomp abgehalten worden wäre, der ihr dem Namen nach zugestanden hätte. Hätten dann nicht die Deutschen es leichter gehabt mit ihrer Geschichte? Natürlich vermag niemand zu sagen, wie sie reagiert hätten. Aber die Möglichkeit einer breiten Zustimmung war vielleicht doch gegeben? Und hätte nicht eine solche Zustimmung das Volk besser gegen seine Feinde zusammengeschweißt? Wäre der Sieg doch noch unser gewesen, das unsägliche sozialistische Experiment uns erspart geblieben?

Wie dem auch sei, Spekulationen darüber sind nicht mehr nötig. Sie sind geradezu unmöglich, denn über die Zeiten zu sprechen, die dem Volk zu Recht oder zu Unrecht so sehr geschadet haben, daß man davon sprach, es säße besudelt unter den Völkern, ist verboten. Und auch die Zeiten, die angefüllt waren mit geradezu pathologischem deutschen Selbsthaß, sind vorbei. An einem regnerischen, trüben Januarmorgen findet am Rand der Lüneburger Heide in einem alten Fachwerkhof ein Treffen statt. Die Herren sind in Loden gekleidet und tragen Stiefel gegen den Schmutz, weil sie im Anschluß an das Treffen ein Jagdvergnügen erwartet.

Die Herren sind der Innenminister, die Länderinnenminister und ihre Referenten. Zu einem späteren Zeitpunkt sollen die Repräsentanten der Ostgebiete dazukommen. Jetzt sind sie noch nicht zugelassen. Sie haben, nicht nur in den Augen des Volkes, sondern auch in den Augen der Regierung der Neuen Demokratie, ihren Bittsteller-Status noch nicht überwunden. Es fehlt ihnen an vorzeigbaren Leistungen auf ökonomischem Gebiet. Zwar sind ihre Dienste bei der Sicherung der Grenzen gegen die immer stärker heranstürmenden Horden aus dem fernen Osten nicht wegzuleugnen. Aber schließlich handelt es sich dabei ja nur um reine Kraftleistungen, noch dazu mit westlichen technischen Hilfsmitteln. Millionen haben schon die Vorgänger der Neuen Demokratie in die Sicherung der Ostgrenzen investiert. Die Wartung von Radar- und Infrarottechnik gestaltet sich arbeitsaufwendig und kostspielig. Nötig, um die volle Anerkennung zu erlangen, wäre schon ein bißchen mehr Intelligenz und vor allen Dingen MARKTGEFÜHL. Immer noch hat es den Anschein, als sei im Osten der richtige Umgang mit Marktmechanismen auf Gruppen beschränkt, die man zwar bedauerlicherweise international als Mafia bezeichnet, die aber bei näherem Hinsehen auch tatsächlich einige Eigenschaften entwickeln, die es nicht einfacher machen, sich mit ihnen an einen Tisch zu setzen. So soll, lachend und halblaut gibt der mecklenburgische Innenminister die neuesten Histörchen zum besten, einer der reichsten Männer der Ukraine seinen Kindern zum Neujahrstag eine Kollektion Hampelmänner aus Titan geschenkt habe, die den in den letzten Jahren gestürzten russischen Staatspräsidenten zum Verwechseln ähnlich sähen.

Meine Herren, der Innenminister lächelt milde und beschließt im stillen, einen seiner Referenten damit zu beauftragen, ihm das Spielzeug zu besorgen, meine Herren, ich weiß, der Osten ist ein unerschöpfliches Thema. Aber bevor wir anfangen, auch noch über die Vorzüge und Nachteile gewisser Etablissements im Neuen Osten ins Debattieren zu geraten, sollten wir wirklich mit der Tagesordnung beginnen. Wir haben nicht sehr viel Zeit.

Er sagt Neuer Osten, und die Anwesenden wissen, daß damit das Gebiet gemeint ist, das seinerzeit vom Aufmarschplan Deutsche Heere Ost umfaßt wurde. NEU ist übrigens das Lieblingswort der Neuen Demokratie geworden. Es habe so etwas Zierliches, Jungfräuliches, wie erst kürzlich im Feuilleton einer großen, überregionalen Zeitung hervorgehoben wurde, daß es überhaupt kein Wunder sei, wenn es sich die Herzen und Münder der Deutschen im Sturm erobert hätte. Natürlich sei es ein wenig, nun ja, nicht gerade einfältig, aber doch einfach. Das aber sei ja gerade das Faszinierende an der Neuen Demokratie, daß sie in ihrer Einfachheit auf direktem Weg ihren Weg in die Herzen der Menschen fände. Irgendwann werde sie auch in die Hirne vordringen.

Die Zeitung, die so schrieb, ist die einzige, die das große Zeitungssterben überlebt hat. Obwohl sie sich in ihren ersten Ausgaben nach dem Sieg der Ethno-Zentristen mehrfach schuldig bekannt hat, die neue Bewegung nicht rechtzeitig und eindeutig genug erkannt zu haben, gilt sie inzwischen als halbamtliches Regierungsblatt, da neben ihr nur bedeutungslose Provinzblätter bestehen geblieben sind. Die Bemerkung über den Begriff »Neu«, aus der geschlossen werden konnte, daß das deutsche Volk die Neue Demokratie zwar im Herzen, aber nicht im Kopf habe, hätte sie beinahe ihre Lizenz gekostet. Es bedurfte eines ausführlichen Gutachtens einer bekannten Sprachforscherin, um nachzuweisen, daß der angebliche Gegensatz von Herz und Hirn im deutschen Volk in Wirklichkeit als Ergänzungspaar betrachtet werde, eine Art Yin und Yang von Gefühl und Intellekt, und als nicht diskriminierend gelte. Die Sprachwissenschaftlerin, die ihr Gutachten auf einer großen Konferenz der Landesbildungsminister abgegeben hatte, kam übrigens nicht dazu, sich dem internationalen Teil ihrer Ausführungen zuzuwenden. Allgemein wurde vorher Übereinstimmung darüber erzielt, daß es uns egal sein konnte, was das Ausland über uns dachte.

Der Anlaß, sagt der Innenminister, und sein Gesichtsausdruck ist plötzlich ernst geworden, der Anlaß unseres Treffens ist ernst.

Der Innenminister gehört zu der Art von Männern, denen es nicht gegeben ist, außer den Augenlidern und den Lippen noch irgendeinen anderen Gesichtsmuskel zu bewegen. In Wissenschaftlerkreisen war man sich uneinig darüber gewesen, ob dieses Phänomen, das in den letzten Jahren verstärkt aufgetreten war, so daß man ein Forschungsprojekt dazu entwickelt hatte, einer frühkindlichen Entwicklungsstörung oder einem später antrainierten emotionslosen Verhalten zuzuschreiben war. Nach dem Sieg der Ethno-Zentristen sind die Forschungen an dem Projekt eingestellt worden. Die auch weiter deutlich zu beobachtende Zunahme des sogenannten Maskengesichts (lat. vultus personatus) ist kein Thema mehr in der Öffentlichkeit. Die Vermutung, die früher hin und wieder laut geworden war, daß es sich beim vultus einfach um die adäquate Außenform eines Hohlkopfes handeln könnte, kursiert nur noch im Untergrund.

Sie wissen, meine Herren, daß wir als letzte dem Vereinigten Europa beigetreten sind. Sie wissen auch, daß wir dafür unsere Gründe hatten. Ich rede jetzt nicht von irgendwelchen Wahltaktiken. Ich spreche davon, daß wir der Meinung waren und sind, daß das von unseren Vorgängern geplante Europa einer Entmachtung unseres Volkes gleichgekommen wäre. Nur die voraufgegangenen Wahlsiege der wichtigsten europäischen

Bündnisparteien haben es uns schließlich möglich gemacht, dem Konzept der Festung Europa durch unseren Beitritt sein unverwechselbares Profil zu geben. So weit, so gut. Ich will Sie heute nicht mit den Problemen belasten, die sich europaweit aus der Bekämpfung des Liberalismus ergeben, jener politischen Formation, die den atomistischen Individualismus zum Nachteil der Nation propagiert. Wir haben, Sie gestatten, daß ich das Wort in dieser Runde ausspreche, offenbar den Sozialismus besiegt, um gegen den Liberalismus zu kämpfen. Wäre der Innenminister fähig, seine Gesichtsmuskeln zu bewegen, so hätte an dieser Stelle ein kämpferisches Lächeln seine Züge erhellt. So aber ist er nur in der Lage, die Spalten in seiner Gesichtshaut, die die Augäpfel sehen lassen, ein winziges Stück zu vergrößern, was seinem Blick etwas Starres, Bedrohliches gibt, und sich noch ein wenig aufrechter hinzusetzen, wobei sich sein Brustkasten vorwölbt, was ihn einem Hahn in Kampfstellung (Sorte Rhodeländer) in gewisser Weise ähnlich sehen läßt. Der Eindruck auf seine Zuhörer ist dennoch stark.

Nein, heute, meine Herren, geht es darum, einen weiteren Schritt zu tun, unserem Volk im internationalen Rahmen das Ansehen zurückzugewinnen, das ihm gebührt. Sie mögen sich fragen, ob es denn immer noch nötig ist, in dieser Frage besondere Maßnahmen zu ergreifen. Jawohl, meine Herren. Die Regierung ist nach gründlicher Beratung zu dem Schluß gekommen, daß zwar nicht innerhalb der Festung, wohl aber außerhalb noch immer erhebliche Zweifel an der Richtigkeit unserer Politik bestehen. Wobei, unter uns gesagt, aber dazu werden auch unsere Zeitungen öffentlich Stellung nehmen, es den Herren Ausländern ganz sicher nicht um die Durchsetzung hehrer moralischer Prinzipien, sondern darum geht, uns vom Weltmarkt zu verdrängen.

Viele der Maßnahmen, die wir ergriffen haben, um unser Volk wieder lebensfähig zu machen, werden angeblich nicht verstanden oder bespöttelt. Und es gibt eine Gruppe von Deutschen, die, im Ausland lebend, dieser Spöttelei allein schon durch ihre Abwesenheit täglich neue Nahrung gibt. Sie wissen, meine Herren, daß die Neue Demokratie nicht der Feind der Intellektuellen ist, wie man uns im Ausland nachsagt. Ohne das vielfältige politische, kulturelle und publizistische Kapillarsystem, das von deutschen Intellektuellen entwickelt und getragen wurde, wäre es nicht gelungen, neue Wertvorstellungen in breitere Schichten unseres Volkes einsickern zu lassen. Ich darf Sie nur an die hervorragende Leistung unseres alten und neuen Präsidenten erinnern, der doch wohl als integrer Intellektueller gilt und viel dazu beigetragen hat, die verschütteten Begriffe Nation und Familie, den Wert eines ganzheitlichen Menschenbildes, den Zusammenhang von Nation, Natur und Gott, ohne den keine wahre Ordnung möglich ist, wieder sichtbar zu machen.

Der Innenminister merkt, daß er ins Schwärmen gerät. Er unterbricht seine Rede und räuspert sich.

Kurz und gut, es geht um die Aktion Rückführung, meine Herren, Rückführung derer, die vorübergehend vergessen haben, wohin sie gehören.

Der Minister legt eine Pause ein, um den Anwesenden Gelegenheit zu geben, über seine Worte nachzudenken. Schweigen breitet sich aus, das von leisen Kritzellauten eifriger Referenten begleitet wird. Noch ist unklar, ob die Kritzelnden damit beschäftigt sind, das eben Gehörte niederzuschreiben, oder ob schon an Fragestellungen und Lösungen des vorgegebenen Problems gearbeitet wird (worauf, im Vertrauen gesagt, die Minister im stillen hoffen). Schließlich beugt sich der Referent des nordrhein-westfälischen Innenministers seinem Herrn zu und hält ihm seine Notizen hin. Der Innenminister liest, räuspert sich und äußert sich wie folgt: Meine Herren, die Idee ist ausgezeichnet, aber müßten wir nicht Genaueres wissen? Zum Beispiel: Welcher Personenkreis ist gemeint? Namen, meine Herren, Namen.

Der Innenminister von Sachsen, dessen Referent sich fast gleichzeitig mit Nordrhein-Westfalen zu seinem Herrn gebeugt hatte, ruft, bevor ihm ein anderer die Idee streitig machen kann: Zeiten, meine Herren, Zeiten!

Ein paar verständnislose Blicke treffen ihn. Irgendwie scheint er eine falsche Betonung gewählt zu haben. Sein Einwurf klang so kritisch. Verwirrt spricht der Sachse nicht weiter. In das Schweigen hinein ertönt eine ruhige bayerische Stimme.

Und wenns net wollen?

Der Minister, dessen Gockelbrust wieder zusammengeschnurrt ist und dessen Augen ihre übliche Größe haben, verzieht die Lippen zu winzigen Hautverwerfungen rechts und links der Mundwinkel, die ein Lächeln andeuten sollen.

Der zentrale Punkt, meine Herren, sagt er.

Die Namen werden Ihre Kultusbehörden spätestens in vierzehn Tagen geliefert haben. Es kann sich ja jeweils nur um wenige handeln. Die Frage nach den Zeiten ist irrelevant. Bei uns heißt es: sofort.

Den letzten Satz sagt er mit besonderer Betonung, was darin begründet ist, daß der Innenminister aus Sachsen sein schärfster Konkurrent beim Kampf um den Ministersessel war. In dem unsicheren Gefühl, daß ihn manche noch immer für fähiger halten, erscheint es dem Minister hin und wieder notwendig, dem Sachsen einen kleinen Dämpfer zu geben.

Den zentralen Punkt hat der Kollege aus Bayern angesprochen. Er hat auch die Regierung veranlaßt, nicht die Kultus-, sondern die Innenminister zu der Aktion Rückführung zusammenzurufen. Wir müssen damit rechnen, daß die Gewünschten nicht freiwillig zurückkehren, und, meine Herren, was noch wichtiger ist, sie werden nicht von selbst auf die Idee kommen, sich nach ihrer Rückführung öffentlich mit unserer Neuen Demokratie zu identifizieren.

Schweigen.

Den Anwesenden erscheint vor ihren inneren Augen das Problem endlich in seinem ganzen Umfang. Befriedigt lehnt sich der Minister gegen die Rückenlehne seines Sessels. Er wartet, das Schweigen auskostend, bevor er weiterspricht. Seine Stimme hat jetzt jeden bisher noch geringfügig vorhanden gewesenen jovialen Ton verloren.

Es dürfte Ihnen bekannt sein, daß sich die Regierungschefs der Festung mit denen der umliegenden Staaten vor drei Tagen getroffen haben. Ein Ergebnis, das das vorliegende Problem einer Lösung zuzuführen verspricht, ist eine am Rande dieses Treffens zwischen Deutschland und der Türkei getroffene Absprache, die eine gewisse Aufgabenteilung beinhaltet. Um jedem, aber auch jedem noch so lächerlichen Versuch des Auslands, dem erneuerten Deutschland sogenannte Nazi-Methoden vorzuwerfen und damit unsere Konkurrenzfähigkeit auf dem Weltmarkt zu untergraben, vorzubeugen, hat die deutsche Regierung bewußt darauf verzichtet, Überzeugungsmethoden anzuwenden, die auch nur den Anschein von Zwang haben könnten. Die Neue Demokratie wird in jeder Beziehung vorbildhaften Charakter haben. Andererseits ist Ihnen und mir bekannt, daß es unter bestimmten Umständen durchaus nützlich sein kann, Methoden anzuwenden, die Überzeugungen, sagen wir einmal, schneller zustande kommen lassen, als dies von den behandelten Personen ursprünglich für möglich gehalten wurde. Unser Bündnispartner im Süd-Osten hat sich erfreulicherweise bereit erklärt, für uns Aufgaben zu übernehmen, die wir für notwendig halten, aber nicht mehr selbst vornehmen werden. Es dürfte Ihnen bekannt sein, daß in der Türkei unverändert eine gewisse Tradition besteht, die auch sogenannte Menschenrechtsorganisationen nicht nachhaltig verändern konnten. Wir können uns in dieser Beziehung aber voll und ganz –

Im Raum ist es warm. Die lange und noch immer nicht beendete Rede des Ministers beginnt, einschläfernd auf die Zuhörer zu wirken. Der sächsische Innenminister, der den Angriff auf seine Person sehr wohl bemerkt und einige Zeit darüber nachgedacht hat, wie er ihn vor versammelter Runde am besten zurückschlagen könnte, hat eingesehen, daß im Augenblick alle Trümpfe beim Redner liegen. Er wird eine andere Gelegenheit suchen, und er ist sicher, sie zu finden. Sein Blick wandert zum Fenster hinaus, wo noch immer ein schwerer, grauer Himmel über der dunkelbraunen Erde liegt. Am Horizont wird das Braun von einem breiten grünen Streifen Wintergerste abgelöst. Vor dem Fenster turnt eine Drossel zwischen roten Hagebutten. Dahinter beginnt eine schmale Wand hoher, dunkelgrüner Tannen. Heimat, denkt der gastgebende Innenminister aus Niedersachsen, der dem Blick seines sächsischen Kollegen gefolgt ist. Schade, daß es nicht ein bißchen kälter ist. Man jagt die Sau besser, wenn's friert.

Am nächsten Morgen erwachte Lisa Talbach sehr früh von einem lauten, andauernden Geräusch. Es dauerte einen Augenblick, bis sie begriff, daß jemand heftig gegen die Tür schlug. Das Schlagen ließ nicht nach, während sie ihren Morgenrock suchte, keine Schuhe fand und barfuß und verschlafen über die noch kalten Steine des Wohnzimmers an die Tür ging. Die Vorhänge waren zugezogen, und das Licht, das durch die Ritzen drang, zeigte an, daß die Sonne gerade erst aufgegangen sein konnte.

Ja, ja, ich komme. Was ist denn los?!

Sie schloß die Tür auf und öffnete. Vor ihr stand Pedro, beinahe ebenso unausgeschlafen wie sie, sein Wagen stand mit laufendem Motor hinter ihm.

Mein Gott, Pedro, bist du aus dem Bett gefallen? Weshalb kommst du um diese Zeit? Was ist los?

Ich wollte Ihnen nur sagen, daß ich jetzt losfahre. Oder wollen Sie mitkommen?

Natürlich komme ich nicht mit. Warte einen Augenblick, du kannst mich mit ins Dorf nehmen. Ich werde uns inzwischen ein ordentliches Frühstück zusammenkaufen.

Sie frühstücken nicht bei mir?

Lisa sah die Enttäuschung in Pedros Gesicht. Frank und er waren immer gut miteinander ausgekommen. Wahrscheinlich hatte er seiner Frau schon aufgetragen, etwas zu essen vorzubereiten.

Ist gut, wir treffen uns nachher bei dir. Ich geh zu Fuß runter. Gib Frank schon mal einen Kuß von mir.

Pedro grinste erleichtert, stieg in sein Auto und fuhr davon. Lisa schloß die Tür, bevor die Staubwolke, die sein Start aufwirbelte, ins Zimmer trieb.

Sie zog die Vorhänge zur Seite, öffnete die Tür und ging hinaus, ging bis an die Brüstung der Terrasse über dem Meer. Die Sonne erwärmte schon die ersten Steine, die sich warm und lebendig anfühlten unter ihren Fußsohlen, so, wie sich die von der Sonne erwärmte steinerne Brüstung warm und tröstend anfühlte in ihren Handflächen.

Weshalb tröstend, dachte sie, und während ihre Augen suchend nach rechts wanderten, automatisch, weil sie sich in den letzten Tagen angewöhnt hatte, hin und wieder nachzusehen, ob der Fremde in den Felsen steht, eine gleichbleibende, dunkle Gestalt gegen den immer anderen blauen Himmel, begriff sie, daß sie in den letzten Monaten einsam gewesen war. Wieder hatte sie in der Einsamkeit gelebt, die notwendig war, um zu schreiben, die sie nie spürte, während sie arbeitete, und die ihr jedesmal schmerzlich bewußt wurde, wenn sie die Arbeit beendet hatte. Früher, als sie noch nicht gelernt hatte, mit den Zusammenbrüchen nach dem Schreiben umzugehen, hatte sie jedesmal einen wilden Taumel inszeniert, mit Freunden, irgendeinem Mann oder irgendeiner Frau, die sie zu ihren Geliebten erklärte, viel Alkohol und in Wirklichkeit höchst überflüssigen, aber in diesem Augenblick absolut notwendigen Unternehmungen. Sie war froh, diese Zeiten hinter sich gebracht zu haben, aber, merkwürdig genug, jetzt, während sie an der Brüstung stand und den warmen Steinwulst unter ihren Händen spürte, schien es ihr, als sehnte sie sich danach zurück. Sie spürte das heftige Bedürfnis zu laufen, zu schreien und eine große Sehnsucht nach Zärtlichkeit, die sie erstaunte.

Der Weg ins Dorf hinunter dauerte eine halbe Stunde. Mit jedem Schritt wuchs ihre Freude, Frank wiederzusehen, und als sie in die Hauptstraße einbog und Pedros Auto am Hafen stehen sah, begann sie zu laufen. Sie lief auch die Stufen zu Pedros Bar hinauf, und Frank, der vor dem Tresen stand und sein Glas erhoben hatte, um Pedro und Doña Anna zuzutrinken, stellte das Glas ab, ging ihr entgegen, hob sie hoch, setzte sie wieder auf den Boden, schüttelte sie an den Schultern und küßte sie schließlich unter den anfeuernden Rufen von Pedro und Anna, die Vorstellungen dieser Art liebten, mehrmals auf beide Wangen. Sie gingen zurück, strahlend und Hand in Hand, wie das verliebte Paar, das sie nicht waren. Pedro füllte Lisas Glas mit Rosé-Wein, Doña Anna verschwand in der Küche und kam gleich darauf mit einem Tablett zurück, angefüllt mit all den Sachen, die Deutsche zum Frühstück aßen, kein Wunder, daß sie so groß waren, und die Gläser wurden erneut gefüllt.

Pedro und Anna sahen den beiden beim Frühstück zu. Lisa beobachtete Frank, Frank beobachtete Lisa. Nein, sie hatte sich nicht verändert. Sie sah gut aus, besser, als er sie zuletzt vom Flughafen her in Erinnerung hatte. Nein, er hatte sich nicht verändert. Oder doch? War er älter geworden? Hatte Frank immer schon diese tiefen Kerben, die von den Nasenflügeln bis zu den Mundwinkeln verliefen? Plötzlich sah sie wieder die Szene vor sich in seinem Haus, die Frau auf seinem Schoß, und sie schämte sich und legte in einer spontanen Bewegung ihre Hand auf seinen Arm, den er erhoben hatte, um ihr zuzutrinken. Sie tranken, und dann kam Juan und wenig später Rosa, die eigentlich gekommen waren, um ihren Laden zu öffnen, und Pedro sorgte dafür, daß alle ein Glas hatten und daß der Wein nicht zu Ende ging. Erinnerte er sich an andere Tage, die ähnlich begannen, nachdem Lisa wochenlang allein in ihrem Haus gewesen war?

Merkwürdig, dachte Lisa irgendwann, da hatte der Wein schon die Perspektiven verschoben, die Bar war zur Höhle geworden und draußen dehnte sich eine endlose helle Wüste, weshalb fragt ihn niemand, wie es zu Hause ist. Sie sind alle einverstanden. Überhaupt sind alle einverstanden. Ich bin auch einverstanden, mit mir, wohlgemerkt, mit mir. Perlen habe ich produziert, Perlen mit Sand, durch die Wüste sind sie gerollt. Mal sehen, wer sie findet.

Später bot sich Pedro an, sie nach oben zu fahren, aber Frank bestand darauf, zu Fuß zu gehen.

Ich war so lange nicht hier, sagte er, ich will die Insel riechen.

Sie sprachen nicht, während sie auf die Felsküste zuwanderten, vielleicht, weil die leichte Steigung der Straße sie anstrengte oder der Wein oder die neue Zeit, die zwischen ihnen ging, seit sie Pedros Bar verlassen hatten. Frank ging neben ihr her wie eine Art Vorwurf, der stärker wurde, je weiter sie gingen, der zu Anfang nur winzig war, nicht größer als eine der Kerben neben seinen Mundwinkeln und der größer wurde und am Ende so groß wie Frank selbst. Da waren sie am Meer angekommen. Sie saßen unter dem orangefarbenen, verblichenen Leinendach, rechts und links neben ihnen leuchteten die gelben Terrassentüren und vor ihnen, hinter der weißen Steinbrüstung, lag das Meer, blau und ruhig.

Jetzt wirst du mich nicht fragen, sagte Frank. Jetzt werden wir einen Kaffee trinken, und dann werden wir schlafen gehen. Später werden wir reden.

Sein Gesicht war von einer leuchtenden Bräune überzogen, die nichts war als der Widerschein des Sonnendachs. Wie eine schonende Lüge lag das warme Licht auf seinem Gesicht und auf seinen Händen.

Später lagen sie nackt beieinander. Ein wenig von der alten Vertrautheit war wieder zwischen ihnen, von der Vertrautheit, die über die freundlichen Gefühle hinausging, mit denen sie sich seit Jahren zufriedengaben.

Mich verstehe ich ja, dachte Lisa. Aber was ist mit dir? Du bist doch nicht einsam gewesen, oder? Wovor fürchtest du dich? Sie schlief ein und fand sich in einer unwirklichen Landschaft wieder, zwischen weißen, von schmerzverzerrten Gnomen getragenen Säulen, auf deren ausladenden, keiner Stilepoche zugehörigen Kapitellen sich winzige nackte Engel in obszönen Posen bewegten. Sie stand zwischen den Säulen, bekleidet mit einem tief ausgeschnittenen, weiten Kleid, aus dessen Ausschnitt ihre Brüste hervorquollen, und ihre Schultern umfaßte, so eng, daß sie die Kälte spürte und den kalten Druck der knöchernen Arme, der Tod. Um seine Knochen hingen die Fetzen eines schwarzen Umhangs. Seine Linke hatte ihren Rock hochgerissen, sie wehrte sich gegen die Knochenhand zwischen ihren Schenkeln und den Totenschädel, der sich ihrem Mund näherte und der, merkwürdig genug, einen sehr lebendigen Bart trug, rotbraun und warm, aber er sah nur so aus. In Wirklichkeit war er kalt, und sie spürte die Kälte, als die Bartspitzen ihre Lippen berührten. Schreiend wachte sie auf.

Später saßen sie im Dunkeln auf der Terrasse, in einer Dunkelheit, die keinen Unterschied mehr machte zwischen Wasser und Himmel; nur das gleichmäßige, beinahe zögernde Klatschen der Wellen gegen die Felsen erinnerte sie daran, daß es diesen Unterschied gab. Lisa hatte nicht gewagt, Frank ihren Traum zu erzählen, aus Furcht, sie könnte die neu gewonnene Vertrautheit zerstören, die zwischen ihr und ihm entstanden war. Aber gerade dadurch, dachte sie, werde ich sie zerstören, daß ich nichts sage, und sie spürte Fremdheit entstehen und war unglücklich.

Es gibt eine Menge Leute, sagte Frank, die dir übelgenommen haben, daß du weggegangen bist.

Seine Stimme klang, als habe er sich die Worte für die Eröffnung des Gesprächs zurechtgelegt und als sei er froh, sie endlich gesagt zu haben.

Du auch?

Frank tat, als habe er ihre Frage nicht gehört. Vielleicht hatte sie zu leise gesprochen, um die Wellen zu übertönen.

Dabei kann man es dir doch eigentlich gar nicht verdenken. Sie sind so satt und zufrieden. Die einzigen, die wirklich unruhig sind, weil sie nicht wissen, ob sie die Macht behalten, die ihnen so leicht in den Schoß gefallen ist, sind die neuen Herren. Es fehlt ihnen etwas sehr Entscheidendes. Sie sind ökonomisch nicht notwendig, ich meine, in Wirklichkeit braucht die Industrie die Ethno-Zentristen nicht. Sie haben das Gefühl, daß sie geduldet sind, weil es praktisch ist, den Deutschen ein Parlament und eine Regierung zu gestatten, die auf ihre dumpfen Gefühle Rücksicht nimmt. Hast du gehört, nein, das hast du nicht, natürlich, daß sie den dritten Tag in jedem Monat zum Kerzentag erhoben haben? Sie strengen sich sehr an. Natürlich haben sie die Asylantenlager beseitigt. Es heißt, man habe den Ländern an den Grenzen der Festung große Summen gegeben. Sie sollen mit Sammeltransporten dorthin gebracht worden sein. Man sagt nicht, Deutschland den Deutschen. Es heißt, Deutschland den neuen Deutschen. Die Neue Demokratie probt ihre ersten Schritte. Habe ich schon gesagt, wie zufrieden die Bevölkerung ist?

Man hat die Fernsehgebühren abgeschafft, Fernsehgeräte sind sehr billig geworden. Die Händler erhalten einen Zuschuß zu jedem verkauften Gerät. Erinnerst du dich an die Zeiten, als wir davon gesprochen haben, daß unsere Gesellschaft eine Ein-Drittel-/Zwei-DrittelGesellschaft werden würde? Kann sein, daß das untere Drittel noch ein bißchen größer geworden ist. Aber es gibt kaum ein Problem damit. Sie sind eine Gesellschaft von Murphys geworden, im Schaukelstuhl sitzend und glotzend.

Wenn ich mich recht erinnere, sagte Lisa, dann saß Becketts

Murphy im Schaukelstuhl, um sich besser aufs Denken konzentrieren zu können.

Du hast recht, antwortete Frank, der Vergleich ist schlecht gewählt. Sie denken nicht, sie glotzen nur. Du kannst dir den Schwachsinn nicht vorstellen, der ununterbrochen produziert wird, damit die Leute etwas zu sehen haben. Es gibt jetzt sechsundachtzig verschiedene Fernsehprogramme.

Weshalb erzählst du mir diesen Unsinn? sagte Lisa.

Aber Frank fuhr fort zu sprechen, als sei er nicht unterbrochen worden, mit leiser und eindringlicher Stimme.

Das Verrückte an diesem Drittel ist, sagte er, wer arbeiten will, kann arbeiten. Man muß nur zu den Arbeitsämtern gehen und um Arbeit nachfragen. Angeblich ist für jeden Arbeit da. Ein beruhigendes Gefühl. Vielleicht tun sie's deshalb nicht.

Was tun sie nicht?

Was – sie gehen nicht hin, verstehst du? Sie gehen nicht und fragen nach Arbeit. Vielleicht haben es einige versucht, und der Job, den man ihnen gab, war zu schwer für sie. Ich weiß nicht. Jedenfalls gehen sie nicht.

So kann man nicht leben, sagte Lisa.

Nein, antwortete Frank, so kann man nicht leben. Sie leben ja auch nicht. Sie werden gelebt. Manchmal, das geschieht übrigens immer häufiger, scheint es, aber es wird nichts Genaues darüber bekanntgegeben, manchmal versuchen einige aufzubegehren. Hauptsächlich Säuglinge, für die man noch nicht das richtige Programm entwickelt hat. Man kann ihnen Beruhigungsschnuller geben, aber das tun nur die Fürsorglichen. Die anderen werfen sie einfach gegen die Wand.

Ich glaube nicht, sagte Lisa, daß Übertreibungen der richtige Weg sind, mich davon zu überzeugen, daß ich zurückkommen muß. Ich hol mir eine Decke. Möchtest du auch eine?

Frank antwortete nicht. Sie stand auf, ging barfuß über den kühlen Steinfußboden und kam gleich darauf mit zwei Wolldecken auf den Armen zurück. Bevor sie sich einzuwickeln begann, legte sie eine Decke um Franks Schultern. Er griff nach ihrer Hand, aber sie entzog sie ihm, ging hinüber zu ihrem Sessel, schlug sorgfältig die Decke um ihre Hüften und setzte sich. Ihre Augen waren inzwischen an die Dunkelheit gewöhnt. Sie glaubte jetzt, die Linie zwischen Wasser und Himmel ausmachen zu können, aber vielleicht, dachte sie, täusche ich mich auch.

Einmal hatte sie, während Frank sprach, zu ihrer Rechten in den Felsen ein Licht aufblitzen sehen. Es war nicht noch einmal wiedergekommen. Weit entfernt, da, wo sie den Horizont vermutete, bewegten sich winzige Lichter langsam von links nach rechts.

Da sitzt du vor einer dunklen, leeren Bühne, hörte sie Frank neben sich sagen. Natürlich, am Tage ist sie erleuchtet, aber sie bleibt auch dann leer. Dein Zuschauerraum ist warm und gemütlich, entschuldige das Wort. Gemütlich, aber das kannst du ja gar nicht wissen, gemütlich ist ein weiteres Lieblingswort der Neuen Demokraten. Nein, dein Zuschauerraum ist komfortabel. Aber auf deiner Bühne passiert nichts, begreifst du denn das nicht? Jenseits der Kulissen brennt's, und du weigerst dich, es zur Kenntnis zu nehmen. Jenseits der Kulissen verändert sich nicht nur die Sprache. Es verändern sich die Menschen. Manche verschwinden übrigens auch. Du erinnerst dich doch an diesen Lyriker, diesen Hartmann? Es heißt, er sei verschwunden. Weißt du, was das bedeutet? Während du hier in der Abgeschiedenheit lebst, dein Verleger dich mit Geld und Lob versorgt, etabliert sich bei uns vielleicht zum zweitenmal ein tausendjähriges Reich. Diesmal kann allerdings mit mehr

Aussicht auf Bestand gerechnet werden, nachdem seine natürlichen Feinde schon lange vorher das Handtuch geworfen haben und Leute wie du es vorziehen, sich in Gleichgültigkeit zu üben.

Daß du sehr rücksichtsvoll mit mir umgehst, kann man dir nicht nachsagen. Ich vermute, irgend etwas gibt dir das Recht, so zu reden?

Entschuldige. Es tut mir leid. Ich bin nur – zwei Studenten habe ich noch, von denen ich annehme, daß sie ihren Verstand nicht gegen Karriereangebote eingetauscht haben. Sie reden nicht viel, aber manchmal scheint es, als dächten sie nach. Ich kann so nicht weitermachen. Mein Antrag auf vorzeitige Pensionierung ist abgelehnt worden. Meine Arbeit macht mich krank. Ich habe keine Freunde mehr. Ich brauche dich. Ach laß, du würdest es nicht ändern. Wahrscheinlich bin ich neidisch, weiter nichts. Spürt ihr hier denn gar nichts von den neuen Zeiten?

Nichts, sagte Lisa. Vielleicht reden sie in der Bar ein wenig anders als früher, aber hier waren die Leute ja schon immer rechts. Es bedeutet nur nicht so viel wie bei uns. Wie lange kannst du bleiben?

Morgen noch, sagte Frank, ich hab keine Ferien. Ich wollte nur mal nachsehen, wie es dir geht. Und versuchen, dir klarzumachen, daß wir noch eine kleine Chance haben. Es ist noch nicht entschieden, wie es weitergeht. Und wenn wir –

Bitte, Frank, laß uns morgen weiterreden. Wir gehen den alten Weg an der Küste entlang. Du erzählst mir mehr über die Möglichkeiten zu Hause –

Und du erzählst mir, weshalb du trotz alledem nicht mitkommen wirst, ja? sagte Frank, während er aufstand. Er hatte sich beruhigt, und seine Stimme klang freundlich. Später lagen sie nebeneinander im Bett, und nach einer Weile faßte er nach ihrer Hand. So, Hand in Hand, schliefen sie ein, wie zwei Kinder, die sich fürchteten und aneinander Trost suchten, während draußen der Sturm tobte.

Der Sturm tobte tatsächlich. Er kam in der Nacht und war am Morgen so stark, daß die Terrassentüren mit lautem Krachen gegen die Hauswände schlugen. Sie schlossen die Läden vor den Fenstern und Türen gemeinsam, bevor sie hinter geschlossenen Läden im Halbdunkel am Küchentisch saßen und frühstückten. Sie beschlossen, auf den Weg an der Küste zu verzichten, der bei starkem Wind gefährlich war. Unter dem Küchenfenster donnerten die Wellen mit lautem Krachen an die Felsen. Erst als sie sich ein Stück vom Haus entfernt hatten und das tobende Meer nur noch als starkes, gleichmäßiges Rauschen in ihrem Rücken zu hören war, nahm Lisa das Gespräch vom Abend wieder auf.

Du hast gestern abend Hartmann erwähnt, was heißt das, er ist verschwunden?

Ich weiß es auch nicht so genau, jedenfalls war neulich in einer Konferenz davon die Rede, oder nein, es war anders. Bei uns lagen Listen aus mit Künstlern, die bereit waren, die Jahresendfeiern mitzugestalten. Sein Name war gestrichen. Ich hab dann in der Verwaltung nachgefragt, und dort wurde mir gesagt, man hätte Anweisung bekommen, ihn zu streichen. Der Mann wäre zur Zeit nicht erreichbar.

Jahresendfeiern? Bei euch?

Ja. Es gibt einen Katalog von Maßnahmen, die zum Ziel haben, die Volksgemeinschaft zu stärken. Freiwillige Maßnahmen, versteht sich. Sie gelten auch als Mittel zur Bekämpfung des PTSS, des Post-Traumatic-Stress-Syndroms.

Was?

Na ja, vielleicht stärken sie nicht gerade die Volksgemeinschaft, aber auf jeden Fall die Volksgesundheit. Es ist nämlich so, daß es immer noch genügend Leute gibt, die in der Lage wären, die gewalttätige, grausame Visage ihrer Gesellschaft zu erkennen. Nur verdrängen sie das natürlich. Seit immer mehr Särge mit den Überresten unserer Blauhelme zurückkommen, sind auffällig viele Menschen arbeitsunfähig geworden. Ihre seelische Gesundheit ist gefährdet, manchmal sogar nachhaltig gestört. Übrigens alles Leute aus den oberen zwei Dritteln. Vielleicht erinnerst du dich daran? Mit Somalia damals fing es an. Es ist schwierig, mit diesen Leuten umzugehen. Niemand wollte so recht wissen, was mit ihnen los war. Vor allem, wenn sie nicht als Angehörige direkt betroffen waren. Ich hatte zwei Kollegen, die eine ganze Weile keine Vorlesungen hielten. Sie konnten nicht. Beides vernünftige Leute, ich meine, in unserem Sinn vernünftig, aufgeklärt, demokratisch. Sie sind übrigens inzwischen wieder da. Ich weiß nicht, womit man sie kuriert hat. Ich habe keine Lust, sie zu fragen. Du fürchtest, es könnte sich herausstellen, daß sie übergelaufen sind, stimmt's?

Ich weiß, daß sie übergelaufen sind. Ich hab sie mit Kerzen in den Händen gesehen. – Jedenfalls werden spezielle Behandlungsmethoden getestet, um die PTSS-Leute wieder zu integrieren. Das Problem dabei ist, daß man die Ursache ihrer Leiden zwar vermutet, bei der Behandlung aber auf die sie auslösenden gesellschaftlichen Bedingungen nicht eingehen kann. Es ist längst nicht jeder so abgestumpft, ohne Schock die Särge zu sehen, obwohl man inzwischen auf die Fernsehübertragung der Ankunft verzichtet hat. Aber man weiß ja, daß es passiert. Es ist auch nicht leicht, ohne beeindruckt zu sein, an einer dieser Schnell-Razzien vorbeizugehen. Die Grenzinstallationen halten natürlich nicht jeden Ausländer ab. Auf dem Land dürfte es inzwischen kaum noch Unregistrierte geben. Sie halten sich dort nicht lange. Aber einigen gelingt es immer wieder, bis in die großen Städte vorzudringen. Dort bleibt es eine Weile ruhig. Wahrscheinlich wartet man, bis sich eine Razzia lohnt. Und dann geht's los. Natürlich gibt es bestimmte Gegenden, Treffpunkte, an denen sich Ausländer aufhalten. Meist da, oder jedenfalls in der Nähe, wo es registrierte, öffentlich anerkannte ausländische Restaurants gibt, Kneipen oder Wohnquartiere. Die Vorliebe für internationale Küche hat ja nicht abgenommen. Im Gegenteil, eine Zeitlang war die Losung: MACH MEINEN KOCH NICHT AN sehr beliebt bei den Kerzenveranstaltungen. Und dann sitzt du da ahnungslos am Fenster so eines türkischen oder griechischen Speiselokals, und vor deinen Augen wird plötzlich der Bürgersteig geräumt. Wobei »geräumt« nur das Ergebnis bezeichnet, nicht im entferntesten die Art des Umgangs mit den Menschen, die aufgeladen werden. Sie sind nicht besonders zimperlich beim Einfangen, das kann ich dir versichern.

Und um die Seelen der armen gestreßten Mittelschichten zu heilen, macht die Universität Jahresendfeiern?

Nur für Studenten, natürlich. Aber in den Betrieben gibt es ähnliches. Der Lichtertag jeden Monat gehört wohl auch dazu.

Lisa antwortete nicht. Sie dachte an Hartmann.

Seine Gedichte waren nicht von der Art, daß sie sich für Anti-Streß-Feiern eigneten, sagte sie dann.

Nein, deshalb wollte ich ihn ja einladen. Aber, wie gesagt, er war gestrichen, auf Anweisung von oben.

Wenn es stimmt, was du mir erzählst, dann frage ich mich langsam, weshalb die Leute meine Bücher noch lesen, sagte Lisa nach einigem Nachdenken.

Wahrscheinlich beruhigst du ihr Gewissen. Könnte übrigens sein, daß deine Auflagen sinken. Es sei denn, du bringst einen schönen neuen Gedichtband heraus, kostbar aufgemacht, zierlich angeordnete Worte, die nur für das ganz feine Ohr ein ganz klein bißchen hohl klingen. Das würde sich bestimmt gut verkaufen.

Frank hatte die letzten Sätze lächelnd gesagt, aber sie spürten beide den Ernst in seinen Worten.

Du wirst mich nicht ärgern, sagte Lisa. Ich werde über das nachdenken, was du gesagt hast. Vielleicht komme ich zurück, vielleicht nicht. Ich glaube eher, vorläufig nicht. Ich habe ja erst höchstens ein Drittel von dem geschafft, was ich mir vorgenommen habe. Ich brauche meine Arbeit, verstehst du? Ich kann sie nicht einfach aufgeben. Bei euch werde ich in Komitees sitzen, Aufrufe verfassen, auf Veranstaltungen reden, diskutieren. Es gibt genügend andere, die das tun können.

Frank sah sie von der Seite an.

Die gibt es nicht, sagte er. Vielleicht hast du mich mißverstanden. Vielleicht war ich auch nicht deutlich genug. Ich kenne keine Gruppen oder einzelne, die sich so verhalten, wie du sagst. Ich, ich ganz allein möchte, daß du zurückkommst. Wir könnten –

Nein.

Etwas an Franks Drängen irritierte sie. Während sie schweigend hintereinandergingen, der Weg durch den Pinienwald war jetzt schmal und Wurzeln und Steine machten ihn uneben, dachte sie darüber nach, und sie begriff, was es war. Ein wenig von der uralten männlichen Haltung des »Wo du hingehst, da will auch ich hingehen« war darin, dieser Satz, der immer nur für Frauen gegolten hatte. Mit Angst hatte man sie dahin gebracht, den Männern zu folgen, mit der Angst vor Einsamkeit.

Ich habe keine Angst davor, einsam zu sein, dachte sie. Für mich gilt ihre Drohung nicht.

Sie blieb stehen.

Laß uns umkehren, Frank, sagte sie.

Frank lachte.

Du bist zäh, was? Na gut, kehren wir um. Ich würd's übrigens auch nicht machen. Wegen so eines alten Mannes. – Im übrigen weiß ich: die Menschen gehen nicht zum Nordpol. Sie gehen ins Büro, streiten mit ihrer Frau und essen Suppe.

Na, siehst du, sagte Lisa. Ungerührt lachte sie ihn an. Über Tschechows lakonische Feststellung, von deren Richtigkeit sie fest überzeugt war, hatten sie früher manchmal heftig gestritten.

Am Abend fuhren sie in Lisas klapprigem Auto zum Flughafen. Frank hielt den Umschlag mit ihren Gedichten unter dem Arm, während er seine Tasche auf das Band stellte, das sie an den Kameras vorüberschob. Er winkte, während ihn ein sehr junger Mann in Uniform, das olivfarbene Kindergesicht in wichtige Falten gelegt, mit dem Detektor nach Waffen absuchte. Der Junge war sehr gründlich, und Frank hatte lange Gelegenheit zu winken, und Lisa winkte die ganze Zeit über zurück.

Auf dem Rückweg hielt sie vor Pedros Bar, als sie Juan und Rosemarie dort sitzen sah. Rosemarie war betrunkener, als sie üblicherweise gegen zehn Uhr betrunken zu sein pflegte. Lisa sah unwillig zu Pedro hin, der gerade die Weingläser der beiden erneut füllt. Pedro zuckte mit den Achseln und machte ungerührt weiter.

Doña Lisa, sagen Sie ihr, daß sie nicht so viel trinken soll, sagte Juan. Er vertrug mehr als Lisa, auf jeden Fall hatte er nicht am Morgen schon mit der Trinkerei angefangen. Seine Stimme klang nüchtern und besorgt.

Ich trinke, wann ich will.

Im Gegensatz zu Juan war Rosemarie nur noch schlecht zu verstehen. Ihre Schuhe lagen unter dem Barhocker. Die Füße hatte sie um die Beine des Hockers geklemmt. Ihr Oberkörper lag fast auf dem Tresen. Lisa beschloß, sie nach Hause zu fahren.

Gib mir auch einen Wein, Pedro, sagte sie. Ich nehm diese Dame gleich mit.

Rosemarie reagierte nicht. Lisa unterhielt sich mit Juan, bis sie ihr Glas leergetrunken hatte. Als sie aufstand, begannen im Fernsehen in der Ecke über der Bar die Abendnachrichten: Auf dem Bildschirm erschien der spanische Innenminister, begleitet von einer Truppe von Männern in Uniform. Er besichtigte die gerade fertig gewordenen hundert Kilometer einer ungewöhnlich hohen Küstenbefestigung, die von dem Reporter als »afrikanischer Schutzwall« bezeichnet wurde.

Aus Afrika kommt eben nicht immer nur Gutes, sagte Pedro.

Er und Juan lachten. Lisa begriff, daß sie an Franco dachten, und ging nicht auf sie ein. Rosemarie hatte nach einem gescheiterten Versuch, den Bildschirm ins Auge zu fassen, den Kopf auf den Tresen gelegt.

Wie lange will Max wegbleiben, fragte Lisa.

Niemand antwortete, und Lisa vergaß ihre Frage, als der nächste Bericht begann. Eine Reporterin, ungewöhnlich genug, denn in den letzten Monaten hatten die Männer die Frauen beinahe völlig aus Rundfunk und Fernsehen verdrängt, berichtete über eine Konferenz der europäischen Informationsminister. Die Reporterin stand in Paris vor dem Louvre. Sie verlas ohne eigenen Kommentar eine Resolution, die auf der Konferenz verabschiedet worden war. Die Resolution war kurz.

Die Informationsminister Europas trafen sich zu ihrer halbjährlichen regelmäßigen Konferenz. Wichtigstes Thema der Sitzung, die in einem Klima des Vertrauens und der Kooperationsbereitschaft verlief, war die von den USA und von Japan in letzter Zeit erhobene sinnlose Anschuldigung, daß es in Europa, insbesondere in Deutschland, Fälle gegeben hätte, in denen Menschen spurlos verschwunden sein sollten. In Vorbereitung dieser Konferenz sind sämtliche Anschuldigungen überprüft worden und haben sich als haltlos erwiesen. Wir, die europäischen Informationsminister, bezeichnen die vorgebrachten Anschuldigungen einmütig als internationales Komplott, das dazu dienen soll, das Vertrauen in die europäische Wirtschaft zu untergraben.

Ohne Übergang wurde das Bild ausgeblendet, und es begann ein Bericht aus einem Stadtteil von Madrid, in dem es eine Schlacht zwischen illegalen Einwanderern und einer privaten Schutztruppe gegeben hatte.

Damit wird jetzt bald Schluß sein, sagte Pedro. Wurde Zeit, daß sie das Ding fertiggekriegt haben. Diese Drogenhändler haben doch sowieso nur den Bauern das Geschäft verdorben.

Wieso das? Lisa begriff nicht, worauf er anspielte.

Die Regierung hat angefangen, den Bauern den überschüssigen Wein abzukaufen. Man hat in den Vorstädten, auch in Barcelona, überall, wo es nötig ist, Tanklager gebaut. Der Wein wird dort umsonst abgegeben. Nicht die allerbesten Sorten, die kaufst du weiter in den Läden der Innenstadt, das ist klar. Aber schlecht ist das Zeug nicht. Ich hab einen Bruder, der in Alicante eine Bar hat. Der kriegt Geld, wenn er sich den Wein abholt und ausschenkt. Er sagt, man kann ihn trinken. Sie müssen nur ihren Verbrauch nachweisen, dann kriegen sie das Geld. Natürlich, manche nehmen immer noch Drogen. Aber es heißt, das ist weniger geworden. Und vor allen Dingen die Bauern sind ruhig.

Lisa wußte nicht, was sie darauf antworten sollte. Es war auch nicht nötig, daß sie antwortete, denn Pedro verfolgte inzwischen mit schmerzlichem Gesichtsausdruck die pompöse Beerdigung eines beliebten Stierkämpfers. Auch Juans Gesicht zeigte den Ausdruck von Trauer.

Lisa legte ihre Hand auf Rosemaries Schulter. Komm, Mädchen.

Als hätte sie nur darauf gewartet, stellte Rosemarie die nackten Füße auf den Boden und rutschte vom Hocker. Ihre Knie knickten ein wenig ein, aber dann stand sie, wackelig zwar, aber doch bereit zum Mitkommen, neben dem Tresen.

Sahl das morn, murmelte sie vor sich hin, und Lisa nahm sie am Arm und führte sie aus der Bar. Sie war nicht sicher, ob die Männer ihren Abgang überhaupt bemerkt hatten.

Die warme Nachtluft schien Rosemarie gut zu bekommen. Sie ging die wenigen Schritte zum Auto mühelos. Als Lisa vor dem Marmorhaus anhielt, konnte sie auch wieder einigermaßen deutlich sprechen.

Ich mach uns einen Kaffee, sagte sie.

Lisa wollte erklären, daß sie müde war und keine Lust hatte, Kaffee zu trinken, aber bevor sie noch dazu gekommen war, hatte Rosemarie das Auto verlassen und war hinter dem Gartentor verschwunden. Lisa stellte den Motor ab und folgte ihr.

Ich bin wirklich müde, dachte sie, während sie das Tor hinter sich schloß. Als sie stehenblieb, um sich in dem vollkommen dunklen Park zu orientieren, meinte sie, Stimmen zu hören. Da wollte sie den Stimmen nachgehen, aber sie hörte nichts mehr. Wer sollte auch gesprochen haben? Bis zum Haus mußte sie etwa zweihundert Meter zurücklegen. Sie ging langsam und vorsichtig, hörte das Geräusch ihrer Schritte auf dem Kies, ein zartes Knacken hin und wieder, wenn ihr Fuß auf einen der vom Sturm abgeschlagenen Zweige trat. Weit entfernt und sehr leise schlugen Wellen in regelmäßigen Abständen ans Ufer. Sie begann, sich in der Dunkelheit zu orientieren, erkannte rechts und links am Weg Schatten von Büschen und Bäumen. Gleich machte der Weg eine Biegung. Wenn sie die Biegung erreicht hatte, würde das Haus vor ihr liegen. Da war es. Sie meinte, hinter den bis zur Erde reichenden Fenstern die Schatten zweier Menschen zu sehen. War Max zurückgekommen? Die Schatten verschwanden. Über der Haustür ging das Licht an. Dort stand kein Wagen. Auch auf der Straße vor dem Tor hatte sie kein Auto gesehen. Lisa ging langsam weiter. Die schwere Haustür stand offen. Jetzt kannte sie sich aus. Lisa ging in die Küche, die auf der Rückseite des Hauses lag, neben dem Speisezimmer, dessen Glastüren auf die Terrasse am Meer hinausführten. Auch durch die hohen Fenster der Küche ging der Blick aufs Meer. Jetzt lauerte hinter den Fenstern die Nacht.

Ich bin verrückt vor Müdigkeit, dachte Lisa. Erst bilde ich mir ein, Stimmen zu hören, dann sehe ich Max, der weiß Gott wo ist, aber nicht hier, und jetzt lauert auch noch die Nacht.

Als sie die Küche betrat, deren Grundfläche bequem für eine Dreizimmer-Neubau-Wohnung ausgereicht hätte, stand Rosemarie am Herd, neben dem Kessel mit Wasser, der leise zu summen begann. Sie stand da, beleuchtet nur von einer kleinen Lampe über dem Herd, und Lisa staunte wieder einmal darüber, wie schön diese Frau war.

Schön und betrunken, dachte sie. Das schonende Licht der kleinen Herdlampe verbarg Rosemaries Zustand nur unvollkommen. Sie war barfuß, anscheinend hatte sie die Schuhe unter dem Barhocker liegengelassen, und hielt sich mit der Linken an der Messingstange vor dem Herd fest.

Setz dich hin, ich kümmere mich um den Kaffee, sagte Lisa.

Ich brauch keinen Kaffee, ich muß was trinken.

Ein aggressiver Unterton war in Rosemaries Stimme. Sie ließ die Herdstange los und ging zum Kühlschrank. Aus einer angebrochenen Weinflasche füllte sie Rosé in ein Wasserglas und trank. Lisa spürte, wie sie wütend wurde.

Hör mal, du hast mich hierhergelockt, weil du uns einen Kaffee machen wolltest. Ich hab keine Lust, dir dabei zuzusehen, wie du dich um den Verstand säufst. Ich fahr nach Hause.

Sie schaltete die Herdplatte ab und stellte den Wasserkessel zur Seite.

Ja, ja, immer schön von oben herab. Mach nur weiter so. Solange du noch kannst.

Lisa wandte sich um. Die betrunkene Frau saß am Tisch, die langen Beine von sich gestreckt, und betrachtete ihre wackelnden Zehen.

Was soll das heißen?

Was soll das heißen? Rosemarie wiederholte die Frage in einem so bösartigen Tonfall, daß Lisa sie sprachlos anstarrte. Diese Frau hatte keinen Grund, sie zu hassen. Sie begann zu überlegen. In den letzten Wochen war sie den Einladungen von Rosemarie und Max nicht gefolgt. Sie hatte gearbeitet, aber die beiden hatten sich daran erinnert, daß es auch früher Perioden gegeben hatte, in denen Lisa allein sein wollte. Sie hatten es akzeptiert wie immer. Rosemarie hätte dort unten bei Pedro sitzen bleiben können. Sie war freiwillig mitgekommen. Gab es irgendeine Situation, die sie gekränkt haben könnte? Unterwegs hatten sie nicht miteinander gesprochen. Wann hatte sie zum erstenmal etwas gesagt? Es fiel ihr nichts ein, was Rosemaries Wut hervorgerufen haben könnte. Aber während all ihrer Überlegungen spürte Lisa, wie langsam ein Gefühl in ihr entstand, eine Empfindung, als würden ihre Adern enger und ihre Haut dünner. Als sei sie für irgend etwas Wichtiges verantwortlich gewesen und habe versagt. Sie kannte das Gefühl. Schon lange hatte sie es aufgegeben, darüber nachzudenken, worin diese Verantwortung bestanden haben, wessen sie schuldig sein konnte.

Was für ein Unsinn, dachte Lisa.

Ich gehe jetzt, sagte sie. Ruf mich an, wenn's dir wieder besser geht. Ich hab Max versprochen, nach dir zu sehen.

Sie verließ die Küche, ohne eine Antwort abzuwarten. Rosemarie trank und blieb am Tisch sitzen, eine schöne, einsame Frau am Küchentisch eines zu großen Hauses.

Und Sie heißen Hartmann.

Der Mann hinter der hölzernen Barriere ist nicht aufgestanden. Von unten herauf mustert er die Frau, die ihm auf der anderen Seite gegenübersteht. Sie trägt einen abgetragenen braunen Wintermantel, den am Hals ein schmaler Persianerstreifen ziert. Auf dem Kopf hat sie einen Hut aus dem gleichen Fell. Das Ding sieht irgendwie russisch aus. Aber so, wie sie redet, müßte sie eigentlich Deutsche sein.

Nein, ich heiße nicht Hartmann. Ich heiße Makarow.

Also doch. Der Mann hinter der Barriere beglückwünscht

sich im stillen zu seiner Menschenkenntnis. Wieder findet er, daß er längst befördert sein müßte, zumindest sollte der Job hier besser bezahlt werden. Er wird unter Wert eingesetzt, und das ärgert ihn. Andererseits hat man ihm gesagt, die Arbeit sei wichtig. Und damals, als die Suchstellen eingerichtet wurden, war sie auch wichtig. Wie gut ist es ihm gelungen, die Leute zu beruhigen. An manchen Tagen kamen fünf oder sechs hintereinander. Inzwischen sind es weniger geworden. Aber immerhin. Wen er hier unzufrieden rausgehen läßt, der ist ein potentieller Unruhestifter. Kein Staat kann sich solche Leute leisten, egal, wie viele davon rumlaufen. Frauen sind besonders zäh. Das weiß er inzwischen. Mit einem Seufzer, der gutmütig wirkt, steht er auf.

Also, Sie sind Frau Makarow und suchen Herrn Hartmann.

Ich möchte ihn als vermißt melden.

Personen gelten als vermißt, wenn sie ihren gewohnten Lebenskreis verlassen haben, ihr Aufenthalt unbekannt ist und eine Gefahr für Leib oder Leben, eine rechtswidrige Tat, ein Unglücksfall, Hilflosigkeit oder Freitod-Absicht angenommen werden muß.

Der Mann legt das Blatt aus der Hand, das auf dem Tisch hinter der Barriere lag und von dem er den Text abgelesen hat. Er sieht die Frau abwartend an.

Können Sie das noch mal lesen? Ihre Stimme ist ein bißchen dünn, aber sie ist fest entschlossen, nicht aufzugeben.

Also, wir gehen das jetzt der Reihe nach durch. Hat der Herr seinen gewohnten Lebenskreis verlassen?

Die Frau nickt.

Aufenthalt unbekannt?

Nicken.

Gefahr für Leib oder Leben?

Nicken, Kopfschütteln und Schulterzucken zugleich.

Ich weiß nicht, sagt die Frau.

Rechtswidrige Tat?

Entschlossenes Kopfschütteln.

Unglücksfall?

Kopfschütteln, etwas zaghafter.

Hilflosigkeit oder Freitod?

Entschlossenes Kopfschütteln.

Der Mann mustert die Frau schweigend. Sein Gesicht hat einen vorwurfsvoll-gutmütigen Ausdruck angenommen. Also Gefahr für Leib oder Leben. Eher Leib oder eher Leben?

Hören Sie, sagt die Frau, ich bin nicht hierhergekommen, um Witze zu machen. Es muß etwas getan werden. Ich werde zur Polizei gehen.

Sie dreht sich um und geht auf die Tür zu. Offensichtlich ist sie entschlossen zu gehen.

Nu, nu, jetzt mal nicht so heftig, junge Frau. Die Polizei hat andere Sorgen. Hier sind Sie schon ganz richtig. Jetzt kommen Sie zurück, und wir werden sehen, was zu tun ist.

Die Frau ist stehengeblieben, zögert und kommt dann zurück an die Barriere.

Sie wäre nicht zur Polizei gegangen, denkt der Mann. Die bürgernahen Aufgaben hat man der Verantwortung der Polizei entzogen. Dafür wurden Suchstellen, Anzeigebüros und Verkehrssicherungsabteilungen eingerichtet. Die Polizei – dein Staatsorgan, heißt die Parole. Der Staat ist ein von allen Bürgern akzeptierter Machtapparat. Gerade am Staatsbegriff war doch deutlich geworden, wie das Bewußtsein mancher Leute verlotterte. Sie hatten sich bequem eingerichtet mit Schlagworten wie absterbender Staat oder so wenig Staat wie möglich. Gegen Polizeiaktionen vor die Gerichte zu ziehen, war fast schon ein Sport geworden. Wir haben keine Polizei, sondern eine Truppe der Barmherzigen Samariter übernommen, hatte der erste Innenminister der Neuen Demokratie erklärt, und er hatte damit so manchem aus dem Herzen gesprochen. Na ja, die Zeiten waren jetzt vorbei. Er wäre selbst gern bei der Polizei geblieben. Aber er war zu alt. Da mußte man körperlich wendig sein. Deren Einsätze waren nicht ohne.

Der Mann geht an die Barriere und hält der Frau eine niedrige Tür auf. Sie geht hindurch, er weist ihr einen Platz an seinem Schreibtisch an und setzt sich. Die Frau sieht sich um: Das Zimmer ist klein. Sie hat eine Treppe hochgehen müssen, um die Wohnung zu erreichen, zu der es gehört. Außer ihnen beiden ist anscheinend niemand in der Wohnung. Im Zimmer steht außer dem Schreibtisch ein Sofa, davor ein kleiner Tisch mit den Resten eines Frühstücks. Ob der hier schläft? Jedenfalls findet sie es merkwürdig, daß in der Ecke neben der Tür ein Waschbecken angebracht ist. Vielleicht ist das hier früher gar keine Wohnung gewesen? Früher –

Sie wendet sich dem Mann hinter dem Schreibtisch zu. Er heißt Klaus Hartmann, sagt sie. Und sie gibt auch die Adresse an.

Wie alt war er? Womit hat er sich beschäftigt? Die Stimme des Mannes ist jetzt sachlich. Er hält einen Bleistift in der Hand und macht sich Notizen, während die Frau spricht. Als sie erklärt, Hartmann sei Lyriker gewesen und habe die Absicht gehabt, einen zweiten Band seiner Gedichte zu veröffentlichen, sieht er sie an und lächelt wohlwollend-skeptisch.

Davon konnte er nicht leben, sagt sie schnell. Er hat manchmal nachts im Hotel gearbeitet.

Der Mann schreibt den Namen des Hotels auf.

Außerdem ist er öffentlich aufgetreten, sagt die Frau schnell.

Anscheinend hat sie das Gefühl, sie muß diesen Hartmann verteidigen, denkt der Mann. So sind sie alle.

Wir werden noch eine Weile brauchen, bis wir alle Details zusammengetragen haben, sagt er. Sie können Ihren Mantel da neben der Tür aufhängen.

Die Frau möchte den Mantel anbehalten. Aus irgendeinem Grund fühlt sie sich darin sicherer. Aber sie steht auf, zieht den Mantel aus und geht durch die Barriere zurück, um den Mantel neben der Tür aufzuhängen. Vielleicht glaubt sie, sie könne sich den Mann dadurch geneigter machen, daß sie tut, was er vorschlägt. Sie vergißt, den Hut abzusetzen.

Der Mann sieht ihr entgegen. Sie trägt einen langen braunen Rock und eine verwaschene, helle Bluse, und der breite Hut thront auf ihrem Kopf wie ein Storchennest auf einem Pfahl.

Und nun zu Ihnen, Frau Makarow, sagt der Mann. Sie haben mit diesem Hartmann zusammengelebt. Wovon? Ich meine, der konnte doch nicht zwei Leute ernähren. Wie verschaffen Sie sich Ihren Lebensunterhalt?

Sie könnte nicht sagen, weshalb, aber sie spürt, daß das Verhalten des Mannes sich ihr gegenüber geändert hat. Das hat sie erwartet. Alle haben ihr gesagt, man würde sich mehr mit ihr befassen als mit dem Vermißten. Darauf ist sie vorbereitet.

Ich bin eigentlich Lehrerin, sagt sie. Ich hab Neu-Deutsche in Deutsch unterrichtet, weil ich auch Russisch spreche. Vor zwei Monaten mußte ich meine Arbeit beenden. Aber das lag nicht an mir. Es gab plötzlich keine Schüler mehr. Jetzt bekomme ich Arbeitslosenunterstützung.

Die Auskunft stellt den Mann zufrieden. Es gibt für ihn eine Dienstanweisung, die besagt, welche Bevölkerungsgruppen auf jeden Fall mit äußerster Zuvorkommenheit zu behandeln sind. Meistens kann er die Leute ohne Probleme zuordnen, aber bei dieser Person hier ist er unsicher gewesen. Jetzt weiß er, daß sie nicht dazugehört. Er sieht auf die Uhr, die über der Eingangstür angebracht ist. Noch eine Stunde bis Dienstschluß. Ohne die Frau aus den Augen zu lassen, ziehen seine Hände die Schublade in der Mitte des Schreibtisches auf, schieben sich suchend in die Schublade, nehmen ein paar Blatt Papier heraus und legen sie auf den Schreibtisch.

Vielleicht können wir Ihr Problem lösen, sagt er. Wir haben eine Liste mit allen Personen, die als vermißt gelten und deren Aufenthaltsort oder Verbleib uns bekannt ist. Die Liste ist nicht für die Öffentlichkeit bestimmt. Sie verstehen.

Sie versteht nicht. Aber – es hat doch niemand gewußt, daß er verschwunden ist. Bis heute, meine ich. Es war doch nicht gemeldet.

Wissen Sie das so genau, junge Frau?

Sein Lächeln ist freundlich, aber es ist nicht nur freundlich. Seine Hände liegen auf dem Papier, das er aus der Schublade geholt hat. Er sieht, wie ihre Augen auf seine Hände starren. Er hat die Blätter so gelegt, daß man nicht erkennen kann, ob es sich wirklich um eine Liste handelt. Als sie merkt, daß er sie beobachtet, nimmt sie den Blick von seinen Händen.

Er steht auf. Eigentlich darf ich Ihnen nicht sagen, ob Ihr Hartmann auf der Liste steht. Entschuldigen Sie, ich möchte gern meine Hände waschen. Einen Augenblick, bitte.

Er geht an ihr vorbei. Sie beachtet ihn nicht mehr, hört nicht das Plätschern des Wassers im Waschbecken neben der Tür und nicht das Geräusch des Schlüssels, der im Schloß gedreht wird. Sie hat das Papier zu sich herangezogen und versucht zu begreifen, was da steht. Sie ist so nervös, daß es einen Augenblick dauert, bis sie erkennt, daß da vor ihr nur Namen stehen, die mit A und B anfangen. Sie wird blättern müssen. Als sie entschlossen das erste Blatt zur Seite schiebt, steht er neben ihr, nimmt die Blätter vom Schreibtisch und legt sie in die Schublade zurück. Er setzt sich. Sein Gesicht hat einen bedauernden Ausdruck angenommen.

Bitte, sagt sie, lassen Sie mich nachsehen.

Und ich? Wissen Sie, was ich riskiere? Vielleicht ist Ihr Freund ein Volksfeind, und ich bin der Freundin eines Volksfeinds behilflich? Das kann mich meinen Job kosten. Er lächelt sie an. Sein Lächeln ist eindeutig.

Sie hat es gewußt. Auch darüber haben sie gesprochen. Sie versuchen es alle, aber manche sagen hinterher auch etwas.

Ich zahle, sagt sie und steht auf. Sie hebt die Arme, um den Hut abzusetzen.

Nicht doch, nicht den Hut, sagt der Mann. Es reicht, wenn du den Rock hochhebst. Geh da rüber und beug dich vor. Er zeigt auf die Barriere.

Sie weiß, was sie zu tun hat, obwohl seine Anweisungen nur wenige Angaben enthalten. Er erledigt sein Geschäft in ihr. Der Hut fällt dabei auf den Boden.

Ich hatte doch gesagt, du sollst ihn auflassen, sagt er, während er zum Wasserhahn geht, der noch immer läuft, und dabei den Hut mit dem Fuß zur Seite schiebt. Er wäscht sich und dreht den Wasserhahn zu. Sie geht durch die Barriere, um den Hut aufzunehmen. Er geht an ihr vorbei und setzt sich, aber nicht an den Schreibtisch, sondern dorthin, wo er gesessen hat, als sie hereinkam. Sie bleibt vor der Barriere stehen und sieht ihn an. Nach einer Weile sieht er hoch. Sie bekommen Bescheid, sagt er. Ist noch was?

Nein, sagt die Frau. Sie geht zur Tür, nimmt ihren Mantel vom Haken und geht hinaus. Sie geht die Treppe hinunter und tritt auf die Straße. Es kommt ihr vor, als sei es draußen sehr hell. Das Büro, das sie verlassen hat, liegt gegenüber vom Hauptbahnhof, auf dessen buntem, elektronischen Reklamebildschirm die Losung der Woche angezeigt wird.

Frauen!
Wie die Nation geachtet wird unter den Völkern, so wird die Familie geachtet unter den Nachbarn.
Wird Eure Familie geachtet?

Meine Familie, denkt die Frau.

Sie fühlt sich erniedrigt durch das, was ihr geschehen ist. Aber gleichzeitig fühlt sie sich getröstet. Hat sie es nicht für die Familie getan? Ist es nicht ihre Aufgabe, dafür zu sorgen, daß die Familie wieder vollständig wird? Muß sie nicht alles tun, um dem Kind sein Leben zu erleichtern? Vielleicht wird sie nichts mehr hören aus dem Such-Büro. Sie kennt niemanden, der etwas erfahren hat von denen da. Aber sie hat es trotzdem auf sich genommen, hinzugehen und zu fragen. Obwohl sie gewarnt worden ist. Für die Familie, denkt sie. Meine Familie soll geachtet werden.

Der Mann im Büro der Such-Dienststelle hat mit Hilfe seines Computers eine genaue Personenbeschreibung von Hartmann angefertigt. Ergänzt durch die Angaben, die ihm die Frau gegeben hat, schickt er eine Suchmeldung an alle Polizeidienststellen.

Man wird ihn schon finden, diesen lyrischen Knaben, denkt er und sieht auf die Uhr. Es ist fünf Minuten nach sechs. Er hat nicht die Absicht, Überstunden zu machen. Er beginnt die Papiere sorgfältig wegzuschließen, die auf seinem Schreibtisch liegen.

Nicht einmal zwei Tage ist Frank dagewesen, und dennoch ist Lisa froh, wieder allein zu sein; sosehr ist sie inzwischen daran gewöhnt, die Zeit als eine Sache zu betrachten, die ihr allein gehört. Sie beginnt ihren Arbeitsrhythmus wieder aufzunehmen, obwohl sie noch zögert, den Roman anzufangen, für den die Materialsammlung als wohlgeordneter Stapel auf dem Schreibtisch liegt. Sie steht früh auf, um den Sonnenaufgang anzusehen. Einige Zeit steht der Mond noch über dem Wasser, während im Osten der Himmel sichtbar wird in übereinandergelagerten Schichten von dunklem und sehr dunklem Blau. Dann wickelt sie sich in den großen Bademantel, den Frank früher benutzt hat, geht hinunter zum Wasser und schwimmt, bis der Himmel hell ist und die kleinen Wolken im Osten goldene Ränder haben. Schwer atmend sitzt sie neben der eisernen Leiter, beobachtet den sich im Licht auflösenden Mond und die letzten Fischer, deren tuckernde Boote sich langsam entfernen. Manchmal gleitet ein früher Segler über das Meer, mit einem Segel wie durchsichtiges Pergament gegen die heraufkommende Sonne. Sie beginnt im Garten zu arbeiten, dessen Boden mit einer dicken Schicht von Piniennadeln bedeckt ist, weil niemand in den vergangenen Jahren ihn gesäubert hat. Manchmal unterbricht sie ihre Arbeit, geht an den Schreibtisch, um einen Satz, einen Anfang, einen Gedanken zu notieren. Mittags schläft sie im abgedunkelten Zimmer, hinter Terrassentüren, die Streifen von Licht und das gleichmäßige Klatschen der Wellen an die Felsen unter dem Haus hineinlassen. Niemand stört sie, keine Rosemarie, sie hat sich nicht mehr gemeldet seit ihrer letzten Begegnung, und kein Telefon. Sie macht lange Spaziergänge, geht sogar zu Fuß in den Nachbarort, um in dem Laden einzukaufen, den sie wegen seiner Dunkelheit liebt und wegen der Käselaibe, die, es kommt ihr so vor, nur ihretwegen jedesmal unter der Ladentheke hervorgeholt werden.

Nachdem Frank abgereist ist, hat sie sich zuerst zwingen müssen, nicht an ihn und an die Geschehnisse in dem Land zu denken, in das er zurückgefahren ist. Je regelmäßiger sich ihr Tagesablauf gestaltet, desto besser ist es ihr gelungen. Inzwischen denkt sie nur noch selten an ihr Land, manchmal noch an Frank, an die von orangerotem Segeltuch beleuchtete Haut auf seinen Handrücken oder die Kerben neben seinen Mundwinkeln.

Seit ein paar Tagen hat sie sich angewöhnt, gegen Abend auf die Terrasse zu gehen und dort zu lesen, bis es so dunkel geworden ist, daß die Buchstaben auf dem Papier undeutlich werden. Dabei hat sie eines Abends eine merkwürdige Beobachtung gemacht. Drüben zwischen den Felsen scheint etwas zu geschehen, das offensichtlich heimlich geschehen soll.

Mit Einbruch der Dämmerung taucht undeutlich eine Gestalt auf, von der sie sich nicht erklären kann, was sie dort zu tun hat. Sicher, auch am Tag wandern manchmal Spaziergänger über die Felsen, nicht oft, weil die Gärten der Häuser, die an der Küste liegen, so aussehen, als reichten sie bis ans Wasser. Kaum jemand vermutet, daß ein Streifen am Meer entlang öffentlicher Grund ist, und die Spaziergänger wagen es im allgemeinen nicht, durch Gärten zu gehen, die sie für »privat« halten. Abends aber ist der Weg nicht ungefährlich. Schwer kann man in der Dämmerung die sicheren, festen Steine von den beweglichen, losen unterscheiden. Es besteht die Gefahr, abzurutschen und sich zu verletzen.

Vielleicht eine Frau, denkt sie.

Lisa hat am Tag schon ein paarmal daran gedacht, das Fernglas zu nehmen und sich die Sache genauer anzusehen. Jedesmal hat sie es abends vergessen, aber jetzt steht sie auf und geht hinein, um es zu holen.

Als sie mit dem Glas die Terrasse betritt, ist es beinahe dunkel geworden. Der Wind hat sich verstärkt, und sie hört über sich das Klappern der Markisenstangen, während sie dasteht und durch das Glas versucht, einen dunklen Punkt in den dunklen Felsen zu finden. Ein Licht blitzt auf. Es kommt aus den Felsen. Das Licht blitzt noch einmal. Da sie die Stellung des Fernglases nicht verändert hat, muß es genau von der Stelle kommen, die sie sucht. Es ist zu dunkel, um etwas zu erkennen. Enttäuscht läßt sie das Glas sinken. Sie bleibt noch eine Weile sitzen, sieht ein paarmal sehr kurz das Licht aufblitzen, bis auch das nicht mehr zu sehen ist. Zum erstenmal, seit Frank abgefahren ist, hat sie das Gefühl, allein zu sein.

Sie geht hinein, und während sie sich in der Küche etwas zu essen macht und ein Glas Wein trinkt, beschließt sie, Frank anzurufen. Sie geht ans Telefon, schnell, als fürchte sie, den Entschluß beim Nachdenken darüber wieder rückgängig zu machen, und mit einem plötzlich sehr groß gewordenen Bedürfnis, seine Stimme zu hören. Sie erreicht ihn nicht. Sie versucht es ein paarmal hintereinander, immer wieder hört sie das gleichmäßige Geräusch des Freizeichens, und je öfter sie es hört, desto unglücklicher fühlt sie sich. Schließlich gibt sie die Versuche auf, geht zurück in die Küche und öffnet die nächste Flasche Wein in der festen Absicht, sich zu betrinken. Einsamkeitsgefühle empfindet sie als Niederlage. Sie sind wie Einbrüche in dem Gerüst, das sie gebaut hat, um leben zu können; Einbrüche, durch die man abstürzen kann, Fallen, die sich bei genauerer Betrachtung als gefährliche Verlockungen herausstellen.

Was, wenn sie nicht schreiben würde, nicht ihre Existenz immer wieder neu schaffen müßte? Was, wenn sie eine Familie hätte, Menschen, für die sie sorgen könnte, die sie brauchten? Ein gewöhnliches Leben, wie andere Frauen, die nicht einsam sind, weil irgend jemand immer zum Essen nach Hause kommt, irgend jemand immer ein Hemd gebügelt haben will?

Plötzlich, ohne daß sie sagen könnte, weshalb, hört sie wieder das Klappern der Markisenstangen, den Wind über dem Meer und die Wellen an den Felsen, Bestandteile ihrer wirklichen, selbstgewählten Existenz. Sie geht hinaus, dreht die Markise zurück, so daß der Wind sich nicht mehr darin fangen kann, schiebt den Tisch, die Stühle und die Liege in die dem Wind abgewandte Ecke der Terrasse und schließt die Türen. Während sie die Läden vor dem Schlafzimmerfenster festmacht, damit ihr Geklapper sie nachts nicht stört, wird eine kleine grüne Leuchtrakete über den Felsen abgeschossen. Sie beschließt, morgen, am besten um die Mittagszeit, dort drüben nachzusehen. Schließlich ist sie hier allein, und sie wird sich sicherer fühlen, wenn sie weiß, was da drüben vor sich geht.

In der Nacht hat Lisa einen Traum. Sie steht auf einer Bühne und spricht in den Zuschauerraum. Die Bänke sind leer, aber als sie sich an den dunklen Raum gewöhnt hat, sieht sie Frank dort unten sitzen. Er sitzt ganz hinten im Zuschauerraum, steht auf, kommt durch den Mittelgang langsam nach vorn, und ebenso langsam beginnt sich vor ihr der schwere Bühnenvorhang zu senken. Sie weiß, der Vorhang wird sie für immer von Frank trennen, aber sie bleibt stehen. Es ist ihr nicht möglich, von der Bühne herabzuspringen und Frank entgegenzugehen. Sie bleibt stehen, umgeben von Finsternis und in stumpfer Gleichgültigkeit.

Lisa erwacht, angefüllt mit Gleichgültigkeit, die sie vollkommen beherrscht und auch im Wachzustand nicht gleich verschwindet. Sie bleibt ruhig liegen, schwer vom Schlaf, hilflos auf die Lichtstreifen starrend, die durch die Spalten der Türen und Fensterläden dringen. Sehr langsam gelingt es ihr, die Lähmung zu überwinden. Erst nachdem die Traumbilder schon lange verschwunden sind, ist sie in der Lage aufzustehen. Ein plötzliches Bedürfnis nach Licht und Wärme läßt sie die Türen aufreißen und sich in den Sonnenfleck auf der Terrasse hocken. Sie bleibt dort eine Weile sitzen, einem Insekt ähnlich, das im Frühling aus der Erde kriecht und in der Sonne sitzen bleibt, bis es fliegen kann.

Später, während sie im Wasser auf dem Rücken liegt, stellt sie mit Befriedigung fest, daß sie noch immer die einzige Bewohnerin an diesem Stück Küste ist. Die Fensterläden der beiden Nachbarhäuser, deren Grundstücke rechts und links von ihrem Haus in einiger Entfernung beginnen, sind verschlossen wie jeden Tag. Auch auf dem Felsen, von dem in der Nacht, sie erinnert sich mit einem unbestimmten Unbehagen daran, die grüne Leuchtrakete abgeschossen worden ist, bewegt sich niemand. Ihr fällt ein, daß sie am Abend zuvor beschlossen hat, hinüberzugehen und nachzusehen, was an dem Stück Felsen so interessant ist, daß sich gegen Abend dort beinahe regelmäßig jemand zu schaffen macht. Während sie neben der eisernen Leiter steht, die ins Wasser führt, und sich abtrocknet, hört sie im Haus das Telefon läuten. Sie läuft hinüber, sticht sich, weil sie zu schnell und unachtsam läuft, an einem Agavenblatt und erreicht das Telefon zu spät. Sie versucht, Frank zu erreichen, und anschließend Rosemarie, erreicht beide nicht und sieht teilnahmslos einem Blutstropfen zu, der langsam von der Wade ihres rechten Beins zum Knöchel hinunterrollt.

Den Vormittag verbringt sie unruhig und unkonzentriert. Die Notizen zu dem neuen Roman erscheinen ihr beim Durchsehen vage und ohne inneren Zusammenhang. Sie hat den Eindruck, als habe sie jede Verbindung zur Wirklichkeit verloren, als sehe die Welt, ohne daß sie es gemerkt hat, plötzlich anders aus. Die Taschenlampe fällt ihr ein, mit der sie als Kind gespielt hat, deren Licht, und damit die Welt, sie dadurch veränderte, daß sie rote oder grüne Scheiben vor die kleine Glühbirne schob. – Ein paarmal glaubt sie, draußen ungewohnte Geräusche zu hören, Motorgeräusche, die sie sich nicht erklären kann. Als sie vor die Tür geht, liegt der Pinienwald ruhig da, nicht einmal die Wipfel der Bäume bewegen sich. Einen Augenblick bleibt sie stehen und atmet tief. Es ist nichts, denkt sie, und es kommt ihr vor, als übe der Geruch der Pinien in der Sonne eine beruhigende Wirkung auf sie aus: Sie geht zurück ins Haus. Neben der Terrassentür steht das Fernglas. Sie nimmt es auf, geht hinaus und beginnt, sorgfältig mit dem Glas die Felsen abzusuchen. Niemand ist zu sehen, nichts hat sich verändert. Sie wird jetzt hinübergehen und sich die Stelle aus der Nähe ansehen.

Sie geht ins Schlafzimmer, holt ein Paar Wanderschuhe aus dem Schrank und setzt sich vor der geöffneten Terrassentür auf den Fußboden, um die Schuhe anzuziehen. Die Sonne scheint auf ihren Rücken. Sie bleibt noch einen Augenblick sitzen und fühlt sich von der Sonne auf ihrem Rücken ein wenig getröstet. Ihr Blick fällt auf das Telefon. Bevor sie geht, wird sie noch einmal versuchen, wenigstens Rosemarie zu erreichen. Eine menschliche Stimme würde ihr guttun. Ein wenig ächzend steht sie auf. Als das übliche Freizeichen ausbleibt, schüttelt sie den Hörer und tippt auf der Gabel herum. Das Telefon bleibt tot. Seufzend legt sie auf. Es geschieht manchmal, daß die Leitung gestört ist. Die Störung dauert nie lange, und sie mißt der Sache keine besondere Bedeutung bei: Als sie die Haustür hinter sich zuschlägt, fällt ihr ein, daß sie die Terrassentür offen gelassen hat. Aber sie geht nicht noch einmal zurück. Über die Terrasse ist das Haus nur nach einer anstrengenden Kletterpartie zu erreichen. Wer sollte dort hinaufklettern wollen. Und außerdem wird sie in einer Viertelstunde zurück sein.

Sie geht ein paar hundert Meter durch den Pinienwald, wegen des Geruchs, und auch, weil sie den anstrengenden Weg über die Felsen nur so kurz wie nötig benutzen will. Als sie den Wald verläßt, liegt vor ihr eine winzige, versteckte Bucht, ein kleines, einsames Paradies. Einen Augenblick bleibt sie stehen, sieht auf das glatte, blaue Wasser und hört auf das zarte Schlagen sehr kleiner Wellen auf dem flachen Sand. Draußen vor der Bucht sind die Markierungen der Netze noch auf der Wasseroberfläche, die die Fischer am Abend zuvor dort versenkt haben. Weshalb wurden sie nicht eingeholt? Jeden Morgen, wenn sie ins Wasser steigt, um zu schwimmen und sich anschließend von der Sonne wärmen zu lassen, sieht sie die Fischer auf dem Rückweg zum Hafen als schwarze Dreiecke auf dem Wasser. Manchmal, aber nur sehr selten, waren sie ein wenig später unterwegs, und sie hat ihnen zugewinkt, während sie an ihr vorbeituckerten. Jetzt ist sie sicher, heute früh beim Schwimmen kein Boot gesehen zu haben. Nachdenklich geht sie weiter, aber der bequeme Weg am Ufer entlang endet in der Bucht, und als sie mühsam die erste Felskante hinaufklettert, vergißt sie, darüber nachzudenken, wo die Fischer geblieben sein könnten. Für den Weg zu der Felsspalte, die sie sich genauer ansehen will, braucht sie fünf Minuten anstrengender Kletterei, in denen sie die Augen nicht vom Boden aufheben kann. Schließlich erreicht sie das Felsplateau und den riesigen, ausgehöhlten

Block, der das Plateau begrenzt. Neben dem Block liegt ein anderer, kleinerer. Die Spalte zwischen den beiden ist tief und so breit, daß ein Mensch bequem darin verschwinden kann. Lisa versucht, hinunterzusehen. Es kommt ihr vor, als läge auf einem kleine Absatz, etwa drei Meter tiefer, beschwert mit Steinen, aber nicht ganz verborgen, ein heller Fleck, ein Papier vielleicht oder ein Stück Stoff. Sie hat sich also nicht getäuscht. Jemand benutzt diese Felsspalte als Versteck. Sie sieht sich um. Weit hinten leuchten die gelben Holzläden der Fenster ihres Hauses in der Sonne. Sie hat das Gefühl, allein auf der Welt zu sein. Vorsichtig beginnt sie, in die feuchte Felsspalte hinabzusteigen. Die Steine, auf die sie tritt, sind glitschig, aber sie hat den Eindruck, als sei sie nicht die erste, die diesen Weg benutzt. Der Felsspalt verbreitert sich nach unten, und als sie schließlich auf dem Grund angelangt ist und nach oben sieht, stellt sie fest, daß sie wie durch einen Kamin dort oben nur noch ein kleines blaues Stück Himmel sieht. Es ist dämmerig hier unten. Sie hätte eine Taschenlampe mitnehmen sollen. Der Grund des Kamins mag etwa anderthalb Meter Durchmesser haben, jedenfalls ist er geräumig genug, daß sich ein erwachsener, nicht zu großer Mensch vorsichtig darin bewegen kann. Unter einem Stein sieht tatsächlich Stoff hervor. Als sie ihn hervorzieht, hält sie einen flachen Beutel in der Hand, der innen offenbar mit Ölpapier ausgelegt ist. Es ist zu dunkel hier unten, um feststellen zu können, was er enthält. Lisa bindet die Schnur des Säckchens am Gürtel ihrer Hose fest und beginnt mühsam den Aufstieg. Es ist sehr viel leichter gewesen, hinunterzuklettern als hinauf. Einmal rutscht sie ab und reißt sich die Haut über dem rechten Handballen auf. Als sie endlich oben angekommen ist, atmet sie heftig, froh, in der Sonne zu sein, und findet sich lächerlich; eine alte Frau, die nach Beuteln in Felsspalten herumklettert.

Es fällt ihr schwer, ihre Neugier zu beherrschen, aber es scheint ihr, als könne sie hier, auf dem Felsen, jemand beobachten, und sie beschließt, den Beutel am Gürtel hängen zu lassen und zum Haus zurückzukehren, bevor sie ihn öffnet. Auf dem Rückweg bleibt sie nicht an der Bucht stehen. Sie wirft einen kurzen Blick auf das Wasser und stellt fest, daß die Netze auch jetzt noch nicht eingeholt worden sind. Sie beeilt sich, nach Hause zu kommen. Während des Gehens schlägt der Beutel leicht gegen ihren rechten Oberschenkel.

Papiere oder Drogen, überlegt sie, und wenn Drogen, dann nur wenig, eine Probe vielleicht von irgend etwas, bevor das große Geschäft abgeschlossen wird. Aufatmend schließt sie hinter sich die Haustür.

Die Tür wird eingetreten, als der geöffnete Beutel vor ihr auf dem Schreibtisch liegt. Die durchsichtige Tüte mit dem weißen Zeug, etwa hundert Gramm irgendeines weißen Pulvers, hält sie in der Hand. Sie hat die Männer nicht kommen hören. Vor dem Blitz des Fotoapparats schließt sie die Augen.

Der Regen fällt in solchen Sturzbächen vom Himmel, daß der Fahrer, als er die Einfahrt des Strafjustizgebäudes erreicht, erleichtert aufatmet. Die Richterin, die versucht hat, sich unterwegs auf den Prozeß vorzubereiten, der in einer halben Stunde beginnt, hebt die Aktentasche vom Boden des Wagens auf und verstaut darin ein schmales Bündel Papier. Sie hat den Eindruck gewonnen, daß die Sache nicht besonders kompliziert werden wird. Einzig der Gutachter macht ihr Sorgen. Der Verteidiger hat, vollkommen unnötig und wahrscheinlich einzig in der Absicht, der Verhandlung eine größere Öffentlichkeit und sich selbst einen höheren Bekanntheitsgrad zu verschaffen, einen bekannten Fernsehstar aufgeboten. Sie hat die Shows dieses Schlee früher ein paarmal gesehen. Dunkel erinnert sie sich, daß es darin jedesmal sehr laut zuging.

Der Fahrer hält vor dem Hintereingang. Die Richterin steigt aus, ohne ihn zu beachten, und läuft die wenigen Schritte durch den Regen, bevor sie in der Tür verschwindet. Der Fahrer sieht ihr nach. Die Richterin ist klein und sehr dick. Er kann sie nicht ausstehen, weil sie schlechte Manieren hat. Manchmal reinigt sie sich die Nägel, während er sie fährt, oder probiert ungeniert im Rückspiegel, wie weit sie die Knöpfe ihrer Bluse offen lassen kann, ohne daß der Anblick ihres Ausschnitts provozierend wirkt. Sie läßt die Bluse jedesmal zu weit offen. In den Augen des Fahrers ist die Richterin eine Schlampe. Jetzt, während er ihr nachsieht, stellt er mit Befriedigung fest, daß ihr rechter Strumpf eine breite Laufmasche hat, die so weit unten sitzt, daß die Robe sie auf jeden Fall nicht verdecken wird. Kopfschüttelnd startet er den Wagen und fährt davon. Er begreift nicht, weshalb man diese dicke Maschine im Amt gelassen hat. Es sind doch sonst kaum noch Frauen im Staatsdienst.

Die Richterin betritt ihr Amtszimmer, schüttelt ein paar Regentropfen aus den Haaren und wirft ihren Mantel über den Besucherstuhl neben ihrem Schreibtisch. Sie hat Durst, weil sie am Abend zuvor zu viel Whisky getrunken hat. Bevor sie die Papiere aus ihrer Aktentasche nimmt, setzt sie die Kaffeemaschine auf der Fensterbank in Gang.

Tatsächlich, es ist der Schlee.

Die Angeklagten sind uninteressant. Die übliche Überforderung. Nicht in der Lage, mit dem Angebot umzugehen, daß ihnen eine fürsorgliche Regierung ins Haus liefert. Wie viele Kinder? Drei. Na gut, das können sie wenigstens.

Sie hat gerade gestern gehört, daß die Heime für elternlose Kinder zur Zeit überfüllt sind. Die Einweisungen haben stark zugenommen. Aber soll sie diese Leute frei herumlaufen lassen, nur weil es für ihre Brut keine Heimplätze gibt? Werden sie eben zusammenrücken müssen. Zu Hause war es wahrscheinlich auch eng.

Die Richterin erinnert sich an die Tatortbesichtigung einer Wohnung, der die Wohnung dieser Leute wahrscheinlich ähnlich sehen wird. Fernsehraum, Schlafraum, Küche, Dusche. Am schlimmsten war der Gestank. Sie schüttelt sich noch jetzt, wenn sie daran denkt. Als jemand an ihre Tür klopft, ruft sie Herein und packt gleichzeitig die Papiere zusammen; den Kaffee kann sie nicht mehr trinken. Die Protokollführerin kommt, um ihr in die Robe zu helfen. Sie läßt die Richterin als erste durch die Tür gehen und sieht ihr nach, wie sie mit schnellen, harten Schritten über den Flur geht. Die Absätze unter den Schuhen der Richterin sind abgelaufen und knallen bei jedem Schritt auf dem Linoleum des Fußbodens.

Der Verhandlungsraum ist längst nicht so voll, wie die Richterin erwartet hat. Nur etwa zehn Menschen sitzen auf der hinteren Bank. Vielleicht hat die Verteidigung die Popularität dieses Schlee falsch eingeschätzt. Sie nickt dem Rechtsanwalt zu, der an der Tür neben seinen Mandanten steht. Die beiden sehen genauso aus, wie die Richterin sie sich vorgestellt hat: Anfang Vierzig, klein, dünn, schlecht gekleidet, mit Fingern, die braun sind vom Zigarettenrauch. Die Haare der Frau sind schlecht gefärbt und stumpf von zu häufiger Dauerwellenbehandlung. Die Richterin beschließt, möglichst bald zum Friseur zu gehen.

Obwohl sie Menschen wie die, die da als Angeklagte vor ihr

sitzen, nicht ausstehen kann, weil sie sie daran erinnern, daß sie einem ähnlichen Schicksal nur mehr oder weniger zufällig entronnen ist, bemüht sie sich, den Tathergang genau zu erfragen. Die Angeklagten sind nicht wortgewandt, vieles muß sie ihnen in den Mund legen, und der Verteidiger, der seine Strategie offensichtlich auf den Gutachter zugeschnitten hat, läßt die beiden völlig im Stich. Schließlich ist klar, daß während mehrerer Wochen intensiven Fernsehens das jüngste ihrer Kinder verhungert und verdurstet ist. Die Angeklagten können sich nicht an alle Filme erinnern, die sie gesehen haben.

Halten Sie es wirklich für nötig, bei diesem eindeutigen Sachverhalt einen Gutachter zu bemühen, fragt die Richterin. Sie fragt es ohne viel Hoffnung, den Verteidiger zum Einlenken bewegen zu können. Schlee hat seinen Auftritt.

Als er den Verhandlungsraum betritt, meint die Richterin, ihm die Enttäuschung beim Anblick der fast leeren Bänke ansehen zu können. Im übrigen sieht er anders aus, als sie ihn in Erinnerung hatte. Er ist so dünn geworden, daß seine Haut am Hals und an den Handgelenken aussieht, als sei sie ihm zu weit. Der Anzug, den er trägt, wurde offensichtlich nach Maß gefertigt, aber nach dem alten Maß. Nur die Stimme klingt fettig wie eh und je, so daß sie, als er mit dem Vortrag seines Gutachtens beginnt, plötzlich den Eindruck hat, einer Stimme aus einer anderen Zeit zuzuhören. Es kostet sie große Anstrengung, sich von diesem Eindruck zu befreien und Schlees Worten zu folgen. Sie würde gern einen Whisky trinken.

Wir, beginnt Schlee, als die Befragung zu seiner Person beendet und seine Qualifikation als Gutachter festgestellt ist, wir, Frau Vorsitzende, meine Damen und Herren (es bleibt unklar, wen er damit meint, offensichtlich hat er die gesamte Rede für ein großes Publikum einstudiert), wir waren am Beginn der

Neuen Demokratie in noch nie dagewesener Weise gefordert, uns über die Funktion des Fernsehens Gedanken zu machen. Ist das Fernsehen ein Medium, das dem schrankenlosen Bildungsindividualismus einer kleinen Schicht der Bevölkerung zur Verfügung zu stehen hat? Oder hat es eine große Funktion bei der Verbesserung der Lebensqualität breiter Massen? Unter anderem diese existentiellen Fragen standen am Beginn der Epoche der Neuen Demokratie. Sie alle wissen, daß wir diese und andere Fragen zugunsten der Menschen gelöst haben. Heute haben wir ein Fernsehprogramm, das rund um die Uhr auf hundert Kanälen für jeden Geschmack alles sendet, und – (bei diesem »und« hebt er die Stimme, um anschließend eine kleine Pause einzulegen und dann fortzufahren) – das über das »Pay-TV-Programm« die beliebtesten Spielfilme alle dreißig Minuten beginnen läßt. Heute müssen Sie im Höchstfall neunundzwanzig Minuten warten, um Ihren Lieblingsfilm sehen zu können. Machen wir uns doch nichts vor, meine Damen und Herren, gerade diese Lieblingsfilme sind es, die einem breiten Publikum ständig ein Glück ins Haus bringen, das ihm auf andere Weise zu erreichen in unserer Gesellschaft versagt bleiben muß. Viele von uns werden sich noch an jene Zeiten erinnern, in denen ARBEIT FÜR ALLE, FÜNFUNDDREISSIG STUNDEN SIND GENUG, SAMSTAGS GEHÖRT VATI MIR, LOHNFORTZAHLUNG IM KRANKHEITSFALL und ähnlich illusionistisches Zeug die Köpfe unserer Menschen verklebte. Heute ist es gut, daß ein Teil unserer Menschen arbeitet wie noch nie in seinem Leben, und daß ein anderer Teil, zu dem auch diese beiden Angeklagten hier gehören, den beneidenswerten Status der Freigesetzten genießt. Ich sage bewußt »genießt«. Denn das ist heute möglich. Natürlich leugnet niemand, daß sich unter den Freigesetzten Menschen befinden, die noch nicht in der Lage sind, mit dem

Angebot, das man ihnen macht, sinnvoll umzugehen. Obwohl, auch das soll gesagt werden, wir in dieser Frage, seit es uns gelungen ist, die ethnischen Probleme durch Rückführung fast ganz zu lösen, schon sehr viel weitergekommen sind. Heute gibt es kaum noch körperliche Auseinandersetzungen, Belagerungen von Wohnquartieren, Schlägereien um Nichts wie sie früher zu oft, wenn auch in gewisser Weise aus verständlichen Gründen, stattgefunden haben. Kein Freigesetzter, keine Freigesetzte müssen heute noch fürchten, in ihrer Lebensqualität von Angehörigen fremder Rassen und Nationen bedroht zu werden. Auch diese beiden bedauernswerten Angeklagten hatten eine Wohnung und waren an das Fernsehprogramm angeschlossen. Aber ich sagte es schon: Noch nicht allen gelingt es, mit den Privilegien, die die Neue Demokratie ihnen bietet, sinnvoll umzugehen. Ich habe im KOMITEE FÜR DAS NATIONALE FERNSEHEN wiederholt darauf hingewiesen, daß unseren Menschen auch Hilfen an die Hand gegeben werden müssen –

Die Richterin beginnt, darüber nachzudenken, ob die Aufnahme in das Komitee für den Mann da vorn einen Abstieg oder einen Aufstieg bedeutet hat. Sie kommt zu dem Schluß, daß es sich um einen Abstieg gehandelt haben muß, da er das Komitee gerade zum drittenmal erwähnt und seine Körperhaltung inzwischen der eines aufgeplustert gurrenden Täuberichs ähnlich geworden ist. Hätte er sein früheres Gewicht noch, so wäre diese Haltung beeindruckend. So hat sie etwas Hilfloses, trotz der schmetternden Stimme. Irritiert sieht die Richterin zum Verteidiger hinüber, der ihren Blick leicht betreten zurückgibt. Die Angeklagten hängen an Schlees Lippen. Die Richterin beschließt, sich wieder auf seine Rede zu konzentrieren. Ein Blick auf die Blätter, die er noch in der Hand hält, zeigt, daß er den längeren Teil schon vorgetragen hat.

Die meisten Menschen sind durchaus in der Lage, dem Inhalt dessen, was das Fernsehen bietet, zu folgen. Vor allen Dingen, wenn wir bedenken, daß sie sich ihre Filme ja selbst ausgesucht haben. Niemand schrieb ihnen vor, was sie zu sehen hätten. Sie waren frei und konnten frei wählen.

Erschüttert beginnt der Angeklagte zu schluchzen. Seine Frau sieht weiter voller Erwartung auf Schlee.

Meine Damen und Herren, Hohes Gericht – die Richterin beschließt, den Gutachter zu unterbrechen, wenn er jetzt nicht zur Sache kommt –, ich habe mit den Angeklagten gesprochen. Sie haben, und das bestreiten sie nicht, in der Woche vom 25. bis 31. Januar an unserem Filmmarathon teilgenommen. Lassen Sie mich mit Stolz hinzufügen: An meinem Filmmarathon haben die Angeklagten teilgenommen. Die Idee, Hohes Gericht, ich bitte, mir zu glauben, daß ich an diesem Ort nicht unbescheiden sein möchte, aber ich will es nicht unerwähnt lassen: Die Idee zu dieser in Europa einmaligen Sendung ist von mir.

Schlee legt eine Pause ein, um dem Publikum Gelegenheit zu geben, ihn zu bewundern. Als er weiterspricht, wirkt er ein wenig erschöpft.

Die Programmzeitungen belegen, daß dieses Filmmarathon tatsächlich stattgefunden hat. Zum halben Preis – ich betone das, weil, wie wir alle wissen, die Angeklagten mit dem Pfennig zu rechnen hatten – zum halben Preis werden beim Marathon die beliebtesten Filme der letzten fünf Jahre in ununterbrochener Reihenfolge gesendet. Die Preise, die am Ende vergeben werden, sind so beschaffen, daß sie das Mitmachen lohnen, besonders für Menschen wie die Angeklagten. So hat mir die Frau des Angeklagten, ohne daß ich sie dazu besonders befragt hätte, mitgeteilt, sie sei, ich zitiere ihre eigenen Worte, sie sei

»ganz geil auf den Heim-Trainer gewesen«. Das für die Angeklagten tragische Ereignis ergab sich mit großer Wahrscheinlichkeit daraus, daß das Marathon nur zu gewinnen war, wenn man es in einer größeren Gruppe bewältigte. Lassen Sie mich an dieser Stelle etwas hinzufügen, was unmittelbar mit dem Schicksal der Angeklagten in Verbindung steht, obwohl es im ersten Augenblick nicht den Anschein hat. Nicht von ungefähr bieten wir mit dem Marathon eine Sendung an, die am besten in einer Gruppe zu bewältigen ist. Wir wissen, daß jenes Gemeinschaftsgefühl, um das wir in der Welt beneidet und dessentwegen wir verleumdet und beleidigt werden, nicht zufällig von unseren Menschen Besitz ergriffen hat. Wir trainieren dieses Gefühl. Und wenn ich, ohne dem Urteilsspruch des Gerichts vorgreifen zu wollen – ein ganz klein wenig Bewegung kommt in das Gesicht der Richterin, ein Stirnrunzeln, das der Verteidiger mit Unbehagen zur Kenntnis nimmt –, den Angeklagten eine Schuld zugestehen sollte, so wäre ihnen vielleicht vorzuhalten, daß sie gerade dieses Gemeinschaftsangebot nicht angenommen haben. Die Spielregeln besagen nämlich, daß aus jedem Film zwei Fragen beantwortet werden müssen, während aus der zwischengeschalteten Werbung jeweils nur eine Frage pro Tag genommen wird. Rechnen wir die Zeit aus, die die Angeklagten vor dem Fernsehgerät zuzubringen hatten, wenn sie gewinnen wollten, so kommen wir auf eine Gesamtzahl von 168 Stunden. In dieser Zeit wurden vierundachtzig Spielfilme gesendet. Zweiundvierzig Stunden waren der Werbung vorbehalten. Es leuchtet ein, daß ein solches Programm nicht zu zweit zu bewältigen ist. Wohl gelang es den Angeklagten, ihre älteren Kinder zeitweise in die Beobachtung der Geschehnisse auf dem Bildschirm einzubeziehen. Dieser starke Familiensinn ist lobend hervorzuheben. Daß nun die Familie, im höchsten

Grad in Anspruch genommen durch ihre Tätigkeit, den Säugling vergaß, der sich noch nicht beteiligen konnte, erscheint mir als Sachverständigem nur zu verständlich.

Schlee hält aufatmend inne. Der Verteidiger lächelt erleichtert, einerseits, weil sein Gutachter das Ende seiner Rede doch auf seine Mandanten bezogen hat, andererseits, weil er bis zum Schluß befürchtet hat, Schlee könne in Bereiche abdriften, die mit der Sache nichts zu tun haben. Die Richterin spürt den dringenden Wunsch nach einer Zigarette und einem Glas Whisky. Sie ordnet eine Pause an.

Während der Saal sich leert und die beiden Schöffinnen und die Protokollführerin zusammen in die Gerichtskantine gehen, zieht sie sich in ihr Zimmer zurück. Auch die Protokollführerin schätzt die Richterin nicht. Sie erklärt deshalb den Schöffinnen bereitwillig deren Zerstreutheit mit »hat sich wohl mit einer Flasche getroffen und eine lange Nacht gehabt«. Die Schöffinnen sind entrüstet, trauen sich aber nicht, ihrer Entrüstung laut Ausdruck zu geben. Sie stehen in der Schlange vor der Essensausgabe und tuscheln halblaut. Ihre grauen, sorgfältig aufgetürmten Frisuren berühren sich, während sie die Köpfe zusammenstecken.

Schlee ist, nachdem die Richterin die Pause angeordnet hat, auf den Verteidiger zugestürzt. Sein Gesichtsausdruck, sein ganzer Körper stellt die Frage: Wie war ich? Der Verteidiger, mit der Wendung, die Schlees Rede genommen hat, zufrieden, lächelt ihm anerkennend zu. Die beiden gehen auf den Gang vor dem Verhandlungsraum hinaus, ohne sich um die Angeklagten zu kümmern.

Die Angeklagten bleiben anfangs wie betäubt auf ihren Plätzen sitzen. Die Tatsache, daß sie, ihre Personen, ihre Handlungsweise zum Inhalt einer so gewaltigen Rede eines bekannten Fernsehstars gemacht wurden, erfüllt sie mit Staunen. Die uniformierten Wachtmeister, die sie in den Gerichtssaal gebracht haben, bleiben an der Tür sitzen und beobachten sie.

Harmlose Marschierer, sagt einer. Die hauen nicht ab. Laß sie ruhig ein bißchen zusammensitzen. Werden noch lange genug getrennt.

Der andere nickt. Er würde gern eine Zigarette rauchen, aber hier drin darf er es nicht.

Ich geh eine rauchen, sagt er. Bin gleich wieder da.

Die Angeklagten erholen sich langsam. Als der Wachtmeister an der Tür der Frau aufmunternd zunickt, wendet sie sich ihrem Mann zu. Der Mann sitzt etwa einen Meter von ihr entfernt auf einem Stuhl. Der Mann und die Frau sehen sich an. Beide haben das Gefühl, als müßten sie etwas tun, aber nach einem kurzen, beiden wie eine Ewigkeit vorkommenden Augenblick wenden sie sich voneinander ab und blicken vor sich auf den Fußboden. In den Ritzen zwischen den Dielenbrettern liegt Staub.

Als die Richterin erscheint, sind die Zuhörer und alle Beteiligten schon längst wieder anwesend. Schlee hat, auf Anraten des Verteidigers, auf einer der Zuhörerbänke Platz genommen. Die Richterin hat kleine, hellrote Flecke im Gesicht, als sie den Verteidiger bittet, mit seinem Plädoyer zu beginnen.

Der Verteidiger wiederholt im wesentlichen die vom Gutachter dargelegten Fakten, die er mit ein paar Hinweisen auf die schwere Jugend der Angeklagten garniert. Alle Anwesenden spüren, daß er nicht besonders engagiert spricht, aber immerhin wird durch seine Ausführungen deutlich, daß die beiden schon deshalb eine schwere Jugend hatten, weil sie die entscheidenden Jahre als Heranwachsende in einem System zu leben gezwungen waren, das der freiheitlichen Entwicklung des

Menschen feindlich gegenüberstand. Der Verteidiger nennt den Namen des Systems nicht, aber, so fragt er nun doch noch voller Entrüstung und Engagement, was soll man von einer Gesellschaft halten, die ihren Mitgliedern vierzig Jahre lang nicht einmal die Wahl zwischen verschiedenen Bockwürsten garantieren konnte? Wie sollen Menschen, die nicht gelernt haben, frei zu wählen, wonach ihr Herz verlangt, verantwortlich handeln können?

Entspannt möchte die Richterin dem Verteidiger weiter zuhören, aber wie es scheint, kommt er nun zum Ende seiner Ausführungen.

Und so, Frau Vorsitzende, Hohes Gericht, haben wir es heute mit einem Fall zu tun, in dem unglückliche Umstände, begründet in dem unmenschlichen System, in dem die Angeklagten ihre Jugend zu verbringen gezwungen waren und das sie unfähig machte, mit dem auf den mündigen Bürger abgestimmten Service der Neuen Demokratie umzugehen, mit dem Gesetz in Konflikt kamen. Ein junger Erdenbürger ist dabei zu Schaden gekommen.

Von den Zuhörerbänken ist ein unterdrücktes Prusten zu hören, das den Verteidiger zusammenzucken läßt. Er sieht hinüber. Auf den Bänken ganz hinten sitzen ein paar junge Leute, die die Köpfe gesenkt haben. Er kann ihre Gesichter nicht erkennen. Er räuspert sich und gibt seiner Stimme einen festen Klang.

Ein junger Erdenbürger ist dabei gestorben. Aber wem wird es nützen, wenn diese beiden reuig vor Ihnen Sitzenden die ganze Härte des Gesetzes trifft? Nicht den Angeklagten und schon gar nicht deren Kindern. Nicht der Neuen Demokratie, sondern nur deren Feinden, die ihren Propagandalügen über unser Strafrechtssystem eine weitere Variante hinzufügen würden. Gerechtigkeit und Milde, Hohes Gericht, das ist es, was wir erbitten.

Der Verteidiger setzt sich. Er fühlt sich einsam und erschöpft. Am liebsten würde er weinen. Die Richterin betrachtet ihn träge, denn der Whisky, den sie inzwischen getrunken hat, hat ihre Glieder gewärmt und ihren Kopf ein wenig benebelt. Schweigen breitet sich aus. Klein und geduckt sitzen die Angeklagten vor dem Richtertisch. Schließlich räuspert sich die Protokollführerin, nachdem sie einen bedeutungsvollen Blick zu den Schöffinnen hinübergeschickt hat. Die Richterin schiebt sich in ihrem Stuhl ein wenig höher.

Die Angeklagten haben das letzte Wort, sagt sie. Bitte.

Die Wachmänner neben der Tür sehen gespannt auf das Paar. Sie haben gewettet, daß die beiden zum Schluß nichts sagen werden, und warten darauf, wer von ihnen die Wette gewinnt.

Möchten Sie noch etwas sagen? Die Stimme der Richterin ist weich und geduldig. Als sie keine Antwort bekommt, sieht sie zum Verteidiger hinüber. Der hebt die Schultern, um anzudeuten, daß er nicht weiß, ob seine Mandanten etwas sagen wollen.

Oder glauben Sie, daß Ihr Verteidiger alles gesagt hat?

Die beiden nicken erleichtert.

Das Gericht zieht sich zur Beratung zurück, sagt die Richterin. Wir machen auch gleich eine Mittagspause. Ich bitte Sie, sich um 14 Uhr wieder einzufinden.

Sie steht auf und schiebt dabei mit einer trägen Bewegung ihres Hinterns den Stuhl zurück. Krachend fällt der Stuhl um. Während sie hinausgeht, ohne ihn aufzuheben, überlegt sie, daß es sinnlos ist, die beiden einzusperren. Sie wird auf jeden Fall unter zwei Jahren bleiben. Sollen sie sich bewähren.

Sie sind verhaftet, sagt der Mann, der Talbach am nächsten steht. Er hat die Tür nicht eingetreten. Seine weichen Schuhe eignen sich dazu nicht. Ein unangenehmer Duft von Rasierwasser geht von ihm aus, als er noch einen Schritt näher kommt. Völlig unsinnig geht Talbach der Gedanke durch den Kopf, daß sie diesen Geruch nie mehr vergessen wird.

Dazu gibt es keinen Grund, sagt sie.

Ihre Worte klingen so lächerlich, wie sie wahr sind.

Der Mann vor ihr lächelt wirklich. Sein heller Anzug ist leicht zerknittert, wirkt aber trotzdem korrekt. Die Männer hinter ihm sind an der Tür stehengeblieben. Sie tragen Khaki-Uniformen und halten Maschinenpistolen in den Händen. Ihre Kragenspiegel zeigen auf blauem Grund eine aufgehende Sonne und einen Sternenkranz. Mit ihren Stiefeln können sie auch stärkere Türen eintreten als die, die jetzt zerfetzt in den Angeln hängt. Talbach sieht den Plattenweg vor dem Haus und dahinter ein paar Pinienstämme in der Sonne, eingerahmt von Holzfetzen. Den rechten Rand des Bildes mit dem Rahmen aus Holzfetzen beherrscht ein breiter Gummireifen. Sie müssen mit einem Fahrzeug gekommen sein, das groß und leise ist. Der Mann im hellen Anzug zeigt auf den Beutel, den sie noch immer in der Hand hält.

Das ist Heroin, sagt er. Wir nehmen an, daß Sie Ihren Aufenthalt hier dazu benutzen, Geschäfte damit zu machen. Wir haben Fotos, die Sie in den Felsen zeigen beim Abholen der Ware. Wir haben Fotos von denen, die das Zeug dorthin gebracht haben. Kurden übrigens, die ihren immerwährenden Freiheitskampf mit Drogengeldern finanzieren. Wir verstehen sehr gut, daß unsere türkischen Partner sich nicht gern auf der Nase herumtanzen lassen.

Talbach sieht die Männer an, die noch immer, ohne eine

Miene zu verziehen, mit den Waffen im Anschlag dastehen. Türken also. Fast hat es den Anschein, als verstünden sie nichts von dem, was der Mann im hellen Anzug zu ihr sagt. Gerade diese Tatsache, daß die Bewaffneten nichts verstehen, macht ihr angst. Sie legt den Beutel auf den Schreibtisch. Hier, sagt sie, nehmen Sie das Zeug mit und verschwinden Sie. Sie wissen genau, daß Sie Unsinn reden.

Ich rede Unsinn, denkt sie. Wenn sie sich die Mühe machen, so eine Veranstaltung zu inszenieren, dann nicht, um mir einen kleinen Schrecken einzujagen und ein Foto zu machen. Sie haben etwas anderes vor.

Der Mann im hellen Anzug kommt noch einen Schritt näher. Er steht jetzt direkt vor Talbach. Sie kann nicht zurücktreten, wird an den Schreibtisch gedrängt, und der unangenehme Rasierwassergeruch nimmt ihr beinahe den Atem. Sie wendet den Kopf zur Seite, um dem Geruch zu entgehen. Der Mann faßt nach ihrem Kinn und dreht ihr Gesicht dem seinen zu.

Das mag schon sein, sagt er. Vielleicht rede ich Unsinn, obwohl ich es nicht glaube. Aber die, mit denen du bald reden wirst, die werden keinen Unsinn reden. Verlaß dich drauf. Die werden dir schon beibringen, was Unsinn ist und was nicht. Die haben die richtigen Methoden, um Leute wie dich etwas lernen zu lassen. Wer weiß, vielleicht lernst du schneller, als dir lieb ist. Haben schon ganz andere was gelernt von unseren türkischen Freunden.

Unvermittelt läßt der Mann Talbachs Kinn los und tritt einen Schritt zurück.

Durchsuchen, sagt er.

Vielleicht haben die Männer mit den Maschinenpistolen seine Handbewegung falsch verstanden. Sie durchsuchen nicht, sie zerschlagen. Es sind drei Männer, und sie brauchen zehn Minuten. Zuletzt bleibt nur noch der Schreibtisch übrig, neben dem Talbach steht, vor ihr noch immer der Mann im hellen Anzug, der ihr dabei zusieht, wie sie versucht, ihre Fassung zu bewahren. Aber eher ist es, als belauere er sie, als warte er auf einen Augenblick der Schwäche, den er sich, wozu auch immer, zunutze machen könnte. Diesen Kampf wird er verlieren, denkt Talbach und erschrickt, als ihr klar wird, daß sie schon andere Kämpfe voraussetzt. Sie wendet ihre Augen, die die Zerstörung beobachtet haben, vor sich auf den Boden und blickt nicht mehr hoch; auch nicht, als es ganz still wird, weil die Männer ihre Arbeit beendet haben.

Leider können Sie nichts mitnehmen, sagt der Mann vor ihr freundlich. Sieht aus, als wär alles hin. Los. Talbach bewegt sich nicht, und sie sieht seinen Arm, der ausholt, und fühlt einen Schlag gegen ihr rechtes Ohr. Sie geht zur Tür. Auf dem Boden in der Nähe der Tür liegen die gelben Scherben einer Vase. Sie tritt durch die zersplitterte Tür vor das Haus, und die Sonne überfällt sie so plötzlich wie die Einsicht in ihre Situation. Betäubt bleibt sie stehen und geht erst weiter, als sie von Stößen in den Rücken angetrieben wird. Ein paar Meter vom Militärauto entfernt steht Rosemarie neben ihrem Jeep.

Das ist sie, sagt sie laut.

Sie ist betrunken wie immer, aber irgendwann an diesem Morgen muß sie sich für die wichtige Mission des Verrats sorgfältig zurechtgemacht haben. Sie trägt grüne Schuhe mit hohen Absätzen und ein leichtes, weißes Sommerkleid.

Der Deutsche im hellen Anzug, den sie angesprochen hat, antwortet ihr nicht.

Talbach kann ihn nicht sehen, aber sie ist sicher, daß er Rosemarie nicht einmal beachtet. Weil sie nicht will, daß Rosemarie sieht, wie sie geschlagen wird, steigt Talbach hinten in den Wagen ein, ohne zu zögern. Der Deutsche und einer der Uniformierten nehmen sie zwischen sich. Auf der Fahrt versucht sie, ihre Gedanken zu ordnen, aber es gelingt ihr nicht. Immer wieder spürt sie Panik, die sie nur mit großer Anstrengung niederhalten kann. Niemand spricht mit ihr.

Sie versucht, sich klarzumachen, daß es keinen Sinn hat zu fragen. Als sie begreift, wohin sie fahren, versucht sie sich zurechtzulegen, was sie auf dem Flughafen tun wird, wenn Menschen in ihre Nähe kommen. Es werden Menschen da sein, von denen sie Hilfe erwarten kann. Sie ist nicht in Deutschland und nicht in der Türkei. Die spanische Polizei wird ihr helfen.

Als sie am Flughafen vorfahren, werden sie von einem Polizisten mit der Mütze der Guardia Civil in Empfang genommen. Ihre Hoffnung erfüllt sich nicht. Im Büro der Flughafen-Polizei wird sie von den sehr jungen spanischen Polizisten so entsetzt angestarrt, daß sie annimmt, man hat ihnen erzählt, sie sei eine Bombenwerferin. Man sperrt sie in eine Zelle und läßt sie allein. Irgendwann kommt jemand und stellt einen Krug Wasser auf den Zellenboden, bevor die Tür wieder verschlossen wird.

Lisa braucht eine Weile, bis sie in der Lage ist, klar zu denken. Wir verstehen sehr gut, daß unsere türkischen Partner sich nicht gern auf der Nase herumtanzen lassen.

Was hat das zu bedeuten? Auf jeden Fall doch, daß die Deutschen ihr diese Falle gestellt haben. Sie ist vor vier Jahren in der Türkei gewesen. Sie hat ihren Aufenthalt damals früher abgebrochen als geplant. Es war ihr nicht möglich gewesen, in einem Land zu leben, in dem die Verachtung der Frau selbstverständlich war. Ihr Ekel vor aufgeblasenen Männern zwischen drei und achtzig war schließlich so groß geworden, daß sie nicht mehr in der Lage gewesen war zu arbeiten. Sie hatte über ihre Erfahrungen mit Männlichkeitswahn an der Macht nur mit ihren engsten Freunden gesprochen. Ein Gefühl der Scham war in ihr zurückgeblieben, eine Verletzung, die von der Verachtung herkam, mit der ihr und ihrem Geschlecht in diesem Land begegnet worden war. Dieses Gefühl der Scham war auch die Ursache dafür, daß sie ihre persönlichen Erfahrungen nicht veröffentlicht hatte. Ein lange überwunden geglaubtes Bewußtsein der eigenen Minderwertigkeit war damals in ihr neu entstanden. Eine Zeitlang hatte sie wieder klarer sehen können, daß auch in ihrem eigenen Land nur eine sehr dünne Schicht sie und alle Frauen davor bewahrte, öffentlich und immer der Verachtung preisgegeben zu sein. Sie hatte eine Weile gebraucht, um das Bewußtsein der Minderwertigkeit zu verdrängen, mit dem sie nicht leben und arbeiten konnte. Es war ihr gelungen, aber sie wußte immer noch, daß sie gefährdet war. So, wie eine, die über dünnes Eis geht, weil sie weiß, daß sie gehen muß, obwohl das Eis zu dünn ist, um wirkliche Sicherheit vor dem Einbrechen zu geben. Sie versucht, den Gedanken zu verdrängen, daß sie in dieses Land gebracht werden könnte. Sie hat Angst davor.

Sie redet sich ein, daß sie nichts verbrochen hat und daß man sie nicht festhalten kann. Irgendwann wird die Zelle geöffnet werden, und man wird sie hinauslassen. Jemand hat ihr einen Schrecken einjagen wollen. Wer ist dieser Jemand? Je mehr sie darüber nachdenkt, desto sicherer wird sie, daß man sie nicht wieder laufenlassen wird. Es gibt einen Plan, den sie nicht kennt und dessen Sinn sie nicht durchschaut. Sie muß ihre ganze Kraft darauf konzentrieren herauszubekommen, weshalb man sie festgenommen hat. Wenn sie weiß, was man mit ihr vorhat, kann sie sich überlegen, wie sie reagieren muß.

Als die Zellentür geöffnet wird, ist sie erleichtert. Wieder spricht niemand mit ihr. Sie wird behandelt wie eine Aussätzige. Wieder sehen die jungen Polizisten sie voller Schrecken und Abscheu an. Sie fühlt sich schmutzig. Zum erstenmal kommt ihr die Idee, daß sie ohne Kleidung zum Wechseln, ohne Kamm und ohne Zahnbürste ist. Sie verlangt, auf die Toilette gehen zu können. Zwei Polizisten führen sie einen Gang entlang. Durch die Fenster des Ganges sieht sie auf das Rollfeld des Flughafens. Über die Gangway steigen Menschen in ein startbereites Flugzeug ein. Sie sind braungebrannt und lustig. Einige tragen orangefarbene Riesenblumen in den Händen, deren Stiele mit Aluminiumfolie umwickelt sind. Das Flugzeug hat einen roten Streifen um den Leib. Sie hört die Menschen nicht sprechen, obwohl sich die Gangway nahe bei den Gangfenstern befindet. Sie hört auch den Lärm des Flugzeugs nicht, das eben im Hintergrund landet. Nur die Schritte der beiden Männer, die sie begleiten, sind zu hören.

Dann bleiben sie stehen. Eine Tür ohne Aufschrift wird aufgeschlossen und Talbach hineingeschoben. Die Tür läßt sich von innen nicht abschließen. Der Raum hat kein Fenster, aber das Licht geht an, wenn man ihn betritt. Sie benutzt die Toilette und wäscht sich die Hände und das Gesicht. Es gibt einen kleinen Spiegel über dem Waschbecken. Im Neonlicht sieht ihr Gesicht fahl aus und kleiner als in der Sonne. Sie versucht, ihre Haare im Nacken zusammenzudrehen, aber sie hat kein Band, um sie festzuhalten. Schließlich steckt sie die Enden in den Kragen ihrer Bluse, aber schon als sie an der Tür ist, sind sie herausgerutscht und fallen auf ihre Schultern. Die Männer vor der Tür unterbrechen ihr Gespräch, als sie vor ihnen steht. Schweigend wird sie in das Polizeibüro zurückgeführt. Der Deutsche ist jetzt da. Er unterhält sich mit dem Chef der Station auf Spanisch. Sie lachen laut und tun so, als wüßten sie nicht, daß Talbach neben ihnen steht und ihnen zuhört.

Das hat er gesagt? fragt der Deutsche.

So wahr ich hier stehe. Das hat unser Direktor gesagt.

Der spanische Polizist stellt sich korrekt hin. Er imitiert die Sprechweise seines Chefs.

Es ist bedauerlich, daß der mutmaßliche Mörder der Guardia Civil angehört. Aber die schnellen und erfolgreichen Ermittlungen durch die Guardia Civil selbst zeigen, daß diese Einheit ihre Verpflichtungen gegenüber der spanischen Gesellschaft sehr ernst nimmt.

Ich denke, euer Chef ist ein Sozialist. Der Deutsche fragt und lacht gleichzeitig.

Natürlich ist er das. Wollen Sie mehr hören? Hier – er beginnt, auf seinem Schreibtisch zu suchen, und nimmt ein Blatt auf, von dem er abliest.

Am vergangenen Wochenende habe vier junge Männer im Madrider Stadtteil Majadahonda einen Marokkaner umgestoßen. Dieser fiel so unglücklich auf den Bordstein, daß er einige Tage später starb. Die in Majadahonda lebenden Marokkaner hatten sich schon länger über Angriffe junger Rechtsextremisten beschwert. Sie trauten sich nach Dunkelheit nicht mehr auf die Straße. Ihre Klagen wurden vom Bürgermeister nicht ernst genommen. Deshalb war die Guardia Civil offiziell in diesem Stadtteil nicht eingesetzt. Die Anwesenheit einer Guardia-Civil-Streife bei diesem Vorfall war rein zufällig. Der Tod des Marokkaners war die Folge eines unglücklichen Anstoßes.

Der Deutsche und der Polizist lachen erneut. Die jungen Polizisten, die Talbach begleitet haben, grinsen vor sich hin. Sie stehen noch immer neben ihr, aber der Abstand zwischen ihnen und ihr ist ziemlich groß. Die Tür ist etwa vier Meter entfernt. Sie muß offen sein. Wenn sie den Gang entlangläuft, kann es nicht weit sein bis zur Flughafenhalle. Sie muß es versuchen. Dort sind Menschen. Sie will nicht einfach verschwinden, ohne daß jemand davon Notiz nimmt.

Talbach läuft los. Sie kommt bis an die Tür, bevor ihre Bewacher sich in Bewegung setzen. Sie reißt die Tür auf und rennt auf den Gang. Und bleibt stehen. Vor ihr, direkt auf sie zu, kommen die Männer mit den Maschinenpistolen. Sie sind noch immer zu dritt. In dem schmalen Gang ist es unmöglich, an ihnen vorbeizugelangen. Plötzlich fühlt sie sich erniedrigt, beschämt. Der Deutsche und der Chef der Polizeistation sind hinter den Bewachern auf den Gang hinausgetreten.

Es geht los, sagt der Deutsche. Er grüßt mit der Rechten lässig zurück, während er mit der linken Hand Talbach am Arm faßt und sie auf die Männer mit den Maschinenpistolen zuschiebt. Die spanischen Polizisten bleiben zurück.

Machen Sie das nicht noch mal, sagt der Deutsche neben ihr leise. Ich garantiere für nichts. Die schießen.

Sie gehen durch die Flughafenhalle. Beim Anblick der braungebrannten oder rot gesottenen Menschen, die Berge von Koffern und Taschen vor sich herschieben, kommt Talbach ihr Fluchtversuch lächerlich vor. Plötzlich sehnt sie sich nach Menschen, nach Anteilnahme, wenigstens einem mitfühlenden oder neugierigen Blick. Aber niemand nimmt von ihnen Notiz. Es ist, als seien sie und ihre Bewacher unsichtbar, als könnten die Menschen durch sie hindurchsehen, als seien die Kofferberge wie Mauern, die sie nicht übersteigen können. Vor einer Sperre bleiben sie stehen. Der Deutsche sagt etwas auf türkisch zu den Bewaffneten, dann wendet er sich Talbach zu.

Sie machen jetzt eine kleine Reise, sagt er. Es ist in Ihrem eigenen Interesse, wenn Sie tun, was man von Ihnen verlangt. Diese Männer hier sprechen kein Deutsch. Versuchen Sie also gar nicht erst, mit ihnen zu reden. Tun Sie, was von Ihnen verlangt wird, und wir werden uns wiedersehen. Nehme ich an. Er lächelt, und Talbach hat den Eindruck, als wisse er nicht sicher, was sie erwartet. Er dreht sich um und geht. Sein heller Anzug verschwindet hinter einer kofferschiebenden Schlange. Man führt sie durch die Sperre, ohne nach Papieren für sie oder die Bewacher zu fragen. Vom Warteraum aus erkennt sie eine kleine Maschine am Rande des Rollfeldes, die am Rumpf und an der Heckflosse das türkische Hoheitszeichen trägt.

Im Flugzeug ist sie mit ihren Bewachern allein. Jetzt, da sie nicht mehr weglaufen kann, legen die Männer die Maschinenpistolen beiseite und beginnen ein Kartenspiel. Sie sind älter als die spanischen Polizisten, größer und kräftiger. Sehr schnell sind sie in das Spiel vertieft. Sie beachten die Frau nicht, die sie beobachtet. Sie sind ganz normale Männer bei einem ganz normalen Kartenspiel in einem Teelokal oder auf der Straße an einem sonnigen Abend, mit einem wackeligen Tisch neben einer alten Mauer, in einem verwilderten Garten oder auf der Terrasse eines Cafés. Sie reden miteinander. Sie sind verheiratet und haben Kinder. Einer hat, zu seinem Leidwesen, nur Töchter, und seine Freunde wissen, daß er seine Frau verstoßen wird, wenn das Kind, das sie trägt, wieder ein Mädchen sein wird. Sie wohnen in der großen Stadt, aber manchmal wären sie lieber auf dem Land, wo jetzt das Korn reift oder sie unter dem Dach eines Baumes sitzen und den grasenden Schafen zusehen könnten. Aber sie wollen nicht wirklich zurück, denn das Leben auf dem Land bedeutet nicht reifendes Korn und weidende Schafe, sondern Arbeit, Hunger und Kälte. Einmal streift einer

Talbach mit einem Blick, der ihr angst macht. Sie verkriecht sich in ihren Sitz und verzichtet darauf, die Männer zu bitten, sie durch den Gang in den Waschraum gehen zu lassen.

Sie versucht, die türkischen Anweisungen zu entziffern, die vor ihrem Sitz an der Wand angebracht sind. Es gelingt ihr nicht. Der Gang hin zur Pilotenkabine ist offen. Eine Weile beobachtet sie den rechten Arm des Piloten, der hin und wieder in dem Ausschnitt der offenen Kabinentür auftaucht. Auch auf seiner Schulter meint sie die Sonne und die Sterne auf blauem Grund zu erkennen. Vielleicht ist es dieses Zeichen, das sie darüber nachdenken läßt, ob sie gar nicht das Opfer einer illegalen Entführung ist, sondern zu einem offiziellen Gespräch abgeholt worden sein könnte. So unwahrscheinlich scheint ihr mit einemmal ihre Situation, daß sie sich eine Weile der Illusion hingibt, man habe sie abgeholt, um ihr irgendwelche Angebote zu machen, ihre Rückkehr betreffend und ihren künftigen Aufenthalt. Bis ihr das zerschlagene Haus einfällt, die eingetretene Tür, und sie von neuem das Entsetzen spürt. Nur mit Mühe gelingt es ihr, das Zittern zu unterdrücken, das ihren Körper erfaßt. Sie haßt sich für dieses Zittern und schwört im stillen, daß sie nicht schwach erscheinen wird bei dem, was ihr bevorsteht.

Wenn es mir gelingt, jetzt einzuschlafen, wird es mir auch gelingen, stark zu bleiben, denkt sie.

Der Gedanke ist der eines Kindes. Wenn ich über diese Pfütze springen kann, ohne daß meine Füße naß werden, werde ich morgen eine Eins im Diktat schreiben, und sie weiß, daß ihre Überlegung kindisch ist. Trotzdem gelingt es ihr, für einen kurzen Augenblick einzuschlafen. Es gelingt ihr nicht, ihren Schlaf der Lüge nutzbar zu machen, mit der ein Teil von ihr glaubt, das Kommende besser ertragen zu können.

Ihr Traum führt sie in einen Raum, einem Amphitheater

ähnlich, in dessen Mitte sie auf einem langen Tisch liegt. Um den Tisch herum sind Bänke aufgestellt, die sich bis zu den Wänden hochziehen. Die Bänke sind dicht besetzt mit dunkelhaarigen Totenkopf-Männern, die schweigend auf den Tisch hinuntersehen. Sie sieht sich nackt auf dem Tisch liegen, tot und mit geöffnetem Leib. Sie empfindet keine Schmerzen, als der Tod in grüner Uniform mit einem Zeigestock auf einzelne, offen daliegende Organe zeigt und dazu Erklärungen abgibt. Wir haben hier das Herz, sagt er und stößt mit dem Stock an das Herz, das anfängt, sich ganz langsam zu bewegen. Aber sie spürt, daß ihr Körper warm wird, und mit der Wärme kriecht sie die Scham an, heiß und unerträglich, bis sie mit einem unterdrückten Gurgeln aus dem Schlaf auffährt.

Vor dem runden Fenster des Flugzeugs ist es dunkel geworden. Sie beugt sich vor und sieht nah unter sich die Lichter einer großen Stadt. Immer hat sie diesen Anblick geliebt. Jetzt geht nichts Tröstliches von diesen Lichtern aus, nur etwas großes Fremdes liegt da unten, unmöglich, Freunde zu finden, zu lachen, ruhig zu schlafen. Wieder spürt sie Angst in sich aufsteigen. Es muß ein Mittel geben, die Angst zu bekämpfen. Wenn nicht durch Illusionen, dann durch die Wahrheit. Und Talbach beschließt, sich nichts mehr vorzumachen über ihre Lage. Sie wird hinsehen und das, was sie sieht, behalten. Sie wird nichts vergessen und später –

Hart setzt die kleine Maschine auf der Landebahn auf. Blaue Begrenzungslichter rasen am Fenster vorbei, ein blauer Strich, der langsam in Punkte zerfällt. Auf dem Flughafen steht ISTANBUL.

Sie hat den Mann nicht kommen hören und auch nicht, daß ihre Bewacher ihr Kartenspiel beendet haben. Mit einer Bewegung des Kopfes fordert er sie auf, ihren Platz zu verlassen. Sie geht vor den Männern her die Treppe hinunter. Im Rücken fühlt sie die neugierigen Blicke des Piloten. Ein Militärauto parkt unten, dessen Seiten- und Heckscheiben mit der gleichen grünen Farbe gespritzt sind wie das Metall. Einer ihrer Bewacher setzt sich nach vorn. Sie wird zwischen die beiden anderen auf den Rücksitz gesetzt. Niemand spricht während der Fahrt. Fahren sie am Meer entlang? Talbach kann nicht erkennen, welchen Weg sie nehmen, bis sie schließlich in einem Innenhof halten. Der Hof ist so groß wie ein Fußballfeld und mit kleinen, viereckigen Steinen gepflastert. Die Fenster, die auf den Hof hinausgehen, sind dunkel und haben keine Gitter.

Also kein Gefängnis, denkt sie erleichtert, verbietet sich aber die Erleichterung sofort wieder. Als ob Unrecht ein Gefängnis brauchte, um Unrecht zu sein! Wenig später begreift sie, weshalb die Fenster hier keine Gitter brauchen. Die Männer führen sie durch einen Korridor. Ihre Schritte hallen, und das Leder ihrer Stiefel, Gürtel und Schulterriemen knirscht, weil sie sich angespannt und militärisch-korrekt bewegen. Am Ende des Korridors, hinter einer Biegung, halten sie vor einer verschlossenen Tür. Rechts am Türpfosten befindet sich eine Klingel, die einer der Männer betätigt. Obwohl die Tür beinahe wie eine normale Tür aussieht, höchstens ein wenig höher und breiter, spürt Talbach ihre Schwere an der Langsamkeit, mit der sie geöffnet wird. Mit Entsetzen registriert sie, daß die Tür von innen mit Eisen beschlagen ist, als sie sich, hineingestoßen von einem der Männer, umsieht und sie hinter sich ins Schloß fallen hört. Dann steht sie auf dem breiten, oberen Absatz einer Treppe, die nach unten führt, neben sich eine dicke Frau, die in eine schlampige, zusammengesuchte Uniform gekleidet ist. Die Frau trägt Stiefel, die bis zu den Knöcheln reichen und aus denen dicke, wollene Socken hervorsehen. Talbach spürt die

Kälte, die von unten, vom Ende der Treppe, das man nicht sehen kann, heraufkommt. Das Gesicht der Frau ist abgestumpft und dumm. Trotzdem unternimmt Lisa einen Versuch, mit ihr zu sprechen. Sie sagt die lächerlichen Sätze aller zu Unrecht Gefangenen.

Sie sagt: Ich will sofort den Leiter der Anstalt sprechen. Sie sagt: Ich bin aufgrund eines Irrtums festgenommen worden.

Sie sagt: Sie machen sich strafbar, wenn Sie mich hier festhalten.

Sie sagt: Die Öffentlichkeit wird sich für meinen Fall interessieren – und was es sonst noch für Sätze gibt, die sich für Situationen eignen, in denen die Beteiligten übereingekommen sind, sich nach demokratischen Spielregeln zu verhalten. Keiner dieser Sätze ist für die Situation geeignet, in der sie sich befindet. Nichts hindert die Uniformierte daran, ihr mit einem kräftigen Stoß in den Rücken die Richtung anzudeuten, in die sie zu gehen hat.

Die Treppe macht eine Biegung. Nach etwa zehn Stufen erreichen sie einen Kellergang. Die Frau dirigiert Talbach den Gang entlang, an Türen mit kleinen vergitterten Fenstern vorbei, bis sie am Ende des Ganges vor einer Gittertür haltmachen. Rechts neben der Gittertür steht eine Zelle offen. Talbach wird hineingestoßen. Das metallene Schaben eines Türriegels trennt sie von der Welt. Sie ist allein. Auf dem langen Weg durch den Zellengang war aus keinem der Zellenfenster ein Geräusch zu vernehmen gewesen. Niemand hatte hindurchgesehen, obwohl sie doch deutlich zu hören gewesen waren – ihre und die Schritte ihrer Bewacherin. Hinter der verschlossenen Zellentür stehend und den sich entfernenden Schritten ihrer Bewacherin nachhorchend, beginnt sich die Gewißheit in Talbach zu festigen, daß sie wirklich allein ist.

Nicht nur in dieser Zelle, sondern in diesem ganzen, verdammten Trakt.

Im allgemeinen ist der Präsident froh gestimmt, wenn ihn öffentliche Auftritte erwarten. Er weiß, daß er seine Popularität seinen öffentlichen Auftritten verdankt, und daß die nur zum Teil daher rührt, daß die Redenschreiber seine Reden sorgfältig diskutiert und auf die Bedürfnisse des Volkes nach Lob und Tadel zugeschnitten haben. Auch seine Erscheinung, das weiße Haar über dem schmalen, gebräunten Gesicht, seine schlanke, in keiner Weise greisenhaft wirkende Gestalt, die schmalen Hände, die er gestikulierend sorgfältig einsetzt, um zu unterstreichen, was ihm wichtig scheint, haben dazu beigetragen, ihm ein ungewöhnliches Maß an Beliebtheit zu sichern.

»Richtig dosiert, verkauft der ihnen alles«, ist die zynische Meinung seiner Redenschreiber, und sie richten sich danach. Der Präsident ist nicht so dumm, die Zusammenhänge nicht zu erkennen. Es ist einige Jahre her, aber er erinnert sich gerade an diesem Morgen genau daran, wie er zu Beginn seiner Amtszeit versucht hat, einen eigenen Gedanken in einer Rede unterzubringen. Damals, in der Periode der sogenannten Parteienverdrossenheit, die dem Wahlsieg der Ethno-Zentristen vorausging, hatte er es für seine Pflicht gehalten, moralisch auf das Volk einzuwirken. Er fühlte, daß er dazu in der Lage war. Und er hatte sich Gedanken darüber gemacht, welche moralischen Prinzipien aufzustellen notwendig waren.

Der Präsident angelt mit dem rechten Fuß nach dem Lederpantoffel, der auf dem Teppich vor seinem Bett zur Seite gerutscht ist, und betrachtet dabei mißmutig seinen schmalen, weißen Fuß, der vielleicht doch schon ein wenig greisenhaft aussieht.

Er hatte sich vorgestellt, nicht nur dem Volk ins Gewissen zu reden, sondern auch den Politikern strenge Maßstäbe anzulegen.

Positive Eignungskriterien für Politiker will ich aufstellen, hatte er von seinen Redenschreibern verlangt.

Endlich hat er den Pantoffel erreicht und seinen Fuß hineingeschoben. Neben dem Bett liegt, sorgfältig geglättet, sein dunkelroter Morgenmantel. Er steht auf, mühelos für sein Alter, zieht den Mantel über und geht in das an sein Schlafzimmer angrenzende Bad.

Sie hatten ihm damals seine Überlegungen ausgeredet. Angesichts der großen Belastung der Politiker sei es müßig, positive Eignungskriterien aufzustellen. Schließlich gehöre es zum Wesen der Demokratie, daß die Eignung der Mandatsträger durch die Akzeptanz der sie Beauftragenden festgestellt werde. Noch heute ist der Präsident der festen Überzeugung, daß manches anders gekommen wäre, wenn man damals in dieser Sache auf ihn gehört hätte.

Der Präsident betrachtet sein Gesicht im Spiegel. Das Wort VORTEILE, das in seinen Gedanken aufgetaucht ist, irritiert ihn. Schließlich schüttelt er den Kopf, entledigt sich des Morgenmantels und des Schlafanzugs und geht unter die Dusche. Er hat die Erfahrung gemacht, daß dort manchmal die Gedanken verschwinden, die ihn beim Aufwachen bedrängen. Aber heute verschwinden sie nicht. Eine halbe Stunde später betritt er den Besprechungsraum, der neben seinem Frühstückszimmer liegt. Wie immer hat er allein gefrühstückt und einen Blick in die Zeitungen geworfen. Es handelt sich dabei, er ist sich dessen bewußt, und es verbessert seine Laune nicht, um ein überflüssiges

Ritual. Er trifft nach dem Frühstück einen oder mehrere Referenten im Besprechungszimmer, die ihm die aktuelle Sprachregelung zum Tagesgeschehen übermitteln. Heute allerdings, vor der Rede, die er in einer Stunde halten wird, ist das Team zusammengekommen, das seine Rede geschrieben hat. Wie üblich haben sie dem, was zu sagen ist, mit einigen unverwechselbaren Präsidenten-Redewendungen einen persönlichen Stil zu geben versucht. Dies alles hat der Präsident schon sehr oft über sich ergehen lassen. Die Freude daran, seine persönlichen Redewendungen, manchmal auch den einen oder anderen seiner eigenen Gedanken in den Reden unterbringen zu können, ist ihm längst verlorengegangen. Übriggeblieben ist das Gefühl, eine notwendige Pflicht zu erfüllen. Und es erleichtert ihm das Lesen vom Blatt, wenn er den Text vorher kennt. Nein, seine Teilnahme an der Besprechung ist es nicht, die ihn so übellaunig sein läßt, daß seine Berater ihn aufmerksam betrachten, als er Platz genommen hat.

Es ist einfach so, daß seine Fähigkeit, sich etwas vorzumachen, begrenzt ist. Und die Gesellschaft, vor der er an diesem Morgen seine Rede halten wird, ist ihm zutiefst zuwider.

Ohne etwas zu sagen, nickt er dem Leiter der Gruppe zu und bedeutet ihm so, mit dem Vortrag zu beginnen. In der Gruppe, deren Zusammensetzung relativ stabil ist, schon, um größere Schwankungen im Sprachbild des Präsidenten zu vermeiden, aber auch, weil es sich hier um ein außerordentlich gut eingespieltes und erfolgreiches Team handelt, das die integrierende Funktion des Präsidenten bis in die feinsten Verästelungen erarbeitet und überprüft hat, herrscht ein lockerer Umgangston, der häufig auch in der Gegenwart des Präsidenten beibehalten wird. Schließlich empfinden alle, daß dieser Mann so etwas wie ihr Produkt ist.

Natürlich ist ihnen allen bewußt, daß nur ein gutgelaunter und kooperativer Präsident »rüberbringt«, was vermittelt werden soll, und so bemüht man sich in Augenblicken wie diesem, wo deutlich wird, daß die Stimmung des Präsidenten nicht die beste ist, ihn besonders entgegenkommend zu behandeln.

Ich darf, sagt jetzt der Leiter der Gruppe, ein Mann Anfang Dreißig im schwarzen Rollkragenpullover und schwarzer Hose, dessen Haare bereits ausfallen, was seine Stirn höher erscheinen läßt, als sie in Wirklichkeit ist, ich darf Ihnen, Herr Präsident, bevor ich mit dem Vortrag beginne, noch einmal die Bedeutung einiger der Teilnehmer an der bevorstehenden Verleihung darstellen. Neben den üblichen Leuten, die sich durch kommunale oder soziale Aktivitäten dem Verleihungsausschuß empfohlen haben –

– und deren Verdienste wir nicht geringschätzen wollen, wirft der Präsident ein, noch immer mißgestimmt, aber ein klein wenig beruhigt durch den ehrerbietigen Ton, den der Referent für seine Worte verwendet,

– neben diesen Leuten also, fährt der Referent leise und geduldig fort, sind es besonders Kunsthändler, Immobilienmakler und, er zögert einen Augenblick, Gastwirte aus dem östlichen Teil Deutschlands, sagt er dann, denen heute durch Ihre Hand die Ehre der Verleihung des Bundesverdienstkreuzes zuteil werden wird.

Bewundernde Blicke seiner Kollegen treffen den Sprechenden. Sie wissen alle, daß das einzige Problem, das sie hin und wieder mit dem Präsidenten haben, in seinen kleinlichen Skrupeln besteht. Auch jetzt ahnen sie natürlich den wahren Grund für seine Verstimmung. Daß ihr Kollege an das Problem des Präsidenten so unumwunden, ja geradezu frontal herangeht, erfüllt sie mit Stolz.

Sie wissen, und wir wissen, was diesen so außerordentlich aktiven Mitgliedern unserer Neuen Demokratie nachgesagt wird: nämlich, daß sie ihre Investitionen hauptsächlich aus Mafiageldern finanzieren. Die nichtswürdige Propaganda unserer außereuropäischen Konkurrenten gibt die Summe, um die es sich dabei handelt, mit dreihundert Milliarden Mark in den letzten drei Jahren an. Niemand von uns weiß, ob diese Zahlen richtig sind. Der Kriminalpolizei sind seit längerer Zeit keine Ermittlungen in diesem Bereich mehr möglich. Die Ursache dafür ist allerdings nicht, wie unsere Gegner behaupten – die im übrigen unschwer auch im jüdischen New Yorker Finanzkapital ausgemacht werden können –, die Ursache ist nicht darin zu suchen, daß irgend jemand die deutsche Kriminalpolizei daran hindert zu ermitteln. Die wahre Ursache dafür liegt lediglich darin, daß, wie wir inzwischen auf interner Ebene wissen, eine Unterscheidung zwischen Untergrund- und – Sie verzeihen den etwas saloppen Ausdruck – Obergrundkapital gar nicht mehr möglich ist. Wir müssen, und das eben macht unter anderem die von außen beneidete ökonomische Effektivität unserer Neuen Demokratie aus, von einer Verschmelzung der Kapitalströme ausgehen, die auf objektiven Gegebenheiten beruht und die wir nicht rückgängig machen können, selbst, wenn wir es wollten.

Und Sie glauben wirklich, fragt der Präsident ungehalten, daß unsere Gegner diese Möglichkeit der Kapitalzufuhr nicht nutzen?

O doch, antwortet der Angesprochene, entzückt darüber, daß der Präsident offenbar geneigt ist, seine schmollende Haltung aufzugeben. Ihr Problem ist nur, daß sie diese Quellen schon sehr lange in ihr Wirtschaftssystem integriert haben, bei ihnen handelt es sich um verschlissene Ressourcen, von denen kein Innovationsschub mehr ausgeht, während wir sozusagen noch immer den Reiz der Jungfräulichkeit bieten und eben deshalb unsere Kapitalgeber geradezu in Raserei verfallen bei ihren Aktivitäten.

Das klingt anzüglich. Es soll auch so klingen, denn das Team weiß um die Schwäche des Präsidenten für sehr junge Frauen, und der Präsident weiß, daß seine Mitarbeiter davon wissen. Das kann auch gar nicht anders sein, denn natürlich ist es nur Personen aus seiner unmittelbaren Umgebung möglich, ihm bei Gelegenheit die Objekte seiner Begierde zuzuführen. Es hält sich das Gerücht, daß der Präsident bei solchen Gelegenheiten nicht darüber hinauskommt, die Mädchen bewundernd zu betrachten, aber selbstverständlich wird niemand den Versuch machen, auch nur versteckt auf dieses Gerücht anzuspielen. Schließlich ist man froh über die kleine, menschlich verständliche Schwäche des Präsidenten, die es möglich macht, ihn in kritischen Augenblicken zu beeinflussen. Die Eleganz, mit der der Teamleiter die Vorliebe des Präsidenten in der von allen als kritisch empfundenen Situation ins Gespräch gebracht hat, bringt ihm noch einmal die unverhohlene Bewunderung seiner Mitarbeiter ein.

Betont sachlich spricht der Schwarzgekleidete weiter.

Es handelt sich um etwa zweihundert Personen, –

– einhundertsiebenundneunzig, wirft der stellvertretende Teamleiter ein,

– um einhundertsiebenundneunzig Personen, denen Sie in (er sieht auf seine Armbanduhr) jetzt genau vierundsiebzig Minuten das Bundesverdienstkreuz verleihen werden.

Alle, auch der Präsident, verstehen den Hinweis auf die Zeit als sanfte Drohung, endlich zur Sache zu kommen. Wir werden jetzt damit beginnen, Ihre Rede abschließend zu überarbeiten.

Der Präsident, jetzt endlich wieder von seiner persönlichen Verantwortung für das Wohlergehen seines Volkes überzeugt, arbeitet konzentriert mit. Sein Wohlgefühl wird dadurch erhöht, daß es ihm gelingt, einen Passus im Text unterzubringen, in dem von den starken seelischen Belastungen die Rede ist, die das neue demokratische Unternehmertum mit sich bringt.

– und das sich im Falle der heute Auszuzeichnenden zu meiner persönlichen großen Freude – (es kann nie schaden, auch die persönliche Stimmungslage einzubeziehen, im Gegenteil, die Leute mögen so etwas, es zeugt von Nähe und Betroffenheit)

– ausschließlich aus verdienten Persönlichkeiten aus dem Osten unserer Republik zusammensetzt. Dank sei Ihnen für Ihr Werk.

So endet der Präsident eine halbe Stunde später. Er steht auf der Bühne eines kleinen Saales am Rednerpult. Vor sich, am Rand der Bühne stehend, kann er während der Rede sein Gesicht und seine Gesten auf einem mittelgroßen Monitor beobachten. Er ist davon überzeugt, daß er seine Zuschauer beeindruckt hat.

Dieser Monitor ist im übrigen eine Idee seines Beraterteams. Man hatte eine lange Zeit gebraucht, um herauszufinden, daß der Präsident nicht in der Lage war, tatsächliche oder vor den Bildschirmen sitzende Zuschauer freundlich, geschweige denn warmherzig anzulächeln. Endlose Stunden hatte man mit ihm »warmherzig lächeln« geübt. Herausgekommen war jedesmal nichts als eine mehr oder weniger scheußliche Grimasse. Bis ein gewitztes Mitglied des Teams abends beim Bier, als man in lokkerer Runde über die Eitelkeiten des Präsidenten herzog, auf die Idee gekommen war, man müsse ihn sich selbst anlächeln lassen. Das Testergebnis am nächsten Morgen war verblüffend gewesen. Der Präsident lächelte sich auf dem mit dem Rücken zum Auditorium stehenden Monitor so herzlich zu, daß das Team spontan in Begeisterung ausbrach. Von da an steht bei jedem seiner öffentlichen Auftritte ein Monitor in seiner Nähe.

Jetzt verläßt der Präsident die Bühne, Spuren des Lächelns noch im Gesicht, die allerdings langsam vergehen. Er schreitet auf die Männer zu, die ihm erwartungsvoll und in gehobener Stimmung entgegensehen. Auch der Präsident sieht sie erwartungsvoll an. Es ist, als erwarte er, an ihnen die starken seelischen Belastungen des neuen Unternehmertums zu erkennen, und als wolle er sie mit tröstender Hand von ihnen nehmen. Aber je näher er kommt, desto mehr ernüchtern ihn die Gesichtszüge der Zuhälter, die breitschultrig und schmalhüftig, mit sorgfältig ondulierten und gefönten Haaren, in der ersten Reihe stehen. Es bleibt dem Präsidenten nichts anderes übrig, als mit der Verleihungszeremonie zu beginnen. Hastig nimmt er die am schwarzrotgoldenen Band hängenden Medaillen aus den Händen der jungen Frau, die jetzt neben ihm geht. Hastig hängt er sie um gebräunte Nacken, um muskulöse, kurze Hälse, heftet sie auf Seidenbrüste und teure Smokinghemden.

Endlich ist auch der letzte Immobilienhändler mit einem neuen Schmuck versehen. Ohne sich um den gewohnten Ablauf zu kümmern, der vorschreibt, daß er im Anschluß an die Verleihung etwa zwanzig Minuten in leutseligem Geplauder bei den Ausgezeichneten stehenbleibt, verläßt der Präsident, verfolgt von einer Wolke teuren Rasierwassers, den Saal. Kleine Schweißperlen sind auf seiner Stirn erschienen. Sein Blick wirkt gehetzt, und seine Atemzüge sind kurz und oberflächlich, bis er der Duftwolke entronnen ist.

Im Saal haben ein paar Staatssekretäre schnell, und ohne daß es den mit offizieller Ehre behängten Männern auffällt, die ja den üblichen Verlauf der Veranstaltung nicht kennen, die Rolle der plaudernden Gastgeber übernommen.

Talbach hat, nach ihren Berechnungen, denen sie weniger und weniger vertraut, zwei Tage und zwei Nächte allein in der Zelle zugebracht. Zweimal ist während dieser Zeit die Frau, die sie hereingebracht hat, vor der Fensterklappe erschienen, hat sie zu sich herangewinkt und ihr einen Topf mit Tee und ein Stück hartes, weißes Brot gegeben. Sie hat nicht gesprochen und ist wieder verschwunden, ehe Talbach sie in ein Gespräch verwickeln konnte. Beim zweiten Mal hat Talbach die Stille, die nach dem Auftritt der Frau zurückblieb, als so bedrohlich empfunden, daß sie sich zitternd in eine Ecke der Zelle verkroch und dort lange Zeit stehen blieb, bis ihr klar wurde, daß sie begann, sich irrational zu verhalten. Dann hat sie sich auf die Bank gesetzt, die an der rechten Zellenwand angebracht ist, ein in die Wand eingelassenes Brett, braun, abgewetzt an der runden Vorderkante und nur etwa dreißig Zentimeter breit. Außer dem Kübel, der an der Wand gegenüber der Tür steht, und der in die Decke eingelassenen Glühbirne gibt es in der Zelle keine Einrichtungsgegenstände. Irgendwann hat sie versucht, auf dem Brett zu schlafen. Sie war so müde, daß sie sofort eingeschlafen ist, wurde aber, merkwürdig genug, von einem Geräusch geweckt, daß sie nicht hörte, sobald sie wach war. Das Geräusch ähnelt einem tiefen Orgelton. Sie hatte noch ein paarmal versucht zu schlafen. Aber das Orgelgeräusch hinderte sie daran.

Jetzt, als sie die Frau über den Gang heranschlurfen hört, sitzt sie übermüdet und kraftlos auf der Bank, den Becher mit lauwarmem Tee noch in den Händen, und sieht auf die Klappe in der Zellentür. Nicht die Klappe, sondern die Tür wird geöffnet. Obwohl sie diesen Augenblick fürchtet, seit sie in der Zelle eingeschlossen worden ist, steht Talbach jetzt erleichtert auf und geht hinter der Frau her. In diesem Moment glaubt sie, was sie erwarte, werde auf jeden Fall weniger schlimm sein als das Alleinsein in der Zelle.

Sie gehen nicht nach links, den Gang bis zur Treppe, über die sie gekommen ist. Die Frau wendet sich nach rechts, schließt die Gittertür auf, die den Gang unterteilt, schiebt das schwere Eisengitter zur Seite und zeigt auf den Gang jenseits des Gitters. Auch hier liegen nur leere Zellen. Sie gehen an den Zellen vorbei, steigen eine Treppe hoch und befinden sich in einem Korridor, von dem rechts und links Türen in Zimmer führen. Würde nicht vor jeder dieser Türen ein Uniformierter stehen und könnte man nicht hinter den Türen brüllende Männerstimmen hören und manchmal ein deutliches Klatschen und Geräusche wie das Umfallen eines Stuhls oder ein unterdrücktes oder lautes Stöhnen, so wäre dieser Gang dem in einem ganz normalen Bürohaus ähnlich.

Ein Soldat sieht ihnen entgegen, grinst und öffnet die Tür, vor der er steht. Die Frau macht auf dem Absatz kehrt. Talbach betritt den Raum. Sie hört, daß hinter ihr die Tür geschlossen wird. Ganz plötzlich und ihre ganze Person ergreifend überkommt sie das Gefühl, schmutzig zu sein. Ungewaschen und stinkend wird sie diesem jungen Mann, der sich jetzt hinter seinem Schreibtisch erhebt und auf sie zukommt, gegenüberstehen. Sie weicht einen Schritt zurück und spürt den Türgriff in ihrem Rücken. Der Mann kommt auf sie zu, bleibt vor ihr stehen und lächelt auf sie herunter. Er trägt keine Uniform, aber er bewegt sich mit disziplinierter, militärischer Strenge. Einen Augenblick bleibt er vor ihr stehen. Ohne etwas zu sagen, geht er zurück hinter seinen Schreibtisch. Talbach bewegt sich nicht von der Stelle. Es ist, als gebe der Türgriff in ihrem Rücken ihr Sicherheit. Sie sagt, was sie sich zu sagen vorgenommen hat.

Ich protestiere gegen meine Festnahme. Ich bestehe darauf, unverzüglich freigelassen zu werden. Ich will sofort eine Gelegenheit haben, mich zu waschen.

Ihre Stimme scheint ihr laut und schrill zu sein, es kommt ihr vor, als hätte sie in den zwei Tagen des Schweigens, die hinter ihr liegen, das rechte Maß verloren, um ihre Stimme normal klingen zu lassen. Der Mann hinter dem Schreibtisch beachtet sie nicht. Er nimmt ein Buch in die Hand, das Talbach jetzt erkennt. Er dreht das Buch um und hält es ihr hin.

Das haben Sie geschrieben, nehme ich an.

Seine Stimme drückt vollkommene Gleichgültigkeit aus. Talbach antwortet nicht. Das ist wirklich ihr Buch. Der Mann beginnt darin zu blättern.

Jedenfalls können Sie nicht sagen, Sie hätten nicht gewußt, was Ihnen bevorsteht, sagt er.

Frauen und alte Männer wurden erniedrigender Behandlung ausgesetzt. In einigen Fällen wurden Frauen gezwungen ihren halbnackten Ehemann auf dem Rücken durch das Dorf zu tragen.

Er sieht hoch und lächelt.

Mit einem Ehemann können wir natürlich in Ihrem Fall nicht dienen, sagt er, aber es wird sich schon jemand finden. Er blättert weiter.

Es gibt nicht den leisesten Zweifel daran, daß auf türkischen Polizeistationen gefoltert wird. Die sechzehn Jahre alte Saadat Abbaya berichtete mir, sie sei so lange mißhandelt worden, bis sie irgendwelche Dinge gestanden habe, die ihr völlig unbekannt gewesen seien.

Der Mann sieht hoch, sieht Talbach an und schüttelt bedauernd den Kopf. Immer dasselbe, sagt er lächelnd, alle wollen nichts getan haben.

Talbach hatte die junge Frau gesprochen, an deren Leiden sich der Mann hinter dem Schreibtisch jetzt sichtlich vergnügt. Er liest halblaut weiter.

Ich wurde mit verbundenen Augen unter Schlägen und Fußtritten die Treppe hinunter in einen dunklen Raum getrieben. Dort richteten sie die Scheinwerfer auf mich, und ich wurde von sieben oder acht Polizisten verhört, die Schreie ausstießen und mich beschimpften.

Bei Ihnen ist es doch ruhig, oder?

Sie entkleideten mich, nahmen mir erst den Mantel –

Den Mantel, haben Sie überhaupt einen Mantel? Ihnen muß doch kalt sein.

Talbach antwortet nicht. Er liest weiter.

Den Mantel, dann die Bluse und schließlich den Büstenhalter ab. Ich mußte auf einem Stuhl stehen. Sie wickelten Laken um meine Arme und banden mich mit Seilen an ein Kreuz. Dann stießen sie den Stuhl beiseite, und ich hing an den Armen. Sie gaben mir Elektroschocks an den Fingern und Brustwarzen.

Talbach sah vor sich die vernarbten Fingerspitzen der Frau.

Wenn man den Elektrostab mit einem Tuch umwickelt, gibt es keine Brandwunden, sagt der Mann hinter dem Schreibtisch wie zu sich selbst.

Gleichzeitig überschüttete mich ein Polizeibeamter mit Wasser. Irgendwann hörten die Elektroschocks auf. Aber dann zogen sie mir den Rock und die Unterhose aus, obwohl ich schrie und mich zur Wehr setzte.

Talbach stand an der Tür, fühlte den Druck des Türgriffs im Rücken, sah vor sich das Mädchen Saadat, das sie in einem Dorf in der Nähe von Diyarbakir getroffen hatte. Sie hatten sie vom Kreuz abgenommen und wieder und wieder vergewaltigt, geschlagen und getreten. Sie hatte viele Tage blutend in ihrer Zelle gelegen. Als man sie entlassen hatte, waren ihre Freunde mit ihr zum Arzt gegangen, aber man hatte den Arzt wenige Tage später verhaftet. Saadat hatte sich in ihrem Dorf verkrochen und Talbach ihre Geschichte erzählt, als sei nicht ihr, sondern irgendeinem anderen Mädchen angetan worden, was ihr angetan worden war.

Nur noch von fern hörte sie die Stimme des Mannes hinter dem Schreibtisch. Sie würde nicht mit ihm sprechen. Sie würde sich nicht so weit erniedrigen, von ihren Folterern Antworten zu erwarten.

Irgendwann legt der Mann das Buch, aus dem er vorgelesen hat, zur Seite und fordert Talbach auf, sich auf den Stuhl vor seinem Schreibtisch zu setzen. Als sie nicht reagiert, zuckt er mit den Schultern.

Wie Sie wollen, sagt er. Ich hoffe, ich habe Sie nicht gelangweilt. Natürlich ist es uns eine Ehre, eine so berühmte Frau in unseren Mauern zu beherbergen. Wir tun das allerdings nicht aus eigenem Antrieb. Uns interessieren die Lügen nicht, die Sie über uns verbreitet haben. Im Gegenteil. Wir leben gut damit. Aber es scheint, als habe Ihre Regierung ein Problem mit Ihnen. Sie sollen sich dem Aufbau der Neuen Demokratie entzogen haben, sagt man uns. Ihre Regierung hat Probleme damit, Ihre Rückkehr durchzusetzen. Wir verstehen das. Wir sind die Partner mit dem größten Verständnis für moralische Skrupel. Schließlich hat Ihr Land eine Vergangenheit, an die es nicht gern erinnert werden möchte. Bei uns ist das anders. Seit man uns, nun, sagen wir mal, halboffiziell zur Festungspolizei ernannt hat, stört es uns nicht, wenn hin und wieder bekannt wird, welcher Mittel sich eine effektive Polizei heute bedienen muß. Wir sind so eine Art Berija Europas. Sagt Ihnen der Name Berija etwas? Nicht geliebt, aber gefürchtet, das trifft's wohl am besten. Und effektiv, natürlich, nicht nur bei der Verteidigung der Grenzen nach Süd-Osten. Aber ich versichere Ihnen, daß wir uns unsere Arbeit gut bezahlen lassen. Schließlich sind es unsere Soldaten, die bei ihrer Arbeit verrohen oder sterben. Ja – nun Sie hier.

Der Mann unterbricht seine Rede und blättert in einem Häufchen Papier, das vor ihm liegt. Talbach versucht, sich auf das zu konzentrieren, was er sagen wird, obwohl sie weiß, daß es für ihr Schicksal vollkommen gleichgültig ist, wessen man sie beschuldigt. Ihre Regierung erwartet von Ihnen zwei Dinge. Erstens, daß Sie unverzüglich zurückkehren, und zweitens, daß Sie noch auf dem Flughafen ein öffentliches Bekenntnis Ihrer Bewunderung und Zustimmung für die Neue Demokratie ablegen. Der Mann steht auf, bleibt aber hinter dem Schreibtisch stehen und sieht sie tadelnd an. In einer so großen Zeit sollte man nicht von zu Hause fortgehen, sagt er.

Das ist lächerlich, sagt Talbach.

Der Mann schiebt die Papiere zur Seite und drückt auf einen Knopf neben der Schreibtischlampe. Talbach hat keine Gelegenheit mehr, über das nachzudenken, was sie gehört hat. Hinter ihr wird die Tür aufgerissen, gegen die sie sich gelehnt hat. Sie droht nach rückwärts zu fallen, fängt sich aber wieder. Der Soldat, der vor der Tür gestanden hat, stößt sie den Korridor entlang vor sich her. Sie wird nicht in die Zelle zurückgebracht, in den lautlosen Trakt, den sie schon kennt. Der Soldat stößt sie in eine Zelle, in der schon andere Frauen gefangengehalten werden. Sie schlägt gegen die Kante einer Pritsche. Während sie sich aufrichtet und den Schmerz spürt, der, vom Knie ausgehend, ihre rechte Seite hochzieht, fühlt sie die Augen der Frauen auf sich gerichtet. Der Gestank, der vom Boden aufsteigt, ist furchtbar. Von irgendwoher hört sie Schreie, die in Winseln übergehen. Erst jetzt ist sie angekommen.

Am Tag, nachdem die Soldaten Talbachs Einrichtung zerschlagen hatten, fuhr Rosa zu dem Haus. Juan hatte mehr Fische gefangen als sonst. Sie hatte ihm ein paar kleinere abgeschwatzt, um sie der Señora zu bringen und bei der Gelegenheit nach ihr zu sehen. Rosa hielt überhaupt nichts davon, daß die Señora sich so wenig im Dorf zeigte.

Eine Frau braucht eine Familie, hatte sie zu Juan gesagt, während sie die Fische einwickelte. Und wenn sie keine Familie hat, dann muß sie sich eine suchen.

Du weißt doch, wie sie ist, hatte Juan geantwortet. Sie schreibt eben. Da braucht man Ruhe.

Immer kann man nicht schreiben, war ihre Antwort gewesen, und das dachte sie auch, während sie anhielt und ein paarmal kräftig auf die Hupe drückte. Dann erst sah sie, daß die Haustür zerschlagen war. Sie nahm den Korb mit den Fischen und den Tomaten und Kartoffeln, die sie dazugelegt hatte, vom Beifahrersitz und kletterte aus dem Auto. Wenig später stand sie fassungslos in den Trümmern dessen, was einmal die Möbel der Señora gewesen waren. Sie stellte den Korb auf die Terrasse und machte einen Versuch, Ordnung zu schaffen, hörte aber bald wieder auf. Dann entdeckte sie das Telefon unter einem Stapel Bücher und versuchte, Juan anzurufen. Als sie feststellte, daß das Telefon nicht funktionierte, begann sie zu weinen. Aber sie weinte nicht lange, sondern ging auf die Terrasse und sah auf das Meer. Es hätte sie getröstet, irgendwo dahinten

Juans Boot zu sehen, aber sie wußte, daß er sich schlafen gelegt hatte, gleich nachdem sie losgefahren war. Sie sah überhaupt kein Boot, nur einen einzelnen weißen Segler, ganz hinten am Horizont. Einer der Stühle auf der Terrasse war heil geblieben, wohl weil er unter dem umgestürzten Sonnenschirm übersehen worden war. Sie zog ihn hervor und setzte sich neben die Brüstung, mit dem Rücken zum Wasser. Lange und gründlich betrachtete sie die Trümmer. Sie begann zu überlegen, wo man mit dem Aufräumen anfangen müßte. Zuerst in der Küche oder zuerst im Schlafzimmer.

Das soll die Señora entscheiden, dachte sie, und dann erst fiel ihr auf, daß es hier nicht so aussah, als sei die Señora mal kurz weggegangen. Rosa, plötzlich von Angst getrieben von dem, was passiert sein könnte, durchsuchte das Haus. Dann lief sie in die Garage, stellte aber fest, daß das alte Auto noch dort stand. Jetzt war es sicher, daß der Senora etwas geschehen sein mußte. Sie vergaß den Korb mit den Fischen, lief zu ihrem Auto und fuhr ins Dorf zurück.

Juan lag in der Kammer neben der Küche und schlief. In der Küche roch es nach Fisch und Gummi, weil er seine Stiefel dort stehengelassen hatte. Es dauerte eine Weile, bis es ihr gelungen war, ihn aus dem Schlaf zu holen. Schließlich saß er neben ihr am Küchentisch, müde und warm vom ersten Schlaf, und sie versuchte, ihm klarzumachen, daß etwas Schlimmes passiert sei: Ihre Beschreibung des Talbachschen Hauses war so plastisch, daß Juan endlich ganz wach wurde.

Ich geh doch da nicht rauf, sagte er. Das hat jetzt keinen Zweck. Und die Polizei holen auch nicht. Du mußt Señor Frank anrufen. Soll der sagen, was wir tun sollen. Ohne ihm zu antworten, stand Rosa auf und begann, in der Schublade des Küchenschranks herumzusuchen. Schließlich fand sie den Zettel mit Franks Telefonnummer und ging hinüber ins Wohnzimmer, wo das Telefon auf einem Tischchen neben dem Sofa stand. Juan folgte ihr und sah zu, wie sie die Nummer vom Zettel ablas und wählte. Er hörte, wie Frank sich am anderen Ende der Leitung meldete, und sah, wie seine Mutter versuchte, einen Satz zustande zu bringen.

Die Señora ist, sagte sie, die Señora ist – und dann gaben ihre Knie nach, und sie fiel schwer auf das Sofa. Juan nahm ihr den Hörer aus der Hand und begann, Frank die Geschichte zu erzählen.

Als Frank Rosas Stimme am Telefon hört, nimmt er sofort an, daß Lisa in Schwierigkeiten ist. Merkwürdigerweise denkt er, sie müsse einen Badeunfall gehabt haben. In der kleinen Pause, die entsteht, als Juan Rosa den Hörer aus der Hand nimmt und sich zum Telefonieren in Positur stellt, sieht er sie deutlich vor sich, mit den Wellen kämpfend, und irgendein Boot, das in der Nähe ist und auf sie zuhält. Deshalb überrascht es ihn nicht, als er gleich darauf Juans Stimme hört.

Señora Talbach ist verschwunden, hört er Juan sagen, und erst die farbige Schilderung des Zustands, in dem Rosa das Haus vorgefunden hat, macht ihm deutlich, daß etwas anderes geschehen ist. Er bittet Juan, noch einmal in das Haus zu gehen und jedes beschriebene Stück Papier aus den Trümmern zu suchen, mitzunehmen und zu verwahren. Alles andere solle so liegenbleiben.

Nicht aufräumen, Juan. Auch Rosa soll alles so liegenlassen. Nur die Tür reparieren, wenn Sie die Arbeit der Señora gerettet haben.

Frank verspricht, sich wieder zu melden, und legt den Hörer

auf. Es ist eingetreten, was er so oder anders befürchtet hat, und er fühlt sich vollkommen hilflos. Ihm ist sofort klar, daß es keine Zeitung gibt, die die Geschichte drucken würde, die Juan ihm erzählt hat. Die Such-Dienststelle, an die er sich wenden könnte, wird sich für »nicht zuständig« erklären, weil die Sache im Ausland passiert ist. Im übrigen hegt er ein begründetes Mißtrauen gegenüber der Funktion dieser Such-Dienststellen. Zu schnell nach dem Wahlsieg der Ethno-Zentristen sind sie entstanden, als daß er nicht einen Zusammenhang erkannt hätte zwischen dem zunehmenden Verschwinden von Personen und der Notwendigkeit, die Bevölkerung zu beruhigen. Einen Augenblick denkt er daran, den Schriftstellerverband zu informieren. Aber er weiß nicht, ob es diesen Verband noch gibt, und verzichtet zunächst darauf. Schließlich fällt ihm nichts anderes ein, als die Sache zum Anlaß zu nehmen, ein Treffen mit den beiden Studenten zu verabreden, von denen er annimmt, sie seien noch nicht auf die Neue Demokratie hereingefallen. Immer wieder hat er sich vorgenommen, die beiden näher kennenzulernen. Er wird sie nach der Vorlesung zu sich nach Hause einladen, wenn es möglich ist, mit ihnen darüber sprechen, wie er sich jetzt verhalten, was er tun kann, um herauszufinden, was mit Lisa Talbach geschehen ist. Im Grunde hofft er, daß diese Studenten ihn in Kontakt bringen mit anderen Menschen, die sich widersetzen, daß sie Möglichkeiten des Zusammenlebens gefunden haben, in die die konsumierenden Bewohner der Festung noch nicht eingedrungen sind. Ein wenig erleichtert durch seinen Entschluß, geht er schließlich in sein Arbeitszimmer, um die Unterlagen für seine Vorlesung zusammenzupacken. Einen Augenblick bleibt er in der Tür stehen. Beim Anblick der schweren, dunkelbraunen Möbel, des mit rotem Plüsch bezogenen Sessels neben dem Fenster erscheint ihm die Vorstellung, diese Sachen könnten zerschlagen werden, könnten in Fetzen herumliegen, sonderbar absurd. Diese Möbel hatten schon seinen Eltern gehört. Als Kind hat er auf der Fußbank neben dem Sessel gehockt und den Geschichten zugehört, die sein Vater erzählte. Sein Vater war, bevor er sich als Kaufmann niederließ, in Afrika gewesen. Er war im Zusammenhang mit dem, was er dort getan hatte, sehr reich geworden. Es war klar, daß dieser Reichtum nicht auf legale Weise erworben worden sein konnte, wahrscheinlich war er ein kleiner Baustein dazu gewesen, daß das Land heute nicht in der Lage war, seine Einwohner zu ernähren, die in Scharen an den Mauern der Festung im Süden ankamen. Damals als Kind hat er von diesen Zusammenhängen nichts gewußt. Er hat den Geschichten von Schlangenbeschwörern, von Märchenerzählern und grünen Meerkatzen gelauscht, und sein Vater ist für ihn der stärkste und mutigste Mann auf der Welt gewesen. In einer Anwandlung von Sentimentalität streicht er mit der Hand über das schwarzbraune Holz der Schreibtischplatte. An der Tür, bevor er den Raum verläßt, sieht er sich noch einmal um. In einer Ecke, fast verdeckt durch den gewaltigen Übertopf eines Gummibaums, steht das Fernsehgerät. Er hat es kaum mehr benutzt seit damals, als sie die Sendung über den Wahlsieg der Ethno-Zentristen verfolgt haben. Damals war Lisa zum letzten Mal hier. Lisa – Frank beeilt sich, als er den Mantel überzieht. Seine Studenten sind daran gewöhnt, daß er pünktlich ist. Wenn er sich beeilte, würde er die beiden Studenten vielleicht noch vor der Vorlesung ansprechen können.

Unterwegs, Frank geht wie immer zu Fuß und hält auf halbem Weg an einer kleinen Bäckerei, um zu frühstücken, sieht er Menschen, die ihm ungewöhnlich aggressiv erscheinen. Er beobachtet eine Frau, die aus einem Hauseingang kommt und,

ohne zu zögern oder etwas zu sagen, nach dem Hund tritt, der dort herumschnüffelt. An der Ampel, kurz bevor er die Bäckerei erreicht, stürzen sich auf der gegenüberliegenden Straßenseite zwei Halbwüchsige auf eine Rollstuhlfahrerin. Sie schieben den Rollstuhl der Frau mit lautem Gejohle über die Straße, drehen ihn ein paarmal auf den Hinterrädern herum und lassen ihn los. Es gelingt Frank im letzten Augenblick, den Rollstuhl festzuhalten, bevor er auf die befahrene Straße zurückrollt. Während er seinen Kaffee trinkt und sich von seinem Schrekken erholt, wird ihm bewußt, was ihm so ein großes Entsetzen einflößt: Die Frau hat nicht versucht, sich zu wehren. Sie hat nicht einmal geschrien. Später sieht er durch die Ladenscheibe auf die Straße und überlegt, ob er sich die besondere Aggressivität nur einbildet, weil er noch immer die Bilder zerschlagener Möbel in Lisas Haus im Kopf hat, oder ob sich da draußen wirklich ein Kampf aller gegen alle abspielt. Gegenüber, auf der anderen Straßenseite, steht eine Plakatwand. Vor einem wüstenähnlichen Hintergrund, unter strahlend blauem Himmel, ist ein Schwarzer abgebildet, der eine Krone trägt, im übrigen aber europäisch gekleidet ist. Mit Riesenbuchstaben steht dort:
ZU HAUSE IST ER KÖNIG

Kaum jemand beachtet das Plakat, aber seine Botschaft wird trotzdem in die Köpfe der Menschen einsickern. Eine ältere Frau kommt von der anderen Straßenseite auf den Bäckerladen zu. Frank sieht durch die geschliffene Glasscheibe der Ladentür, daß sie vor den Stufen stehenbleibt und sich unsicher nach allen Seiten umsieht. Schließlich faßt sie die abgewetzte Tasche über ihrer Schulter fester, bevor sie entschlossen die Klinke niederdrückt. Einen Augenblick bleibt sie stehen. Frank wird plötzlich, als habe der Anblick der schäbigen Tasche in den Händen der Frau seine Sinne sensibilisiert, er ist sich der

Wärme, des Duftes der Brötchen und des Kaffees, der die Bäckerei erfüllt, bewußt, und er weiß, weshalb die Frau gekommen ist. Sie geht zwischen den Tischen, an denen Menschen stehen, die frühstücken und Zeitung lesen, hindurch, auf den Ladentisch im Hintergrund zu. Frank versteht nicht, was sie sagt, aber er hört von der Bäckersfrau laut: Das fehlte noch. Er sieht, wie sich einer der Frühstückenden am Nebentisch umdreht und auf die ältere Frau zugeht.

Darf ich mal Ihren Bettelpaß sehen, sagt er halblaut, aber so deutlich, daß jeder im Laden ihn versteht. Alle Zeitungen sinken auf die Tische. Alle Augen sehen hinüber zum Ladentisch.

Aber ich bettle doch gar nicht, sagt die Frau. Ich habe nur nach altem Brot gefragt. Ich wollte doch bezahlen.

Ach ja? Und womit wollten Sie bezahlen?

Der Mann hat nach der Tasche gegriffen, die die Frau in den Händen gehalten hat und jetzt überrascht losläßt.

Er sieht in die Tasche, wendet sie mit der Öffnung zum Boden. Leer, sagt er, kein Portemonnaie, wie?

Er läßt die Tasche auf den Boden fallen.

Frank gibt sich einen Ruck und geht auf den Mann zu.

Hören Sie, sagt er, Sie haben kein Recht, der Frau die Tasche wegzunehmen. Lassen Sie sie in Ruhe.

Der Mann sieht ihn erstaunt an. Noch bevor er in seine Gesäßtasche greift und einen Ausweis herausfingert, weiß Frank, daß er einen Fehler gemacht hat. Man erkennt diese Leute an dem schwarz-roten Abzeichen, das sie am Revers tragen. Er hofft nur, daß er auch eingegriffen hätte, wenn er das Abzeichen früher gesehen hätte.

Bitte, sagt der Mann ruhig, beinahe freundlich, sehen Sie sich meinen Ausweis gern an. Sie können mir glauben, daß wir ein Gespür dafür haben, wer betteln darf und wer nicht. Die hat keinen Bettelpaß, da können Sie sicher sein.

Mit Ekel registriert Frank, daß der Mann ihn durch seine Freundlichkeit zum Spießgesellen machen will. Er wendet sich der Bäckersfrau zu.

Geben Sie ihr ein Brot, ich zahle, sagt er.

Er versucht, laut und selbstbewußt zu sprechen, aber seine Stimme kommt ihm leise und gepreßt vor. Die Bäckersfrau zuckt mit den Schultern und greift hinter sich ins Regal.

Lassen Sie das ruhig liegen, sagt der Mann mit dem schwarzroten Abzeichen, der inzwischen seinen Ausweis zurückgesteckt hat, die kommt mit mir. Sie braucht im Augenblick kein Brot. Er sieht die Frau an und zeigt mit einer Bewegung des Kopfes zur Tür.

Gehn wir, sagt er.

Die Frau sieht von ihm zu Frank. Ihr Gesicht ist vollkommen ausdruckslos. Frank beugt sich zu Boden, nimmt die Tasche auf und reicht sie der Frau, ohne sie anzusehen. Während die beiden den Laden verlassen, geht er zurück zu seinem Tisch. Sein Gesicht brennt vor Scham, so daß er nicht wagt, zu den Nebentischen hinüberzusehen. Erst nachdem er seinen Platz erreicht hat und sich hinter seinem Frühstück wie hinter einer schützenden Barriere zurückziehen kann, blickt er zögernd und wie unabsichtlich zu den anderen hinüber. Niemand sieht ihn an, niemand schüttelt entrüstet den Kopf über seine Feigheit. Man würdigt ihn keines Blickes. Der Vorfall ist schon vergessen. Die Aufmerksamkeit der Lesenden gilt wieder größeren Sensationen, als es die Festnahme einer alten Frau ohne Bettelpaß je sein könnte.

Frank beendet sein Frühstück schneller als sonst, aber auch, als er die Bäckerei verlassen hat und auf dem Weg zur Universität ist, bleibt in ihm eine kleine Scham, ein unangenehmes Gefühl, von dem er weiß, daß es diesen Tag begleiten wird.

Vor dem Vorlesungsraum stehen die Studenten in kleinen Gruppen, die sich bei seinem Anblick sofort auflösen. Während er als einer der letzten den Raum betritt, denkt er, daß er Lust hätte, eine präzise Beschreibung der Veränderungen des Verhaltens der Studenten in den letzten zwanzig Jahren zu geben. Mit einer gewissen Wehmut denkt er zurück an die undisziplinierten, lauten, jungen Leute am Beginn seiner Universitätszeit. Er hat vergessen, wie oft ihn damals deren spontane Fragen und Diskussionsbeiträge in Verlegenheit gebracht haben. Er erinnert sich nur des lebendigen, fröhlichen Chaos, und es bereitet ihm Mühe, jetzt, während er vor den aufmerksamen Gesichtern steht und weiß, daß ihn in den nächsten zwanzig Minuten niemand unterbrechen wird, seine Verachtung für dieses Duckmäuserverhalten in seinen Worten und in seinem Gesicht nicht spürbar werden zu lassen.

Die beiden Studenten, mit denen er sich verabreden will, sind nicht da. Sie kommen, als Frank bereits zehn Minuten referiert hat, und versuchen, ohne zu stören, einen freien Platz zu erreichen. Frank erinnert sich, daß sie auch zu einer der letzten Vorlesungen zu spät gekommen sind, und begreift seine Chance.

Ich warte einen Augenblick, bis die Herren Platz genommen haben, sagt er freundlich. Kommen Sie doch nach der Vorlesung kurz zu mir.

Er findet, daß er sehr überlegt reagiert hat. Nun wird niemand auf die Idee kommen, ihrem Gespräch ein anderes Motiv als das der Rüge wegen des Zuspätkommens zu unterlegen. Erleichtert und wieder ein wenig zufriedener mit sich setzt er seine Rede fort. Den ständig aufmerksamen Mienen seiner Zuhörer kann er nicht entnehmen, ob sie interessiert sind an dem, was er ihnen darzulegen versucht. Er hat schon seit einiger Zeit die Fähigkeit entwickelt, während er spricht, auch andere Gedanken im Kopf zu haben, und jetzt legt er sich zurecht, wie er das Gespräch nach der Vorlesung beginnen will.

Wenn sie auch nur ein bißchen mehr Verstand im Kopf haben als die anderen, dann müssen sie doch Fragen haben, denkt er. Ich werde das herausbekommen und daran anknüpfen.

Als die beiden vor ihm stehen, der Raum ist leer, aber die Tür zum Gang steht offen und ein paar Studenten stehen schon dort und warten auf die nächste Vorlesung, reagieren sie genau so, wie er es gehofft hat.

Sie entschuldigen sich, noch bevor der kleinere von beiden seinem Unmut Luft macht.

Wir haben gearbeitet, sagt er.

Frank erschrickt ein wenig, aber dann begreift er, daß der Satz Vertrauen bedeutet. Seit einiger Zeit ist es den Studenten der älteren Semester nicht mehr erlaubt, neben dem Studium zu arbeiten. Der Plan, die Hochschulen der Eliteausbildung vorzubehalten, wird unter anderem auf diese Weise umgesetzt.

Ich würde Sie gern zu einem ausführlichen Gespräch treffen, antwortet er mit einem Blick auf die Tür. Wollen Sie heute abend zu mir kommen?

Die beiden sehen sich an. Sie sind überrascht, aber sie reagieren nicht ablehnend. Nachdem sie sich durch ein Nicken verständigt haben, spricht wieder der Kleine.

Es wäre uns sehr lieb, wenn Sie zu uns kommen könnten, sagt er. Wir erwarten einen Freund, dem wir nicht absagen möchten.

Vielleicht kommt er auch gar nicht, sagt der andere schnell. Aber es ist besser, wenn wir zu Hause sind.

Gut, sagt Frank, tut mir ganz gut, wenn ich meinen Bau mal verlasse. Geben Sie mir Ihre Adresse.

Später, als der Zettel mit der Adresse in seinem Büro auf dem Schreibtisch vor ihm liegt und er über die so einfach zustande gekommene Verabredung nachdenkt, ist er ganz sicher, in den beiden Verbündete in der schwierigen Sache mit Lisa gefunden zu haben. Er weiß nicht, worauf diese Sicherheit sich eigentlich gründet. Die beiden wirken so praktisch. Ganz anders als er. Oft genug hat Lisa sich darüber lustig gemacht, daß er es nicht einmal geschafft hat, die Möbel und das Haus seiner Eltern zu verändern, geschweige denn deren Lebensweise. Im Grunde lebt er noch immer so, wie seine Eltern es ihm vorgelebt haben. Er hat die Notwendigkeit, seinen Lebensstil zu ändern, nie eingesehen. Er fand immer, daß Zeit auf äußere Dinge zu verwenden einer großen Verschwendung gleichgekommen wäre. Natürlich war mit dieser Lebensweise auf die Dauer eine gewisse Unkenntnis in den praktischen Dingen des Alltags verbunden.

Frank sieht noch einmal auf die Adresse und zieht aus der Schreibtischschublade einen Stadtplan. Der Plan ist ein Abschiedsgeschenk der letzten Sekretärin, die für ihn gearbeitet hat, bevor die Sekretariate für Professoren geschlossen und die Damen in den Schreibpool versetzt wurden. Er ist schon vier Jahre alt, und Frank findet den Stadtteil, aber nicht die Straße, die die beiden ihm aufgeschrieben haben. Er seufzt ein wenig, da er gezwungen sein wird, sich durchzufragen.

Dunkel hat er im Kopf, daß es sich um ein Prestigeobjekt der Allparteien-Koalition handelt und daß er den Namen der Straße kennt, weil er oft in den Zeitungen erwähnt wurde. Er ist sehr skeptisch, aber auch ein wenig neugierig, als er den Stadtplan zusammenlegt. Die Unternehmung wird ihn den ganzen Abend kosten, aber um Lisa zu helfen, würde er sogar mehrere Abende in Stadtteilen herumlaufen, die ihm noch unsympathischer wären als dieser.

Sie haben Talbach die Uhr gelassen. Sie ist jetzt seit zehn Stunden hier. Sie hat nicht geschlafen, denn es gibt keinen Platz für sie, auf den sie sich hätte legen können. Sie kann nicht auf dem Boden sitzen, der mit Kot, Urin und Erbrochenem bedeckt ist. Der Kübel wird nicht geleert. In der Zelle sind zehn Frauen, die sich drei Bettstellen teilen und in Schichten schlafen. Die Frauen sind Kurdinnen. Sie mißtrauen Talbach, soweit sie überhaupt in der Lage sind, auf ihre Anwesenheit zu reagieren. Die meisten sind jung, sechzehn oder siebzehn Jahre alt. Sie sind mit Wunden am ganzen Körper bedeckt, die eigentlich ärztlich versorgt werden müßten, aber jetzt im Dreck vor sich hinfaulen. Der Gestank kommt nicht nur vom Boden, er kommt auch aus den Körpern der Frauen.

Sie lassen uns verfaulen, sagt eine der beiden Älteren irgendwann. Sie spricht deutsch, aber nicht zu Talbach, sondern zu sich selbst. Dann sieht sie doch Talbach an, die neben ihr steht, an die Wand gelehnt und noch immer starr vor Ekel.

Erst vergnügen sie sich mit uns, und dann, wenn nichts mehr dran ist, lassen sie uns verfaulen. Dies ist die Krankenzelle, mußt du wissen.

Es ist das erste Mal, daß jemand mit ihr spricht. Zu Anfang hat sie selbst versucht, etwas zu sagen. Es ist ihr schwergefallen, den Mund zu öffnen, so, als könnte sie dadurch, daß sie ihn geschlossen hielte, verhindern, daß die ekligen Gerüche in sie eindrängen und sie ein Teil des Drecks würde, wie es die, die sie hierhergebracht hatten, planten. Sie hat es trotzdem versucht, aber die Frauen waren zu sehr mit sich selbst beschäftigt und zu mißtrauisch, um zu antworten. Nur aus den wenigen Sätzen, die sie untereinander wechselten, hat Talbach herausgehört, daß sie Kurdinnen sind. Jetzt begreift sie das Mißtrauen. Sie ist die einzige in dieser Krankenstation, die nicht zerschlagen wurde. Weshalb hat man sie in diese Zelle geworfen?

Weshalb bist du hier, fragt die Frau neben Talbach.

Talbach begreift, daß sie diese Frage, die Frage, von deren Beantwortung es abhängt, ob sie in die Gemeinschaft der Frauen aufgenommen wird oder ob sie den Dreck und alles, was sie erwartet, allein ertragen muß, nicht beantworten kann. Sie weiß nicht, weshalb sie hier ist. Die Gründe, die ihr der Offizier genannt hat, können nicht die wirklichen Gründe sein. Soll sie sagen, sie sei hier, weil sie es vorgezogen hat, in ihrem Sommerhaus im Ausland zu wohnen, anstatt zu Hause zu bleiben? Selbst jetzt, da sie das Los der Frauen teilt, in demselben Dreck und Gestank steht wie sie, weiß sie, daß sie bis vor wenigen Stunden ein Leben geführt hat, das mit dem dieser Frauen nicht zu vergleichen ist. Soll sie sagen, sie ist hier, weil sie mit dem Buch, aus dem der Offizier vorgelesen hat, das Schicksal einer Leidensgefährtin der Frauen öffentlich gemacht hat? Ihr ist klar, daß das eine Lüge wäre. Die ganze Welt weiß, daß in dem Land im Süd-Osten der Festung gefoltert wird. Seine Folterknechte sind stolz darauf, den Mächtigen in der Festung Dienste erweisen zu können. Es beunruhigt niemanden, im Gegenteil, man betrachtet es als ein Zeichen von Demokratie, daß einzelne Stimmen gegen die Folter laut werden. Sie ist nicht deswegen hier, das weiß sie genau.

Die Frau neben ihr sieht sie mitleidig an.

Solche wie du werden Probleme kriegen, sagt sie, so, als sei die Situation für sie und die anderen einfacher. Aber Talbach weiß, daß das Elend für die Frauen um sie herum nicht leichter zu ertragen ist, und starr vor Entsetzen preßt sie sich an die feuchte Mauer in ihrem Rücken, noch immer unfähig zu sprechen. Alles, was sie sagen könnte, von Neuer Demokratie, vom Wahlsieg der Ethno-Zentristen vor ein paar Monaten, davon, wie sich Menschen, die sie geschätzt hat, in Speichellecker verwandelten, davon, wie die Vernunft verschwand, sich in einem schleichenden Prozeß unsichtbar machte und die öffentlich über die Medien propagierte Dummheit an ihre Stelle trat, kommt ihr lächerlich vor angesichts der Leiden der Frauen, die mit ihr in der Zelle sind. Sie zwingt sich, als Antwort wenigstens den Kopf zu schütteln.

Macht ihr Platz, sagt die Frau neben ihr später, als die nächste Schlafschicht beendet ist. Da ist Talbach nur noch von dem einzigen Bedürfnis beherrscht, durch die Zelle zu gehen, um sich auf eine Ecke der Pritsche fallenzulassen.

Sie bemerkt nicht, daß der Soldat, der sie herausholt, sie mitleidig ansieht. Sie taumelt vor ihm her – ihre nassen Schuhe hinterlassen stinkende Abdrücke auf dem blanken Belag des Fußbodens – unfähig, Angst zu empfinden, und froh, dem Gestank entkommen zu sein. Als sie ankommen und eine Tür vor ihr geöffnet und hinter ihr wieder geschlossen wird, ist die Angst mit einem Schlag wieder da. Sie spürt sie im ganzen Körper. Beim Anblick des gekachelten Raumes und der Männer, die in den Ecken stehen und sich unterhalten, glaubt sie zu wissen, was ihr bevorsteht. Unfähig, weiter zu gehen, bleibt sie hinter der Tür stehen. Sie sieht die Dusche, die mit weißen Tüchern umwickelten Elektrostäbe, die an der Wand gegenüber der Tür hängen, die gemauerte Pritsche, einem Seziertisch ähnlich. Sie würgt und erbricht sich, während sie unter die Dusche gestoßen wird und kaltes Wasser auf sie herunterstürzt, das den Gestank und das Erbrochene aus ihren Kleidern spült, während die Männer um sie herum lachen und sich die Nase zuhalten.

Später schafft man sie in die leere Zelle, in der sie zu Anfang festgehalten wurde. Da steht jetzt ein Bett mit sauberer Wäsche. Es ist warm, und die Frau, die sie irgendwann, Talbach hat jedes Zeitgefühl verloren, hier heruntergebracht hat, hilft ihr, sich auszuziehen und sich hinzulegen. Sie gibt ihr auch etwas ein. Talbach läßt alles mit sich geschehen. Sie ist vollkommen ohne eigenen Willen, sie denkt nicht, daß ihr gleichgültig ist, was mit ihr geschieht. Es ist ihr gleichgültig.

Irgendwann, man hat ihr die Uhr abgenommen, aber da glaubt sie, daß Tage vergangen sein müssen, liegt sie mit geöffneten Augen auf dem Bett und erkennt vor sich an der Zellenwand das Bild des Todes, das sie in den letzten Monaten im Traum begleitet hat. Es ist ihr vertraut, und sie betrachtet ruhig und mit Interesse die Spitzhacke und die Fahnen zu seinen Füßen. Die rechte Hand auf dem Griff der Sense erscheint ihr zierlich und zärtlich zugleich. Zum erstenmal nach Tagen spürt sie, daß ein leises Gefühl, die Fähigkeit, sich etwas zu wünschen, sich nach etwas zu sehnen, zurückgekommen ist. Mit der ganzen Kraft, die sie aufbieten kann, wünscht sie sich, von einem einzigen Schwung der Sense umgeschlagen zu werden; zu liegen wie Wiesengras, das gemäht wurde und in breiten, ruhigen Reihen auf dem Boden liegt und in der Sonne trocknet. Der Geruch von Wiesengras ist es, der sie weinen macht.

Kaspar, bitte, komm her. Ich schaff es einfach nicht, diesen verflixten Reißverschluß zuzumachen. Hilf mir, bitte.

Schlee, im Abendanzug, einen weißen Schal um den Hals geschlungen, in der Hand ein fast leeres Whiskyglas, erscheint in der Tür des Ankleidezimmers. Er bleibt dort stehen und sieht den Verrenkungen zu, die seine Frau dahinten vor dem Spiegel macht, um ihr Kleid zu schließen.

Das Kleid ist zu eng, meine Liebe, sagt er.

Und du riechst nach Whisky bis hierher. Nun komm schon.

Schlee gibt sich einen Ruck. Es gibt keine Möglichkeit, ohne diese in dunkelroten Samt gepreßte Wurst aus dem Haus zu gehen. Zu diesen offiziellen Premieren geht man neuerdings *en famille.* Am besten also, man bringt die Sache ohne viel Streit hinter sich. Teppich verschluckt seine Schritte, als er zu seiner Frau hinübergeht. Er stellt den Whiskybecher neben dem Spiegel auf eine Glasplatte, trinkt aber vorher den Rest und beginnt, mit der rechten Hand den langen Reißverschluß hochzuziehen, während er mit der linken die Haut zurückhält, die sich immer wieder zwischen die Hälften roten Samts schieben will.

Wie soll ich bloß sitzen, sagt die Frau mit einem Unterton von Verzweiflung.

Schlee hebt die Schultern und läßt sie wieder fallen, was andeuten soll, daß es ihm egal ist, wie sie dieses Problem bewältigt. Wenig später, der Samtschlauch wurde durch ein schwarzes Cape und viel Straß ergänzt, und Schlee hat inzwischen den dritten Whisky getrunken, sitzen beide im Taxi. Sie fahren in die KULTURFABRIK, um der Premiere eines Stückes beizuwohnen, das ein berühmter Regisseur inszeniert hat.

Schlee ist skeptisch. Der Mann gilt als Revolutionär des Theaters. Seine Idee, ein DOSTOJEWSKI-MEDLEY herauszubringen, wird seit Monaten in den Feuilletons begeistert diskutiert. Die Meinungen gehen von *unerhörter Skandal* über *von vornherein zum Scheitern verurteilt* bis *die einzige Möglichkeit, heute überhaupt noch Theater zu machen.* In den letzten Wochen konnte man keine Kantine, kein Restaurant und kein Intendantenbüro mehr betreten, ohne in ein Gespräch über die bevorstehende Theatersensation verwickelt zu werden.

Karten für die Premiere sind seit Monaten nicht mehr zu haben. Sie wurden an Prominente verteilt, die sich nun wegen ihrer Zugehörigkeit zu einer Elite gegenseitig bewundern können, was die Stimmung bei der Aufnahme des Stücks positiv beeinflussen wird. Mit dem Instinkt des Profis aus dem Showgeschäft weiß Schlee, daß der berühmte Regisseur, dessen achtzehnte große Premiere heute bevorsteht, nichts Neues mehr auf die Bühne bringen kann. Er kann das bunte Spektakel, dessentwegen er vor Jahren so berühmt wurde, nicht ins Unendliche vergrößern. Mit dem letzten Stück, dessen zentrale und vom Premierenpublikum bejubelte Idee die übergroße, alles beherrschende Darstellung einer Vagina gewesen war, hatte er noch mal Glück gehabt. Aber jetzt – in der Ära der Neuen Demokratie – waren sexuelle Symbole, die ihre Wirkung niemals verfehlen, nicht mehr besonders beliebt. Die Regierung hatte sich offiziell mit den christlichen Kirchen verbündet. Die Spötter unter den Intellektuellen nannten dieses Bündnis die Anti-Mauren-Koalition. Im Grunde aber wußten alle, daß es notwendig war, in den breiten Massen eine Überzeugung zu verankern, die den Einfluß religiöser Gruppen von außerhalb der Festung unmöglich machte. Schließlich stand die Aufgabe, den Wohlstand der Bevölkerung zu erhalten, bei allen politischen Maßnahmen im Vordergrund. Der Regierung wurde darin freie Hand gelassen. Und nicht an jedem Abschnitt galt die Festung als so gesichert wie am polnischen. Hier hatten das deutsche Geld und die polnische Frömmigkeit sichere Verhältnisse geschaffen. Aber im Süden?

Schlee seufzt – ob vor Mitgefühl mit dem berühmten Kollegen, dessen Stern er sinken sieht, oder vor Mitleid mit der Regierung, deren schwere Aufgabe, die Festung zu sichern, ihm gerade bewußt wird, bleibt unklar.

Während das Taxi auf dem Gelände der Fabrik anhält und er den Fahrer bezahlt, sieht er die Premierengäste auf das Tor der Fabrikhalle zuströmen wie früher die Arbeiter zur Schicht. Die meisten Fabriken sind inzwischen umgewandelt worden in Kinos, Studios, Theater, Ausstellungsräume, Kommunikationszentren, und es werden darin unentwegt Filme gezeigt und Filme hergestellt, es wird Theater gespielt und es werden Kunstwerke ausgestellt. Ein ununterbrochener Menschenstrom, gekleidet in Samt und Straß und Abendanzüge oder in Jeans und Pullover und Cordjacketts, ist so sehr damit beschäftigt, alle seine künstlerischen, kulturellen und kommunikativen Bedürfnisse zu entwickeln und zu befriedigen, daß niemand mehr auf die Idee kommt zu fragen, was eigentlich die gerade tun, die einmal in diesen, heute jeder anspruchsvollen Ästhetik genügenden Hallen gearbeitet haben. Man ahnt es höchstens, und Leute wie Schlee wissen es natürlich. Sie sitzen vor den Fernsehern, trinken ihr Bier und verfolgen, wenn nicht gerade eine Show läuft, mehr oder weniger interessiert und schadenfroh, manche sogar aufgeregt, die Bemühungen der Grenzarmee, Mauerspringer abzufangen, oder den Einsatz von Teilen der Kampfarmee an irgendeinem Ort der Welt, der gerade wieder beruhigt werden muß. Beide, die Grenzarmee und die Kampfarmee, sind Teile des Berufsheeres, das schon vor der Zeit der Neuen Demokratie die alte, saturierte Bundeswehr ersetzt hat. Aber erst jetzt, erst nachdem das Land mit der Neuen Demokratie eine Verfassung bekommen hat, die auf Gemeinschaftssinn setzt, finden die Soldaten die Beachtung und Bewunderung, die ihnen für ihre aufopferungsvolle Arbeit gebührt. *Unsere Jungs* werden sie liebevoll genannt, und obwohl die Oberkommandierenden in ihren Fernsehinterviews großen Wert darauf legen zu betonen, daß Mut und Ausdauer nicht nur die deutschen Soldaten, sondern ebenso die italienischen oder französischen auszeichnen, weiß natürlich jede Frau und jeder Mann, daß wir der harte Kern der Truppe sind.

Im übrigen verbringt ein gewisser Teil der Bevölkerung seine Zeit am Abend weder vor dem Fernsehgerät noch auf irgendwelchen kulturellen Veranstaltungen, sondern im Sportclub. Die Sportclub-Bewegung, die die vom Ausland früher viel belächelte deutsche Vereinsmeierei abgelöst hat, wird hauptsächlich von denen getragen, die aus beruflichen Gründen auf einen trainierten Körper nicht verzichten möchten. Es sind dies nicht wenige, und ihre bekanntesten Persönlichkeiten sitzen seit den letzten Kommunalwahlen in den Gemeindeparlamenten, wo sie der Sportclub-Bewegung Einfluß zu verschaffen suchen. Es wird damit gerechnet, daß eine Ausweitung der Zahl der Tennisplätze und eine – wenn auch vorerst nur geringfügige – Senkung der Aufnahmegebühr in den Golfclubs die ersten sichtbaren Ergebnisse ihrer Wahl sein werden.

Schlee und die glitzernde Frau an seiner Seite reihen sich ein in den Strom des erwartungsvollen Publikums. Das allgemeine Begrüßen beginnt, das Neigen des Kopfes mit freundlichem Lächeln, wenn man gesehen wird, das uninteressiert scheinende Wegsehen, wenn man übersehen wird. Schlee wird oft gegrüßt. Seine neueste Fernsehproduktion, eine Spiel-Show, in der Siebzig- bis Achtzigjährige auf Kühen reiten und die Zuschauer Wetten abschließen können, wer am längsten oben bleibt, hat bei der ersten Ausstrahlung schon magische Einschaltquoten erreicht. Die Nachricht ging am nächsten Morgen durch die Zeitungen und wurde auch im Rundfunk bekanntgegeben. Schon bevor er die Theaterhalle betritt, weiß er, daß der

Abend für ihn ein Erfolg werden wird. Er erkennt den Mann nicht, ja, er sieht ihn nicht einmal, der ihm an einer der improvisierten Bars ein Glas Sekt reicht. Er trinkt, nachdem er einer Kritikerin, die vorn und hinten tief dekolletiert ist und dazu merkwürdigerweise eine Melone auf dem Kopf trägt, freundlich zugenickt hat, sein Glas in einem Zug leer. Nach dem Whisky schmeckt der Sekt widerlich. Eine Art Sirene ertönt. Es soll sich um die gleiche Sirene handeln, die früher die Leute zur Arbeit gerufen hat. Schlee seufzt. Es ist ja auch Arbeit, was da in den nächsten zwei Stunden von ihnen erwartet wird. Er schiebt sich vor seine Frau und drängt wie das Publikum rechts und links neben ihm zu den Plätzen.

Auch jemand, der aufmerksamer als Schlee den Mann hinter der Bar angesehen hätte, wäre wahrscheinlich nicht auf den Gedanken gekommen, in ihm Hartmann zu vermuten. Er, den alle Welt nur in schwarzen Rollkragenpullovern und schwarzen Hosen kannte, trägt, wie die anderen Kellner, einen dunkelgrünen, mit roten Litzen geschmückten Russenkittel. Auf seinem Kopf, tief in der Stirn, sitzt ihm eine langhaarige Fellmütze, deren Zotteln die Augen verdecken. Jetzt, während Hartmann den letzten Gästen nachsieht, die sich im Eingang drängen, die Sirene hat gerade zum drittenmal aufgeheult und die Scheinwerfer erhellen mit unendlicher Langsamkeit auf der ansonsten völlig leeren Bühne einen Roulettetisch, unter dem sich ein Mann in Zuckungen windet, schiebt er die Mütze mit dem Zeigefinger der rechten Hand ein wenig höher. Ihm ist heiß unter der ungewohnten Kopfbedeckung. Vorsichtig tastet er mit dem Fuß nach dem Karton neben den Bierkisten unter der Bar. Vorn wird die Tür zum Zuschauerraum geschlossen. Aus dem Gang, der hinter die Bühne führt, kommt eine Frau, gekleidet wie Hartmann, aber kleiner und zierlicher. Sie bleibt stehen, sieht sich um, winkt vorsichtig zu ihm hinüber und verschwindet wieder. Hartmann bückt sich und entnimmt dem Karton einige Kugeln, die er in die Hosentaschen und in die Taschen seines Kittels steckt. Er verläßt den Platz hinter der Bar und geht hinüber zu dem Gang, in dem die Frau verschwunden ist. Als er sich umsieht, stellt er zufrieden fest, daß die beiden anderen Kellner gerade nach draußen gehen. Er winkt ihnen zu, bleibt stehen und wartet, bis die Stahltür hinter ihnen ins Schloß gefallen ist. Dann geht er schnell weiter und verschwindet hinter der Bühne.

Im Zuschauerraum herrscht atemlose Spannung. Die Scheinwerfer geben jetzt so viel Licht, daß kein Zweifel mehr bestehen kann: Der Mann unter dem Roulettetisch ist Dostojewski: Er windet sich noch immer, stöhnt, die näher an der Bühne Sitzenden glauben die Worte »Anna, Anna« zu vernehmen. Um den sich Windenden herum entwickelt sich ein grüner, geheimnisvoll glänzender Schaum. Plötzlich bleibt der Mann stocksteif liegen. Atemlos gespannt sehen die Zuschauer auf die Bühne. Man ahnt, daß jetzt, schon jetzt, der erste große, morgen in allen Zeitungen bejubelte Höhepunkt der Inszenierung zu sehen sein wird. Sehr zart setzt die Musik ein.

Genial, denkt Schlee, ein sanfter Blues. Das ist nun wirklich genial an dieser Stelle.

Langsam, zuerst zart und dann stärker, beginnt sich im Gleichklang mit der Musik, die lauter und lauter wird, in der Halle ein sonderbarer Geruch auszubreiten. Da schon vor dem Beginn der Premiere gemunkelt worden war, der Regisseur habe die Absicht, bisher noch nicht dagewesene Ressourcen für die Bühne nutzbar zu machen, vermuten die überraschten Zuschauer zuerst einen Regieeinfall. Als aber die Ehrengäste in den ersten Reihen unruhig zu werden beginnen und plötzlich der bekannte Kritiker in der vorderen Loge nicht mehr an sich halten will und laut »unerhörter Skandal« ruft, während er aufspringt und im Hintergrund verschwindet, da beginnt plötzlich einigen zu dämmern, daß da vorn etwas nicht in Ordnung sein könnte. Aber vom ersten Begreifen bis zu dem Entschluß, die Türen zu öffnen und die Halle zu verlassen, vergeht noch eine kleine Zeit, in der der Gestank sich ungehindert ausbreiten kann. Da hat Dostojewski seine Stellung unter dem Roulettetisch längst verlassen und ist keuchend hinter die Bühne getaumelt. Jetzt drängt auch das Publikum zu den beiden Ausgängen.

Nur sehr langsam gelingt es den Menschen, den Zuschauerraum zu verlassen. Niemand bleibt an den Bars stehen, denn auch hierher folgt ihnen der Geruch. Man rennt und schiebt sich nach draußen, bleibt keuchend und aufatmend stehen, beginnt mit tränenden Augen nach mitleidenden Gesichtern, nach seiner Begleitung zu suchen.

Schlee ist unter den ersten, denen es gelungen ist, herauszukommen. Er lehnt an der Mauer, den Schal hat er verloren, und bemüht sich, seinen Atem zu beruhigen. Seine Frau ist noch nicht aufgetaucht. Er nimmt an, daß sie Schwierigkeiten hat, sich in ihrem Futteral energisch genug durchzuboxen, und ist froh, noch einen Augenblick allein bleiben zu können. Langsam beruhigt er sich. Neben ihm stehen zwei junge Männer, in Abendanzügen wie er, denen es offenbar leichter fällt, wieder zu Atem zu kommen.

Ein merkwürdiger Regieeinfall, hört Schlee einen von ihnen sagen. Er starrt sie an. Glauben die das wirklich?

Auf der Straße vor dem Fabrikgelände heulen Polizeisirenen. Blinkende Blaulichter rasen am Zaun entlang, dann sieht man die Wagen auf das Gelände fahren.

Na endlich, denkt Schlee.

Er sieht Polizisten vor der Ausfahrt eine Kette bilden. Sie werden keine Maus mehr hinauslassen, ohne sie gründlich überprüft zu haben. Unwillkürlich strafft sich Schlees Körper. Da kommt ja auch seine Frau. Sie sieht ein bißchen ramponiert aus, die Gute. Das Cape ist ihr anscheinend abhanden gekommen, und am linken Ohr fehlt der Ohrring. Die Märzluft ist warm, aber Schlee zieht die Jacke seines Abendanzugs aus und geht ihr entgegen. In den von allen Seiten aufflammenden Scheinwerfern leuchten ihre nackten Oberarme wie überdimensionale Weißwürste, und Schlee fühlt sich nicht gern an sein Alter erinnert, auch nicht durch die Oberarme seiner Frau. Energisch legt er ihr die Jacke um die Schultern. Dabei sieht er, schon wieder lächelnd, den Regisseur an, der neben seiner Frau aufgetaucht ist und vollkommen fassungslos aussieht.

Nur Mut, mein Lieber, sagt er. Denken Sie doch an die Reklame. Aber der Mann hört ihm offenbar nicht zu.

What a pity, hört Schlee ihn murmeln, bevor er mit abwesendem Blick auf die Polizeikette zugeht.

Hartmann, der seine Verkleidung hinter der Bühne in einem unbeobachteten Augenblick ausgezogen hat, ist inzwischen in einer Nebenstraße hinter dem Fabrikgelände angekommen. Er entfernt sich, so schnell er kann, ohne aufzufallen.

Es ist schon Abend, als Frank sich auf den Weg macht. Den ganzen Tag über ist die Luft ungewöhnlich weich und warm gewesen, immerhin ist es erst März, und Frühlingstage um diese Jahreszeit sind nicht eben häufig. Auch jetzt ist in der Luft noch etwas von dem vergangenen Tag zu spüren. Manche Autofahrer haben die Fenster ihrer Wagen heruntergekurbelt und den Arm lässig auf den Fensterrahmen gelegt. An den Ampeln in den Warteschlangen ist Musik aus aufgedrehten Radios zu hören, und es gibt Mädchen, die schon in weiten Röcken und ohne Strümpfe herumlaufen. Der lange Winter ist endgültig vorbei, jedenfalls scheint es Frank jetzt so, und unwillkürlich überträgt sich die optimistische Stimmung, die eigentlich dem Wetter und der Jahreszeit gilt, auf das, was er vorhat. Er wird, gemeinsam mit den Studenten, einen Plan zur Befreiung Lisas aus wessen Händen auch immer entwerfen. Sie werden den unerhörten Vorfall, daß eine bekannte Schriftstellerin entführt und ihre Einrichtung zerschlagen wurde, in der Öffentlichkeit bekanntmachen. Es wird Proteste geben, Entschuldigungen, und Lisa wird zurückkommen. Auch die Polizeikontrolle, in die er am Zentralbahnhof gerät, vermag seine zuversichtliche Stimmung nicht zu zerstören. Schließlich sind Polizeikontrollen nicht ungewöhnlich.

Belustigt beobachtet er, während er mit anderen Bahnbenutzern in einer Reihe vor der Treppe zum Bahnsteig steht und darauf wartet, mit dem Suchgerät abgetastet zu werden, wie lustlos die Polizistinnen ihre Arbeit verrichten. Er versucht, mit der Frau, die mit dem Detektor an ihm entlangfährt, ein Gespräch anzuknüpfen.

Gibt's etwas Besonderes?

Er fragt freundlich lächelnd, aber die Frau würdigt ihn keiner Antwort. Sie wendet sich von ihm ab und winkt mit einer Bewegung des Kopfes den Mann hinter ihm heran. Ihre Mütze ist wohl ein wenig zu groß, denn sie rutscht ihr dabei über das Gesicht. Während sie die Mütze unwirsch zurück auf den Kopf schiebt und Frank sie dabei beobachtet, stellt er fest, daß die Frau noch sehr jung ist.

Achtzehn, denkt er, während er weitergeht.

Vor ihm auf der elektronischen Anzeigetafel an der Stirnwand der Bahnhofshalle erscheint eine neue Schrift. Sie wäre Frank nicht aufgefallen, wenn nicht gleichzeitig die Musik zu hören gewesen wäre, die seit einigen Wochen im Radio besondere Verlautbarungen ankündigt, eine aufdringliche Fanfare aus einem ihm nicht bekannten Stück, vielleicht extra zum Zweck der Ankündigung von Sondermeldungen komponiert. Frank bleibt stehen wie ein paar andere hinter und neben ihm. Was sie lesen, ist eine Suchmeldung. Gesucht wird ein Mann, dessen Personenbeschreibung allerdings auf viele zutreffen könnte: mittelgroß, schlank, dunkles Haar, etwa fünfunddreißig Jahre alt, in schwarzen Jeans und schwarzem Rollkragenpullover. Der Mann ist ein Terrorist, der sich versuchen wird zu verstecken. Nicht festnehmen, da Lebensgefahr. Die nächste Polizeidienststelle benachrichtigen, aber nicht aus den Augen verlieren. Gruppenobservation.

Gruppenobservation ist eine Art Spiel, das in den Sportclubs geübt wird. Frank hat davon gehört. Mehrere Menschen teilen sich die Beobachtung eines Verdächtigen, ohne daß der etwas davon bemerkt.

Anscheinend handelt es sich um eine wichtige Sache, sonst würden sie die Anzeigetafel nicht dafür benutzen, denkt Frank. Er geht die Treppe zum Bahnsteig hinunter. Als er merkt, daß er die Männer auf dem Bahnsteig mustert, um festzustellen, ob der Gesuchte unter ihnen ist, ruft er sich zur Ordnung. Aber die Erkenntnis, daß die Machthaber auch ihn beeinflussen können, stört seine gute Laune. Fast tut es ihm leid, aus dem Haus gegangen zu sein.

Die Bahn fährt ein Stück durch eine verlassene Industrielandschaft. In einigen Fabrikhöfen sind Tennisplätze gebaut worden. Über zwei oder drei renovierten Backsteinbauten aus der Gründerzeit hat man das Emblem der Sportclub-Bewegung in Leuchtbuchstaben angebracht. Die Scheinwerfer am Rand der Tennisplätze und das grüne Licht der Leuchtschrift sind die einzigen Zeichen von Leben, die in der Dämmerung zu erkennen sind. Dann, nachdem der Zug das Industriegebiet verlassen hat, fährt er eine längere Zeit durch unbebautes Land. Weit hinten am Horizont sind die Lichter der Hochhäuser einer Vorstadt zu erkennen. Erst kurz bevor Frank den Bahnhof erreicht, an dem er aussteigen will, belebt sich die Gegend wieder. Straßen und niedrige Häuser sind zu erkennen, dazwischen glänzt Wasser. Während er die Bahnhofstreppe hinuntergeht, erinnert er sich, daß die Felder, auf denen dieser Teil der Stadt gebaut wurde, zuerst entwässert werden mußten. Man hat damals Gräben gezogen, die später, in der Phase der Schönfärberei, als man Giftmüllanlagen zu Entsorgungsparks umbenannte, als Grachten bezeichnet wurden.

Unten an der Treppe steht eine Truppe der Freiwilligen Polizeireserve, Männer und Frauen in schwarzen Uniformen, ausgerüstet mit Pistolen, Schlagstöcken und Handschellen. In jedem Wohnviertel gibt es so eine Truppe, die sich aus den dort Wohnenden rekrutiert. Der Vorteil, daß die Leute einander kennen, hat sich schon bei vielen Einsätzen bezahlt gemacht. Fremde haben es schwer, sich dort zu verstecken, wo man sie als Fremde sofort erkennt. Frank, der diesen Stadtteil noch niemals betreten hat, wird entsprechend gründlich durchsucht. Er weigert sich nicht, seinen Ausweis zu zeigen, obwohl er innerlich empört ist über die Art, in der die Uniformierten mit ihm umgehen. Während er wartet, daß irgendeine Zentrale bestätigt, seine Papiere seien in Ordnung, verlassen zwei Frauen mit Kindern unbehelligt den Bahnhof. Auch ein junger Mann verläßt das Gelände, ohne kontrolliert worden zu sein. Offensichtlich kennen die Bewacher ihn. Schließlich bekommt er wortlos seinen Ausweis zurück.

Er verläßt den Bahnhof, ohne sich nach der Straße zu erkundigen, die er sucht, nicht, weil er, was ja durchaus naheliegen könnte, die Studenten nicht gefährden will, sondern weil er es nicht fertigbringt, mit diesen Leuten ein Wort zu wechseln. Er ist so empört, daß er eine Weile durch die Gegend trottet, ohne nach den Straßennamen zu sehen oder den Versuch zu machen, sich zu orientieren. Schließlich wird ihm bewußt, daß er ziellos herumläuft. Er bleibt stehen und sieht sich um. Niemand folgt ihm. Es ist dunkel geworden. Die Straße wird von geschwungenen Laternen matt beleuchtet. Er beginnt seine Umgebung genauer zu betrachten. Soweit er bei dem trüben Licht erkennen kann, handelt es sich um eine Gegend, in der Einfamilienhäuser stehen. Langsam geht er weiter und betrachtet verwundert die Ansammlung architektonischer Scheußlichkeiten, die sich ähneln wie Hühner derselben Rasse und trotzdem nur von einem einzigen Willen beseelt zu sein scheinen: sich im Aussehen zu unterscheiden und zu übertreffen. Fasziniert wandert Frank an den Fronten der Häuser entlang, betrachtet die auf engen Grundstücken nebeneinander aufgereihten Konstruktionen, die Bauernhäusern, Stadtvillen, Einfamilienhäusern, Siedlungshäusern, Bürgerhäusern, Kleinbürgerhäusern nachempfunden sind. Nichts ist echt an dieser Ansammlung von Steinen, nicht einmal die Blumen, die zu Kränzen, zu Sträußen, zu Bündeln, zu Bildern zusammengefügt wurden und abwechselnd an Fenstern, Türen, Gartenpforten und Garagentoren hängen. Frank spürt die Angst, die hinter diesen Fenstern nistet. Angst davor, die Arbeit zu verlieren und die Raten für das Haus nicht mehr bezahlen zu können; Angst davor, den Kindern die Kleider mit den teuren Markenzeichen nicht mehr kaufen zu können, Angst davor, daß die Trunksucht des Mannes oder der Frau öffentlich wird, der Streit mit den Nachbarn sich ausweitet, die Kinder in der Schule versagen. Und plötzlich kommt ihm die Truppe der Freiwilligen Polizeireserve am Bahnhof vor wie die ganz natürliche Verteidigungsarmee der Menschen hier, die Angst haben, ihre mühsam errichtete Wohlstandskulisse von Fremden einreißen zu lassen. Die Volksgemeinschaft ist hohl, sie steht auf tönernen Füßen, und in ihrem Innern sitzt die Angst. Nichts wäre hinderlicher als Solidarität, denn dazu wäre nötig, den Nachbarn und den Fremden über den Zaun und hinter die Fenster sehen zu lassen. Und das ganze Elend würde sichtbar werden.

Eher zufällig findet Frank die Straße, die er sucht. Er geht über eine Brücke und sieht hoch, als er das Straßenschild entdeckt. Die Straße liegt an einem schmalen Wasserlauf und ist nur auf der rechten Seite bebaut. Jenseits des Grabens scheinen Felder zu liegen. Er hat den Geruch von gepflügter Erde in der Nase, der ihm plötzlich nach der Ansammlung von Künstlichkeiten, durch die er hindurchgegangen ist, wie ein kleines Glück vorkommt. Die Hausnummer, die er sucht, findet er am Ende der Straße. Das Haus ist dunkel bis auf einen dünnen Schein hinter einem der oberen Fenster. Im Licht der letzten Straßenlaterne, die vor dem Nachbarhaus steht, ist zu erkennen, daß das Haus ein Grasdach hat. Es gibt keinen Zaun, sondern nur einen niedrigen Wall aus Feldsteinen. Eine hölzerne Treppe, drei Stufen hoch, führt zur Haustür. Über der Haustür hängt eine Lampe, die nicht brennt. Frank tastet nach einer Klingel, findet nichts und klopft gegen das Holz. Schneller, als er erwartet hat, wird geöffnet und hinter ihm wieder geschlossen.

Der Flur, in dem er steht, wird nur von oben notdürftig beleuchtet, von einer Lampe, deren Licht aus dem ersten Stock kommt. Er macht ein paar Schritte, stolpert über ein Paar Turnschuhe und bleibt stehen.

Ich geh vor, sagt die junge Frau, die ihn eingelassen hat. Sie steigt vor ihm die Treppe hinauf. Frank ist sicher, daß er sie nicht kennt. Er folgt ihr, unschlüssig, ob er die Anwesenheit dieser Frau und womöglich noch anderer Leute positiv sehen soll oder nicht. Jedenfalls scheint das Treffen anders zu verlaufen, als er es sich vorgestellt hat. Aber dann spürt er, daß er den beiden Studenten noch immer vertraut. Als er den oberen Flur erreicht, ist er gelassen und aufmerksam.

Die Frau geht voran in ein Zimmer, dessen Tür offen steht. Auch in dem Zimmer brennt kein Licht. Der dünne Lichtschein, den er von unten gesehen hat, ist anscheinend von der Flurlampe ausgegangen. Im Halbdunkel erkennt er die Studenten und eine weitere Person, die er ungläubig ansieht. Es ist Hartmann.

Er bleibt stehen und starrt ihn an, bis die Frau ihn am Ärmel beiseite zieht.

Einer der Studenten, wieder der Kleine, dessen blonden Lockenkopf Frank jetzt zum erstenmal bemerkt, weil das Flurlicht ihn mit einem Heiligenschein umgibt, kommt auf ihn zu.

Wenn Sie einen Augenblick warten würden, bitte, setzen Sie sich doch, wir haben etwas zu besprechen. Es dauert nicht lange.

Ich will nicht stören, sagt Frank.

Er wendet sich zur Tür, so, als könne er hinausgehen und alles wäre wie vorher, als hätte er Hartmann nicht gesehen, als sei nichts geschehen, als sei er niemals in diesem Haus gewesen.

Die Frau stellt sich ihm in den Weg, faßt leicht seinen Arm und schiebt ihn zu einem Sessel neben der Tür. Einen Moment noch, sagt sie.

Ihre Stimme ist sanft wie ihre Bewegungen, und Frank scheint es plötzlich, als gehöre er hierher. Widerspruchslos setzt er sich und lehnt sich zurück. Er hat das Gefühl, angekommen zu sein. Er versucht, dieses Gefühl zu ergründen, aber es gelingt ihm nicht. Den Kopf an die Wand hinter dem Sessel gelehnt, die Augen geschlossen, beginnt er, dem Gespräch der anderen zuzuhören.

Er hätte nicht hierherkommen sollen, sagt die Frau. Ihre Stimme ist noch immer sanft, aber sie hat einen entschlossenen Unterton.

Es gab nirgends Kontrollen, sagt Hartmann. So schnell sind sie nicht. Es war sicher ein Zufall, daß der Polizeiwagen vor meiner Wohnung stand. Hätte ich reingehen sollen?

Wieso nicht, sagt die Frau. Du hattest doch nichts zu verbergen, oder?

Laß ihn in Ruhe, Tina. Das Problem ist nicht, daß er hierhergekommen ist, sondern daß er zu feige war, die Sippschaft hochgehen zu lassen. Stinkbomben, mein Gott. Was glaubst du denn, wo du bist? Du hast die ganze Bande in der ersten Reihe vor dir, kein Mensch beobachtet dich, und du Idiot schmeißt Stinkbomben!

Der größere der beiden Studenten, der schlanker ist und dessen Augen tief in den Höhlen liegen, jedenfalls jetzt, im Halbdunkel, steht auf und geht ans Fenster. Er sieht hinaus, beugt sich dabei ein wenig vor, als versuche er, etwas genauer zu erkennen, und kommt zurück an seinen Platz.

Sieht aus, als ob ihm wirklich niemand gefolgt ist, sagt er, während er sich setzt.

Frank erinnert sich an die leeren Straßen, durch die er gegangen ist. Er beugt sich vor.

Bestimmt nicht, sagt er, aber niemand beachtet ihn. Ein wenig beschämt lehnt er sich wieder zurück und beschließt, von jetzt an zu schweigen. Mit zurückgelehntem Kopf betrachtet er Hartmann. Er hat sein Foto früher ein paarmal in den Zeitungen gesehen. Damals gehörte Hartmann zu einer Gruppe junger Lyriker, die mit Auftritten an ungewöhnlichen Orten versuchten, ihr Publikum zu gewinnen. An einer dieser Veranstaltungen hatte er gemeinsam mit Lisa teilgenommen. Er erinnert sich, daß ihm Hartmanns Texte gut gefallen haben, obwohl sie ziemlich unverständlich waren, so daß er damals sicher war, dieser junge Mann würde kaum Leser finden. Die Stellung, in der Hartmann seine Texte vortrug, er hing an Hosenträgern in einem blühenden Pflaumenbaum und wurde von einem rosa Scheinwerfer angestrahlt, hatte ein übriges getan, um ihm die Veranstaltung absurd erscheinen zu lassen.

Mit dem strahlenden Jungen im Baum hat Hartmann auch jetzt noch Ähnlichkeit, stellt Frank mit Verwunderung fest. Obwohl er doch seit Monaten untergetaucht leben muß, wirkt er weder ängstlich noch nervös. Frank vergleicht sein Verhalten mit dem der anderen. Plötzlich kommt es ihm so vor, als sei die Szene, die sich vor seinen Augen abspielt, gar nicht wirklich. Auch die Frau und die beiden Studenten wirken ruhig und ausgeglichen. Ihre leisen Stimmen scheinen ihm zärtlich zu sein. Sie haben sich darauf geeinigt, Hartmann nicht länger zu kritisieren. Aufmerksam, aber auch belustigt fragen sie ihn nach den Einzelheiten seiner Aktion.

Als Hartmann ihnen sagt, daß eine zweite Person, eine Frau, an der Sache beteiligt war, überlegen sie besorgt, ob es ihr wohl gelungen ist, rechtzeitig das Gelände zu verlassen. Eine weiche, rücksichtsvolle Stimmung erfüllt das Zimmer.

Traumtänzer, denkt Frank, sie sind ja Traumtänzer.

Die Erkenntnis trifft ihn wie ein kleiner Schlag. Wieder hat er das verwüstete Talbachsche Haus vor Augen. Man hat Lisa verschleppt. Er weiß nicht, wohin er sich wenden soll, um herauszufinden, wie man ihr helfen kann. Und er erwartet Hilfe von diesen Traumtänzern.

Wie zur Bestätigung seiner Überlegungen steht die junge Frau, Tina, auf und verkündet leise, sie werde jetzt einen Tee machen, und danach würden sie sich dem Problem des Professors zuwenden. Sie verläßt den Raum. Frank hört sie die Treppe hinunterhuschen und von unten das Geräusch des in einen Kessel polternden Wassers. Im Zimmer bleibt es einen Augenblick still.

Ich bin befreundet mit einer Kollegin von Ihnen, sagt Frank in die Stille hinein. Lisa Talbach, Sie kennen sie sicher.

In Hartmann geht eine merkwürdige Veränderung vor. Er lehnt sich in seinem Sitz zurück, umklammert dabei die Armlehnen und beugt den Oberkörper ein wenig zur Seite, so, als wolle er einem Angriff ausweichen.

Ja, ja, sagt er, manche haben eben Erfolg und andere nicht. Ich finde nicht, daß das über die Qualität etwas aussagt.

Frank spürt, daß er mit Lisas Erwähnung einen empfindlichen Punkt bei Hartmann getroffen hat, aber er fühlt sich nicht unbehaglich. Ihm scheint, daß er in dieser rücksichtsvollen Atmosphäre gar nichts falsch machen kann. Vermutlich werden sie ihm bei seinem Problem nicht helfen können. Aber sie geben ihm schon jetzt das Gefühl, nicht allein zu sein, und er ist ihnen dankbar dafür.

Ich mag Ihre Gedichte, sagt er zu Hartmann, und seine Bemerkung kommt ihm gleichzeitig richtig und absurd vor, so wie die Situation, in der er sich befindet, ihm richtig vorkommt, weil er sich wohlfühlt, und absurd, weil er ahnt, daß man ihm nicht helfen wird und er den Weg hierher umsonst gemacht hat.

Die Frau muß sich bemüht haben, die Treppe besonders leise heraufzukommen, denn sie steht plötzlich in der Tür, ein Tablett mit fünf Bechern in den Händen haltend.

Sie balanciert das Tablett auf dem linken Unterarm, während sie mit der rechten neben der Tür von außen an der Wand entlangtastet, den Lichtschalter findet und das Licht ausmacht.

Kann sein, da draußen rührt sich was, sagt sie, während sie ins Zimmer kommt und das Tablett neben der Tür auf dem Fußboden abstellt. Mit schnellen Schritten durchquert sie das Zimmer und stellt sich seitlich neben den Vorhang, um hinauszusehen.

Jetzt sehe ich nichts, sagt sie, nachdem sie einen Augenblick dort gestanden hat. Aber eben in der Küche dachte ich, ich hätte einen von ihnen am Graben gesehen.

Etwas in ihrer Stimme überzeugt die anderen, daß sie wirklich jemanden gesehen haben könnte. Alle stehen auf, auch Frank verläßt seinen Sessel, und stellen sich neben sie an den Vorhang. Vor ihnen liegt das Feld, daneben die Straße und ein Stück des Grabens, der in der Nähe des Hauses einen Knick macht und von diesem Fenster aus nicht weiter zu sehen ist. Spärliches Licht fällt auf das kurze Stück Uferböschung, das sie erkennen können. Das Wasser glitzert ein wenig, wenn Wind es bewegt. In den jungen, noch kahlen Büschen bewegt sich niemand. Auch die Straße ist leer.

Frank starrt wie die anderen auf die Büsche da unten. Er sieht keine Bewegung, nichts Ungewöhnliches, nur Dunkelheit und eine Andeutung von tiefen Furchen hinter dem Haus, die sich in der Dunkelheit auflösen.

Ich hab mich getäuscht, sagt die Frau.

Sie hören den leisen Zweifel in ihrer Stimme. Aber als sie sich umwendet und durch das Zimmer geht, um das Tablett vom Boden aufzunehmen, wenden sich auch die anderen vom Fenster ab und gehen ihr nach. Sie nehmen sich einen Becher und setzen sich wieder hin.

Sie sind wegen Ihrer Freundin hier, stimmt's? fragt die Frau. Ich vermute, sie meldet sich nicht mehr, oder?

Woher wissen Sie, daß sie nicht hier ist, fragt Frank zurück.

Das ist nicht schwer für mich, antwortet die Frau. Ich kenne Ihre Freundin. Ich hab mal ein paar Wochen in demselben Haus gewohnt. Und außerdem steht sie auf der Liste.

Was für eine Liste?

Frank ist verwirrt. Plötzlich kommt er sich wieder wie ein Außenseiter vor. Seine Anwesenheit hier erscheint ihm lächerlich. Er bemüht sich, dieses Gefühl zu unterdrücken. Es erinnert ihn an irgend etwas Unangenehmes, dem er jetzt nicht nachgehen möchte.

Er liest keine Zeitungen, sagt der Blonde entschuldigend.

Keine Tageszeitungen, sagt Frank, der an den Stapel Fachzeitschriften denkt, den er jeden Monat zu bewältigen hat.

Die Regierung hat vor ein paar Wochen eine Liste mit Namen von Leuten veröffentlicht, die nach dem Wahlsieg der Ethnos das Land verlassen haben und jetzt angeblich planen zurückzukommen. Ihre Freundin war auch dabei.

Davon hat sie nichts gesagt, als ich sie vor zwei Monaten besucht habe.

Das glauben wir Ihnen, sagt Hartmann. Wir halten diese Liste für eine Propagandalüge. Man will den Leuten weismachen, daß auch die Zögernden jetzt endlich überzeugt sind von der Großartigkeit dieses Ladens.

Glauben Sie, daß das noch nötig ist?

Frank denkt an die Szene am Vormittag, die unverhohlene Zustimmung der Leute bei der Festnahme der Bettlerin, die leuchtenden Augen der Studenten, wenn sie über Sportcamps sprechen.

Was weiß ich, antwortet Hartmann.

Lisa Talbach ist seit Oktober auf Mallorca, sagt Frank. Im Januar habe ich sie dort besucht. Sie hat gearbeitet und wollte nicht mit mir zurückkommen. Ich bin angerufen worden. Man hat ihr Haus zerstört, die Einrichtung, meine ich. Und sie ist verschwunden. Ich fühle mich – er unterbricht sich. Er hat sagen wollen, ich fühle mich verpflichtet, ihr zu helfen, aber die Worte kommen ihm falsch vor.

Ich weiß nicht, was ich tun soll, sagt er schließlich. Ich bin sicher, daß man ihr helfen muß, sie suchen, sie da rausholen, wo man sie hingebracht hat. Aber ich weiß nicht, wie ich das anstellen soll. Ich lese zwar keine Zeitungen mehr, aber ich weiß natürlich trotzdem, was los ist. In gewisser Weise jedenfalls, setzt er hinzu, denn er möchte seine Zuhörer unbedingt davon überzeugen, daß er nicht so naiv ist, wie sie vielleicht glauben.

Ich glaube nicht, daß wir Ihnen helfen können, sagt Tina nüchtern. Was sollten wir tun? Hinfahren und sie suchen? Das würde wohl kaum etwas bringen. Da ist es schon besser, Sie fahren selbst. Bringt also offensichtlich nichts, wenn man abhaut, setzt sie nach einer kleinen Pause nachdenklich hinzu.

Frank glaubt, so etwas wie Feindschaft aus ihren Worten herauszuhören. Er spürt Ärger über ihre Anwesenheit. Schließlich ist er nicht mit dieser Frau und auch nicht mit Hartmann verabredet. Als er spricht, wendet er sich deshalb den beiden Studenten zu, die ihm gegenübersitzen. Er ahnt ihre Gesichter mehr, als daß er sie erkennen kann. Nur ihre weißlichen Turnschuhe sieht er deutlich auf dem Fußboden aufliegen. Die einzige Helligkeit, die jetzt noch das Zimmer erreicht, ist der Schein einer Straßenlaterne, die zu weit entfernt ist, als daß ihr Licht ausreichen könnte, um die Menschen im Zimmer deutlich sichtbar werden zu lassen. Als er beginnt zu sprechen, kommt es Frank so vor, als spreche er zu den Turnschuhen.

Ich wollte nicht, daß Sie etwas tun, sagt er. Ich dachte, Sie könnten mir einen Rat geben. Ich habe daran gedacht, den Schriftstellerverband zu benachrichtigen; oder besser den PEN? Das ist doch ein internationaler Club. Die Zeitungen werden keine Suchmeldung drucken. Und mit diesen Such-Dienststellen möchte ich lieber nichts zu tun haben. Außerdem ist die Sache im Ausland passiert, Europa zwar, aber immerhin Ausland. Ich weiß nicht mal, ob die für so was zuständig sind.

Ausland, das ginge vielleicht, hört er die Stimme des Blonden. Man müßte eine Möglichkeit finden, die Zeitungen im Ausland zu informieren. Ich hab zwar noch nichts von ihr gelesen, aber der Name ist doch auch im Ausland bekannt. Wenn die eine Kampagne machen – Sie meinen außerhalb der Festung?

Frank ist sofort davon überzeugt, daß der Blonde eine richtige Idee hat. Weshalb ist er nicht selbst darauf gekommen? Sie werden das Ausland informieren. Von draußen ist ein kleines Geräusch zu hören, wie der Schlag eines Kieselsteins gegen eine Fensterscheibe. Vielleicht hat im Nachbarhaus jemand seinen Schlüssel vergessen und macht sich bemerkbar.

Und wie machen wir das, fragt er, plötzlich überzeugt davon, daß die jungen Leute um ihn herum täglich Auslandskontakte haben, geheime Funkwege benutzen, Kuriere, oder was man in solchen Situationen sonst noch für Möglichkeiten hat. Er sieht vor sich die riesigen Schlagzeilen amerikanischer Zeitungen: DEUTSCHE SCHRIFTSTELLERIN VERSCHWUNDEN. FRAGEN AN DIE REGIERUNG. Geradezu unternehmungslustig sieht er auf. Merkwürdig, irgend etwas hat sich im Zimmer verändert, obwohl nichts geschehen ist. Niemand ist aufgestanden. Keiner hat den Raum verlassen. Alle sitzen unverändert auf ihren Plätzen. Er hört Hartmann rechts neben dem Fenster atmen. Anscheinend überlegen sie, bevor sie ihm antworten. Er lehnt sich zurück. Und dann weiß er, was sich verändert hat. Die Turnschuhe sind verschwunden. Im Zimmer ist es vollkommen dunkel. Kein Nachbar ist nach Hause gekommen, sondern jemand hat mit einem Stein die Laterne ausgeworfen. Sie sind da. Sie sind da draußen auf dem Feld.

Der Club, den die Richterin am liebsten besucht, liegt in einer Seitenstraße, nur fünf Minuten Fußweg vom Gericht entfernt. Schon der Weg dahin ist erfüllt mit Vorfreude, Sehnsucht nach der heißen Luft der Sauna, nach der Entspannung, der wunderbaren Massage. Sie hat keine Lust, sich diese Vorfreude durch die schlechte Laune oder durch dumme Bemerkungen des Fahrers nehmen zu lassen. Denn ganz so unabhängig von seinen Bemerkungen, wie er hoffentlich glaubt, ist sie nicht. Sie weiß sehr wohl, daß zwischen ihr und dem Fahrer ein wütender Zweikampf ausgefochten wird. Er, der es unter seiner Würde findet, eine Frau zu fahren, versucht, ihr das Leben schwerzumachen. Sie weiß, daß auch nur die geringste Schwäche, das geringste Anzeichen, daß sie ihn, außer in seiner Funktion als Fahrer, überhaupt wahrnimmt, sie in seinen Augen endgültig herabsetzen würde. Daß sie ihn durchschaut, amüsiert sie und läßt sie das Spiel leicht ertragen. Aber zu bestimmten Zeiten, und dazu gehört auch der Weg in den Club, ist sie des Spiels überdrüssig.

Sie hat die Robe in den Schrank gehängt, geht zum Schreibtisch und ruft die Fahrbereitschaft an. Während sie wartet, daß der Hörer abgenommen wird, denkt sie an den Mann, der sie bei ihrem letzten Besuch im Club bedient hat, und spürt, wie ihre Brustwarzen sich aufrichten und den Stoff des zu engen Büstenhalters berühren. Sie seufzt, weil sie das Gefühl als angenehm empfindet.

Sagen Sie, bitte, Herrn Schmidtlein, daß ich ihn heute nicht mehr brauche, sagt sie, legt den Hörer auf und wendet sich zum Gehen. Sie ist schon an der Tür, als das Telefon läutet. Einen Augenblick überlegt sie, ob sie einfach verschwinden soll, aber dann entschließt sie sich, doch zurückzugehen.

Gut, daß Sie noch da sind.

Sie hört die Stimme des Oberstaatsanwalts, und ihr ist klar, daß sie wahrscheinlich auf den Club verzichten wird. Sie macht einen kleinen Versuch, das Unheil abzuwenden.

Eigentlich nicht, sagt sie, ich war schon in der Tür.

Ich weiß, ich wäre auch lieber schon weggewesen. Eine sehr dumme Sache, die uns da gerade ins Haus geschneit ist. Offensichtlich sind ein paar Polizisten die Pferde durchgegangen. Es hat Tote gegeben. Es ist mir lieber, wir gehen den offiziellen Weg. Rechtsstaat und so.

Polizisten oder Leuten von der Freiwilligen Polizeireserve? fragt die Richterin. Sie ist jetzt schon ganz konzentriert.

Polizisten, leider, oder Gott sei Dank, wie man's nimmt, hört sie den Staatsanwalt philosophieren, wobei seine Stimme inzwischen erleichtert klingt. Er ist die Geschichte erst mal los.

Also, wir schicken Ihnen die Männer rüber, erste Vernehmung, wahrscheinlich ja wohl kein Haftbefehl, nehme ich an?

Das wird sich ergeben, sagt die Richterin: Wann sind Sie soweit?

Jetzt gleich, in fünf Minuten sind die drüben. Also dann, trotzdem einen schönen Feierabend.

Der Hörer wird aufgelegt, bevor sie sich für die guten Wünsche bedanken kann. Es bleibt ihr nichts anderes übrig, als ebenfalls aufzulegen und zu warten, bis an ihre Tür geklopft wird. Sie verbringt die Zeit des Wartens damit, aus dem Fenster in den Innenhof des Gerichtsgebäudes zu sehen. Der Hof ist leer bis auf eine Möwe, die sich an einem aus Draht geflochtenen Papierkorb zu schaffen macht. Von oben sieht es aus, als führe sie einen Tanz auf. Dann fährt ein Mannschaftswagen der Polizei durch die Toreinfahrt. Sie versucht, unter den Polizisten, die aussteigen, die drei auszumachen, die sie gleich vernehmen wird, aber es laufen da unten mit einemmal mindestens zehn Polizisten herum, alle in Uniform. Schließlich setzt sie sich hinter den Schreibtisch und wartet, steht noch einmal auf, öffnet den Schrank und sieht in den Spiegel an der Innenseite der Tür. Ihre Haare sind strähnig. Sie schiebt sie hinter die Ohren und hofft, daß sie dort bleiben werden. Der Kragen ihrer Bluse ist nicht mehr ganz sauber. Sie will den Kragenknopf schließen, stellt aber fest, daß er abgerissen ist. Sie überlegt, ob sie die Robe anziehen soll, entschließt sich aber statt dessen, einen weiteren Blusenknopf zu öffnen. Es kommt ihr so vor, als sei ihr Rock zu eng. Sie beginnt, daran herumzuziehen, ruft sich zur Ordnung, schließt die Schranktür und sitzt gerade hinter dem Schreibtisch, als an die Tür geklopft wird und gleich nach ihrer Aufforderung vier Männer eintreten, alle vier in der Uniform der Polizei, drei ohne Waffe, wie sie an den demonstrativ nach vorn geschobenen, leeren Halftern leicht sehen kann.

Setzen Sie sich, bitte, sagt die Richterin und stellt im selben Augenblick fest, daß es nur drei Stühle gibt. Der Polizist, der eine Waffe trägt, erbietet sich, von nebenan einen Stuhl zu holen. Er kommt zurück, nachdem er festgestellt hat, daß die übrigen auf dem Gang liegenden Büros abgeschlossen und die Bänke auf dem Flur festgeschraubt sind. Er bleibt während der Vernehmung seiner Kollegen stehen.

Ja, sagt die Richterin, dann erzählen Sie doch mal.

Sie weiß aus Erfahrung, daß es gleich ist, wer von den dreien als erster spricht. Polizisten sprechen ihre Aussagen untereinander und mit ihren Vorgesetzten ab. Sie sagen alle das gleiche, wenn sie an einer Sache gemeinsam beteiligt waren. Um Widersprüche in ihren Aussagen zu entdecken, bedarf es gründlicher Tatortskizzen, Besichtigungen, weiterer Zeugen und auch eigener Phantasie. Mit allen diesen Dingen wird sie sich heute nicht befassen.

Wie üblich sehen sich die Polizisten untereinander an, hilflos, als wüßten sie nicht, wer zuerst reden soll. Schließlich beginnt der, den sie vorher zum ersten Redner bestimmt haben. Offensichtlich ist er der Älteste, möglicherweise auch der Erfahrenste von ihnen.

Ja, also, das war so. Gestern abend gab es diesen Überfall auf die Theaterpremiere.

Gestern – entschuldigen Sie, ich bin davon ausgegangen, daß diese Männer unmittelbar nach dem Vorfall zu mir gebracht werden. Täusche ich mich da?

Die Richterin fragt den Polizisten, der die anderen hergebracht hat. Die drei zu Vernehmenden sehen ihn ebenfalls an.

Das Ganze hat sich tatsächlich gestern abend zugetragen.

Aber die Männer standen natürlich unter Schock. Sie waren bis jetzt nicht vernehmungsfähig.

Natürlich, sagt die Richterin.

Die Männer wissen nicht, ob ihre Bemerkung ironisch oder mitfühlend ist. Also, dann mal weiter, sagt sie noch.

Ja, also die Theaterpremiere. Die Stadt ist ja dann durchsucht worden. Wir waren im Süd-Ost-Abschnitt eingesetzt. Von der FPR am Bahnhof Süd-Ost bekamen wir eine Meldung. Es wäre ein Verdächtiger aus dem Universitätsviertel dort ausgestiegen. In der neuen Siedlung gibt es zwei Clubs, die ihre Leute in Gruppenobservation ausbilden. Die FPR arbeitet mit denen zusammen, sie trainieren die Leute sozusagen. Über Funk haben die gleichzeitig mit uns ihre Observateure eingesetzt. Deshalb wußten wir, wohin wir zu gehen hatten. An der unmittelbaren Aktion waren die anderen nicht mehr beteiligt.

Sie wollen sagen, daß die FPR und diese, diese Gruppenspitzel sich zurückgezogen haben, als die Polizei kam?

Ich sagte, sie waren nicht beteiligt an der Aktion. Aber im Hintergrund waren sie schon noch. Wie es dann trotzdem passieren konnte, daß dieses Mädchen –

Der Polizist an der Tür räuspert sich. Der Reihe nach, Rudolf, sagt er.

Ja. Wir haben das Haus umstellt. Dabei haben wir uns bemüht, nicht gesehen zu werden. Der Überraschungseffekt ist dann größer. Irgendwann müssen sie uns aber doch gesehen haben. Jedenfalls ging im Haus das Licht aus, obwohl nach unseren damaligen Informationen drei Bewohner und der Verdächtige in dem Haus sein mußten. Die würden sich ja schlecht im Dunkeln beraten, wenn sie nichts zu verbergen hätten. Bei uns hat es dann eine kurze Lagebesprechung gegeben, und wir haben das Haus gestürmt. Es waren fünf Leute im Haus. Drei sind erschossen worden oder haben sich selbst erschossen, einer ist gelähmt, heißt es. Das Mädchen ist verschwunden.

Der Mann schweigt. Offenbar hält er seine Darstellung für gelungen, denn er sieht schnell und Zuspruch heischend den Kollegen an der Tür an. Der nickt ihm lächelnd zu.

Die Richterin sieht den Blickwechsel zwischen den beiden und beginnt sich zu ärgern. Sie wird nicht auf ihren Besuch im Club verzichten, nur, um sich eine vorbereitete Komödie anzuhören. Die haben fast vierundzwanzig Stunden gebraucht, um sich diese läppische Geschichte auszudenken. Es interessiert sie nicht besonders, was da passiert ist, wer weshalb geschossen hat und wer dabei umgekommen ist. Man weiß, wie solche Sachen ausgehen, und sie ist lange genug dabei, um zu wissen, welche Rolle sie in dem Theaterstück Rechtsstaat übernommen hat. Sie erwägt kurz, die Vernehmung zu beenden, aber da der Staatsanwalt offenbar auf ein formelles Verfahren hinauswill, muß sich in den Akten der drei jeweils ein Protokoll ihrer ersten richterlichen Vernehmung befinden. Und das bekommt sie nur, wenn alle drei reden. Natürlich haben die damit gerechnet, alle drei das gleiche sagen zu können. Sie wissen ja nicht, daß sie so etwas viel zu langweilig findet. Sie lächelt, als sie die erwartungsvollen Blicke der Polizisten auf sich gerichtet sieht.

Ja, sagt sie, das ist ja alles ganz gut und schön. Aber bisher ist mir noch völlig unklar, weshalb Sie es ausgerechnet auf dieses Haus abgesehen hatten. Nur, weil ein Mann, der im Universitätsviertel wohnt, da hineingegangen ist? Und weil das an demselben Abend geschah, an dem diese Theaterpremiere gestört wurde?

Da ahnen die Polizisten, daß sie sich auf einen langen Abend einrichten müssen.

Der Grund, weshalb die Richterin sie dann doch nach einer Stunde entläßt, ist ihnen nicht klar, aber sie sind froh, daß diese Verrückte keinen Haftbefehl gegen sie ausspricht. Sie verlassen das Vernehmungszimmer sehr viel schneller, als sie hereingekommen sind.

Zurück bleibt die Richterin hinter dem Schreibtisch und eine Akte, die der bewaffnete Polizist dort zurückgelassen hat. Sie wartet, bis die Schritte der Männer auf dem Flur nicht mehr zu hören sind, bevor sie die Akte öffnet und darin herumblättert, bis sie die Seiten gefunden hat, zwischen denen der Umschlag mit den Fotos eingeheftet wurde. Hastig zieht sie die Fotos aus der braunen Papierhülle und breitet sie vor sich auf dem Schreibtisch aus. Es gibt keinen Zweifel, bei dem Mann, von dem die Polizisten behauptet haben, er werde vermutlich gelähmt bleiben, weil er sich durch einen Sprung aus dem Fenster vor den hereinstürmenden Polizisten in Sicherheit bringen wollte, handelt es sich um denselben Mann, dessen Dienste sie im Club manchmal in Anspruch genommen und den sie auch heute abend anzutreffen gehofft hat. Sie wirft einen eher flüchtigen Blick auf die übrigen Fotos. Sie sind nach der Aktion gemacht worden. Der Fotograf, oder wer auch immer, hat die Toten nebeneinander auf den Acker gelegt. Wie die Beute nach beendeter Jagd, denkt sie angewidert. Dieser Universitätsmensch sieht nicht gerade so aus, als hätte er staatsfeindliche Aktionen geplant. Wahrscheinlich war er harmlos. Auf dem Einzelbild ist deutlich ein sauberes Einschußloch über seinem rechten Auge zu erkennen. Das Gesicht des Mannes ist merkwürdig heil geblieben und sieht, trotz der offenen Augen, beinahe entspannt aus. Die Augen anzusehen ist ihr unangenehm. Sie hebt das Bild auf und legt es mit der Bildfläche nach unten zurück auf den Tisch.

Die beiden anderen Männer sind jünger, Studenten, die schon länger beobachtet wurden. Von ihnen gibt es Karteifotos, die offensichtlich von heimlichen Beobachtern geschossen und dann vergrößert worden sind. Die Schüsse der Polizisten haben sie beide in den Rücken getroffen, als sie versuchten zu fliehen. Entkommen ist nur ein Mädchen, Tina Lippert. Jedenfalls soll sie sich mit den anderen in dem Haus aufgehalten haben. Von ihr findet sich kein Foto in der Akte.

Merkwürdig, denkt die Richterin, während sie die Bilder zurück in den Umschlag steckt, die scheint nicht dumm zu sein. Es gibt kein Foto von ihr, und erwischen läßt sie sich auch nicht. Aber dann beginnt ihr zu dämmern, daß die Unsichtbarkeit dieser Tina vielleicht noch andere Gründe haben könnte, und ein kleines Lächeln erscheint in ihren Mundwinkeln. Es ist ein böses, kleines Lächeln. Auch auf dem Weg zum Club, den sie nun doch noch aufsuchen wird, um sich so ganz nebenbei nach Hartmann zu erkundigen, erscheint es noch ein paarmal auf ihrem Gesicht. Es verschwindet erst endgültig, als sie, ihr weiches, weißes Fleisch nur bedeckt von einem kurzen Badelaken, auf dem Bett in ihrer Kabine liegt und auf die junge Frau wartet, die sie diesmal anstelle von Hartmann für die Massage ausgesucht hat. Später sitzt die Richterin, eingewickelt in ein weißes Badetuch, auf dem Kopf einen weißen Handtuch-Turban, am Rand des Schwimmbeckens und trinkt ihren zweiten Whisky. Sie beginnt mit dem Trinken immer erst nach der Massage, denn der Alkohol setzt ihre Empfindungsfähigkeit herab. Sie spürt die langsam beginnende Benommenheit, ihre schwerer werdenden Glieder, die gedämpfter klingenden Stimmen der anderen Clubbesucher und fühlt sich wohl. Jetzt beglückwünscht sie sich dazu, die Vernehmung kurz gehalten zu haben. Sie läßt ihre Augen umherwandern. Ob diese Tina wohl auch hier gearbeitet hat? Vielleicht ist sie sogar jetzt hier? Ihr Blick wird aufmerksamer, sie mustert die jungen Frauen in den hellblauen Kitteln genauer.

Alles Ausländerinnen, von denen ist es bestimmt niemand, denkt sie und fällt wieder zurück in diesen angenehmen, dämmernden Zustand.

Sie könnte diesen Hartmann aufsuchen. Er wird irgendwo in einer der Unfallkliniken liegen, ach nein, wahrscheinlich doch wohl im Gefängnislazarett. Aber wozu? Was geht sie diese ganze Sache überhaupt an? Hat sie nicht ihren Teil getan, wenn die Protokolle vorliegen? Wird man sie beauftragen, die Verhandlung zu leiten? Schon möglich. Sie gilt als weichherzig und großzügig, genau die Richtige, um diesen Polizeikillern ihre kleine Bewährungsstrafe zu verordnen.

Habe ich *Polizeikiller* gedacht? überlegt sie erschrocken. Und sie versucht, sich zur Ordnung zu rufen. Aber das Wort, einmal in Gedanken formuliert, ist da und läßt sich nicht wieder vertreiben. Im Gegenteil, es vertreibt sogar das angenehm schlaffe Gefühl aus ihren Gliedern und kreist durch den Whisky-Nebel in ihrem Kopf, bis der Nebel sich zurückgezogen hat und sie in dem klaren Bewußtsein zurückläßt, daß sie aus guten Gründen mit dieser Sache betraut worden ist.

Sie weiß, daß sie schon ein paarmal bei anderen Gelegenheiten benutzt wurde. Die Regierung betreibt eine Politik, die Frauen davon abhalten soll, in Berufen mit akademischer Ausbildung tätig zu sein. Allerdings gibt es kein Gesetz und keine Verordnung, die Frauen von irgend etwas ausschließen. Es gibt nur viele, die die Prüfungen nicht bestehen, und immer weniger, die sich überhaupt noch zu Prüfungen melden. Es ist dies ein in den Zeitungen offen diskutiertes Problem. In der Diskussion wird allerdings jedesmal darauf hingewiesen, daß es ja glücklicherweise so sei, daß die Frauen zwischen verschiedenen Interessen wählen können. Um den anderen Interessen der Frauen entgegenzukommen, werden große Anstrengungen unternommen. Keine Regierung der Welt läßt sich das Glück ihrer Frauen und Familien so viel kosten wie diese. Ihrer Personalakte ist aber zu entnehmen, daß sie keine Kinder bekommen kann. Also darf sie ihren Beruf ausüben und bietet gleichzeitig der Regierung das Alibi dafür, daß sie Frauen nicht benachteiligt, sondern nach ihren eigenen Wünschen fördert. Sie hat immer eine unbestimmte Dankbarkeit empfunden, deretwegen es ihr leichtgefallen ist, auch Andeutungen der Staatsanwaltschaft während der Vorbereitung einer Gerichtsverhandlung zu verstehen. Sie glaubt eigentlich nicht, daß sie bisher bei den gelegentlichen Gefälligkeiten, die zu erweisen sie in der Lage war, schwerwiegende Rechtsverletzungen begangen hat. In der letzten Zeit allerdings ist es ihr ein paarmal so erschienen, als würden Urteile von ihr erwartet, die auch mit der weitherzigsten Auslegung der Gesetze nicht mehr zu decken sind.

Nur mit dem größten Unbehagen erinnert sie sich an den letzten Fall. Zwei Ghanesen, denen es aus irgendwelchen Gründen gelungen war, die Süd-Mauer zu überwinden und bis nach Deutschland zu kommen, waren in einer Art Ku-Klux-Klan-Aktion gehetzt und schließlich in einem Dorf in der Heide gelyncht worden. Man hatte ihr nahegelegt, die Haupttäter ungestraft davonkommen zu lassen, weil sie in Sorge um den reibungslosen Ablauf des Heideblütenfestes und das Wohl der deshalb in großer Zahl vorhandenen Touristen gehandelt hätten. Das Heideblütenfest war ihr nicht als ausreichender Entlastungsgrund erschienen, und was die Touristen betraf, so hatte sie dazu eine eigene Meinung. Es schien ihr viel wahrscheinlicher, daß die Leute die Negerhatz als willkommene Zugabe betrachtet hatten. Nur unter großen Bedenken war sie deshalb dem Drängen der Staatsanwaltschaft nachgekommen, und nur mit großem Mißbehagen erinnert sie sich an die johlenden, klatschenden Zuschauer im Gericht, nachdem sie das Urteil verkündet hatte. Schon damals war sie nicht sicher gewesen, ob sie in der Lage wäre, in einer ähnlichen Angelegenheit noch einmal gegen ihre Überzeugung zu entscheiden.

Jetzt, schneller als sie damit gerechnet hat, steht sie vor einer Situation, die ihr einer grundsätzlichen Überlegung wert erscheint. Zumindest, so denkt die Richterin und lehnt mit einem Kopfschütteln, bei dem sich der Turban auf ihrem Kopf auflöst und das Handtuch ihr über das Gesicht fällt, den dritten Whisky ab, den ihr ein leichtbekleideter junger Mann servieren will, zumindest werde ich mit diesem Hartmann sprechen und ihn fragen, ob sie wirklich das Feuer auf die Polizisten eröffnet haben. Und was er von dieser Tina hält, würde mich auch interessieren.

Ein wenig weich in den Knien, aber fest entschlossen, diesmal das Richtige zu tun, erhebt sie sich und geht zurück in ihre Kabine, um sich anzukleiden. Einen Augenblick überlegt sie, ob sie zuerst nach Hause gehen und sich eine saubere Bluse anziehen soll. Sie sieht auf die Uhr und stellt fest, daß es fast zehn Uhr abends ist. Zwar kann sie sich als Richterin jederzeit Zugang zum Gefängniskrankenhaus verschaffen, aber ein nächtlicher Besuch würde sicher Aufsehen erregen und, wer weiß, an irgendeine Dienststelle gemeldet werden. Sie wird jetzt, jetzt gleich dorthin gehen.

Eiliger als sonst überquert sie die wenigen Straßen. Die ungewohnte Eile und der weiche Abendwind bringen sie ins Schwitzen. Die Krankenstation liegt direkt neben dem Gerichtsgebäude im Untersuchungsgefängnis. Die bewaffneten

Wachen im Eingang zum Gericht kennen sie und grüßen freundlich. Sie verzichten auf eine Durchsuchung, was eigentlich verboten ist. In den leeren Korridoren knallen die Schritte der Richterin auf dem blanken Linoleum. Sie bleibt vor einer Stahltür stehen und drückt einen Klingelknopf. Gleich darauf erklingt ein Summton, und die Tür läßt sich öffnen. Sie geht hinein, und während sie vor einem kleinen, durch Panzerglas gesicherten Fenster stehenbleibt und ihren Dienstausweis vorzeigt, fällt die Stahltür mit lautem Krachen hinter ihr ins Schloß.

Man hat Lisa Talbach Wäsche in die Zelle gelegt, einen Pullover, eine Hose und eine Jacke, auch eine saubere Bürste für ihre Haare. Sie zieht sich an, als ihre Bewacherin sie dazu auffordert. Aber sie bleibt am Fußende der Pritsche sitzen, ohne sich zu kämmen. Als die Bewacherin kommt, um sie abzuholen, nimmt sie die Bürste auf, die auf den Boden gefallen ist, und fährt damit ein paarmal durch Talbachs Haar. Die läßt sich die Berührung gefallen, ohne den Kopf zu heben. Erst als die Frau sie anstößt, sieht sie auf. Ihre Uhr wird ihr entgegengehalten. Sie nimmt sie in die Hand, betrachtet sie lange und gründlich und hat Mühe mit dem Verschluß am Handgelenk.

Die Frau bedeutet ihr zu folgen. Sie geht mit gesenktem Kopf hinter ihr her, durch Gänge, die sie nicht beachtet, in ein Zimmer, das sie nicht wahrnimmt. Sie weigert sich, den Mann anzusehen, der auf sie einredet. Am Anfang gelingt es ihr, auch seiner Stimme zu entgehen. Irgendwann nimmt sie dann doch etwas wahr, da redet er von Heimat.

Man verläßt seine Heimat nicht in einer so großen Zeit, sagt er. Seine Worte dröhnen in ihrem Kopf, und von jetzt an wiederholt sie die Worte in Gedanken immer und immer wieder, so, als könnten sie das Gerüst sein, an dem sie sich festhalten wird.

Man führt sie aus dem Zimmer, nachdem irgend jemand ihr etwas Geld und ein Flugticket in die Hand gedrückt hat, bringt sie über Treppen und Gänge hinaus, und sie steht vor der Tür, vor sich einen gepflasterten Hof, alle Fenster gehen auf diesen Hof, und sie geht unter den Fenstern entlang, einmal im Geviert, und findet einen Ausgang, ein offenes Tor in der Mauer, und steht auf der Straße.

Die Stadt ist laut. Nach der langen Stille da unten fällt es ihr schwer, die Geräusche um sich herum zu ertragen. Es ist warm, und das Licht blendet sie. Ohne zu überlegen, entfernt sie sich von dem Haus, in dem sie gefoltert wurde, geht, findet sich in einem nicht endenden Strom von Touristen, englische, französische, deutsche, türkische Wörter hört sie, geht und geht, manchmal neben sich einen fetten, über bunten Hosen hängenden Bauch, manchmal den durchdringenden Geruch eines orientalischen Öls oder eines französischen Parfüms.

Irgendwann bleibt sie stehen wie die anderen. Jemand streckt die Hand vor ihr aus. Sie legt einen Geldschein hinein und geht mit den anderen durch ein dunkles, steinernes Tor. Sie geht und begreift erst, wo sie ist, als die Wege enger werden, die Mauern dicker, die Luft kühler. Da bleibt sie stehen, sieht auf die Menschen um sich herum, die mit lüsternen Gesichtern in Räume starren, in denen es nichts zu sehen gibt außer steinerne Bänke und bunte Mosaiken. Da hört sie auf die Worte eines dunkelhaarigen Mannes, der in einer ihm fremden Sprache Erklärungen abgibt. Sie hört zu, und an dem geilen Grinsen des Mannes, am Kichern der Frauen, die um sie herum stehen, an den verklärten Blicken der Männer erkennt sie, daß sie sich im

Zuchtstudio des alten osmanischen Reiches befindet, einem riesigen Steinhaufen, scheußlich und brutal, auf die Bedürfnisse des Oberhengstes zugeschnitten, eine Stätte des Mordes und der Vergewaltigung. Sie spürt Übelkeit in sich aufsteigen, drängt sich durch die Nachdrängenden zurück, versucht, beinahe in Panik, den Ausgang zu finden und steht endlich wieder im Lärm der Straße. Jetzt, erst jetzt ist die Benommenheit verschwunden, die sie willenlos im Strom der Touristen mitgehen ließ. Sie tastet nach dem Flugschein – wann kann sie das Land verlassen? Die Abflugzeit ist eingetragen, morgen früh um sieben Uhr. Daher das Geld, sie soll bis zu ihrer Abreise für sich allein sorgen können. Das Land ist gastfreundlich.

Sie sieht sich um. Schlangen von leeren Reisebussen stehen auf dem Platz vor dem Topkapi Serail. Immer wieder kommen neue Busse an, halten und füllen die Luft mit unerträglichem Abgasgestank. Während sie sich zwischen den Bussen hindurchschlängelt, wird ihr übel vom Geruch der Abgase. Im Westen der Stadt geht die Sonne unter. Talbach fröstelt, während sie sich in einen Touristenstrom einreiht, der sich auf die Blaue Moschee zubewegt. Erst als die Menschen rechts und links neben ihr anhalten und beginnen, ihre Schuhe auszuziehen, löst sie sich aus der Menge und versucht, sich gegen den Strom zu entfernen. Sie wird zur Seite gedrückt, muß ihre Richtung ändern, aber schon wieder ist es ihr gleichgültig, wohin sie geht. Neben ihr huschen verschleierte Frauen und Mädchen in einen Seiteneingang der Moschee. Hier an der Seite, abseits von den Männern, die im prachtvoll geschmückten Hauptraum ihre Andacht verrichten, verborgen hinter Wänden und Vorhängen, mit der Stimme des Priesters nur über Lautsprecher verbunden, hocken die Frauen, ausgeschlossen, aber mit allen Fäden der Tradition angebunden, verachtet, aber notwendig, ungesehen, aber unverzichtbar, geschlagen und einverstanden.

Als Lisa von fern den Eingang eines Hamam erkennt, geht sie darauf zu. Ihr ist kalt, und sie wird sich dort aufwärmen und überlegen, wo sie die Nacht verbringen kann. Sie muß das Geld zählen, daß sie achtlos in ihre Hosentasche gestopft hat. Wenn sie nicht genug Geld hat, um ein Hotel zu bezahlen, wird sie die Nacht auf dem Flughafen verbringen.

Sie geht durch ein heruntergekommenes Entree und kommt in einen feuchtwarmen, niedrigen, runden Raum, an dessen Wänden hölzerne Türen offen stehen. Sie sieht enge Umkleidekabinen, in denen eine Art Liege steht, ein einfach bezogenes Bett, ein Stuhl, ein Spiegel an der Wand.

In der Mitte des Raumes sitzen Frauen um einen niedrigen Tisch. Sie trinken Kaffee und rauchen. Ihre fetten, unförmigen Körper werden von rosafarbenen Kitteln zusammengehalten. Sie sind barfuß und tragen an den Füßen dünne, eingerissene Gummischuhe. Die Frauen wenden die Köpfe nach ihr und sehen sie an, ohne aufzustehen oder Anstalten zu machen, sie zu begrüßen. Erst als Talbach die Hand in die Hosentasche steckt, das Geld herausnimmt und mit ausgestrecktem Arm vorzeigt, erhebt sich eine der Frauen stöhnend, kommt auf Talbach zu, schiebt sie in eine offenstehende Kabine, bedeutet ihr, sie möge sich ausziehen und ein Paar von den ausgetretenen Pantoffeln anziehen, die in einem ungeordneten Haufen vor der Tür liegen. Die Frau ist vielleicht vierzig Jahre alt. Sie ist unförmig fett; der rosa, bis zu den Oberschenkeln reichende Kittel steht zwischen den Knöpfen offen und zeigt dicke Hautrollen, der rosa Lack von ihren Fußnägeln ist abgeblättert bis auf kleine Reste, ihre stämmigen Beine sind glattrasiert. Sie versucht, einladend zu lächeln, aber hinter ihrem Lächeln spürt Talbach den

Ärger, die Kaffeetrinkerinnen verlassen zu müssen, die Abneigung, schon wieder eine dieser Touristinnen baden zu müssen, und die Gier nach Geld, die den Ärger und die Langeweile besiegt. Am liebsten würde sie umkehren, aber sie denkt an die nach Abgasen stinkende Luft in den Straßen, den Lärm, und daß sie noch nicht weiß, was sie tun wird. Also folgt sie der Frau durch Gänge voller zerschlagener Marmorplatten, zerbrochener Waschbecken und ausgedienter Kunststoffeimer in den Baderaum. Sie wird neben einem Marmorbecken auf den Fußboden gesetzt, es ist sehr warm und sehr feucht hier, und die Frau zeigt ihr, wie sie sich mit warmem Wasser zu begießen hat, bevor sie den Baderaum verläßt. Der Marmorboden, auf dem Talbach sitzt, ist beheizt. Auch die Marmorwand in ihrem Rücken ist warm. Sie ist allein, füllt in kleinen Abständen warmes Wasser aus dem Becken in eine Plastikschale und läßt das Wasser an ihrem Körper entlang auf den Boden rieseln. Sie fühlt sich wohl und stumpf zugleich.

Widerspruchslos läßt sie sich nach einer Weile von der dikken Frau, die ihren Kittel ausgezogen hat und in einer riesigen, rosafarbenen Unterhose auf sie zugewatschelt kommt, in der Mitte des Raums auf eine marmorne Bank bugsieren und abseifen. Die Brüste der Frau hängen wie Fleischberge über ihr. Sie registriert die Griffe und das Lächeln der Frau, die versucht, sie zu erregen, um ein besseres Trinkgeld zu bekommen.

Sie kann ja nicht wissen, daß ich tot bin, denkt sie nüchtern.

Zurück in ihrer Kabine zählt sie das Geld. Sie glaubt, es werde für ein Hotelzimmer reichen. Die Frau, die sie gewaschen hat, ist mit dem Trinkgeld unzufrieden, aber Talbach geht unbeeindruckt und gleichgültig an ihr vorbei auf die Straße. Nach der feuchtwarmen Luft im Hamam spürt sie die abendliche Kühle noch stärker. In keinem der Hotels, in denen sie fragt, ist ein Zimmer frei. Beim vierten- oder fünftenmal begreift sie, daß man ihr, einer Frau, allein, ohne Gepäck und nicht angemeldet, kein Zimmer geben wird. Dann steht sie auf der Straße, umgeben von streunenden Katzen, verfolgt von mißtrauischen und höhnischen Blicken aus dem Vestibül des kleinen hölzernen Hotels, in dem sie zuletzt gefragt hat. Sie fürchtet sich, große Hotels aufzusuchen, weil sie Angst hat, auch dort abgewiesen zu werden, hinausgeworfen aus den glitzernden Hallen, die noch vor kurzer Zeit wie selbstverständlich zu ihrem Leben gehört hatten. Zögernd geht sie eine abschüssige Straße hinunter, vorbei an zerfallenden Häusern und großen Restaurants, in denen Kellner beschäftigungslos herumstehen. An den gedeckten Tischen sitzt niemand. Die Straße endet an einem leeren Boulevard direkt am Meer. Hier ist sie allein. Hin und wieder rast ein Auto an ihr vorbei.

Plötzlich meint sie, über diese Straße in die Stadt gebracht worden zu sein. Sie weiß nicht, vor wie langer Zeit. Wenn sie diese Straße entlanggeht, wird sie irgendwann am Flughafen ankommen. Aber sie fürchtet den Weg, es ist weit, und es ist jetzt dunkel.

Als sie spürt, daß sie nicht mehr weiterlaufen kann, biegt sie nach rechts von der Straße ab, dorthin, wo Lichter und Geräusche aus einem bewohnten Viertel herüberdringen. Da ist sie eine Stunde auf der Straße am Meer entlanggelaufen, ohne es anzusehen.

Ohne Übergang steht sie im lärmenden, quirlenden Hafenviertel. Sie geht über zerschlagene Bürgersteige und weicht den Männern aus, die ihr entgegenkommen, geht vorbei an Kaffeestuben, in denen nur Männer sitzen, und flieht vor ihren Blikken auf die andere Straßenseite. Sie drückt sich an Mauern entlang und versteckt sich vor Halbwüchsigen, die beschlossen haben, ihr zu folgen. Sie beobachtet aus dem Dunkeln eine Bande von Kindern, das jüngste vielleicht fünf Jahre alt, die von einem Zwölfjährigen abgerichtet und kontrolliert werden, während sie Touristen anbetteln. Sie kommt an Kellern vorbei, in denen Männer an altmodischen Nähmaschinen sitzen. Sie nähen T-Shirts und Jeans und Jacketts und Hosen und Hemden und Blusen. In jedem dieser feuchten, elenden Keller wird jetzt, in der Nacht, gearbeitet für die deutschen Aufkäufer, für die deutschen Ladenbesitzer, für die deutschen Frauen, die noch mehr Kleider für noch weniger Geld brauchen. Sie sieht Aufkäufer, die mit teuren Wagen vor den Kellerlöchern halten und nicht wagen, die Autos bei ihren kurzen Verhandlungen mit den Nähern unbewacht stehenzulassen. Jungen bieten sich zur Bewachung an. Sie kommen aus dem Dunkel der Gassen, wenn ein teures Auto heranrollt, und verschwinden wieder, wenn der Besitzer ihnen etwas Geld in die Hand gedrückt hat.

Sie sieht nur Männer in den Straßen. Irgendwann läßt sich eine Bande von Jugendlichen, auch ganz kleine Jungen sind dabei, nicht mehr abschütteln. Sie folgen ihr, rufen ihr Worte zu in einer Sprache, die sie nicht versteht, deren Sinn sie aber sehr wohl begreift. Sie weiß ja, daß keine anständige Frau nachts allein auf die Straße geht. Die es trotzdem tun, sind Freiwild. Wieder beginnt sie, sich zu fürchten. Nicht davor, daß ihr etwas geschehen könnte, was sollte ihr noch geschehen, sondern davor, daß sie daran gehindert werden könnte, rechtzeitig wegzukommen, rechtzeitig das Flugzeug zu erreichen, rechtzeitig dies Land verlassen zu können. Sie weiß nicht, was sie tun wird, wenn sie das Land verlassen hat. Sie weiß nur, daß sie das Land nicht erträgt.

Sie weiß jetzt: Sie haben ihr das alles angetan, damit sie sich wie Dreck fühlen soll, aber es ist ihnen nicht gelungen, sie zu Dreck zu machen.

Irgendwann gelingt es ihr, sich in ein Taxi zu retten, und der Taxifahrer wirft sie nicht wieder hinaus. Er spricht Deutsch und erzählt, obwohl sie ihm nicht antwortet, daß er in Deutschland war bis zur Heimkehraktion.

Die wollten mich nicht, und unsere wollen Sie nicht, sagt er, das ist nicht gut, aber es ist so.

Am Flughafen gibt Talbach ihm alles Geld, das sie hat. Er gibt ihr etwas Geld zurück.

Du brauchst Kaffee, sagt er, kauf dir Kaffee.

Sie steht mit dem Geld in der Hand vor dem Eingang zum Flughafengebäude und sieht dem Taxi nach, bis ein paar Schritte von ihr entfernt zwei Militärpolizisten auftauchen. Da geht sie schnell hinein.

Die Nacht verbringt sie in einer Ecke der Halle auf einer hölzernen Bank, die zerbrochen und dort abgestellt worden ist. Es sind nur wenige Menschen da. Sie erinnert sich an die überfüllte Halle, als sie das letztemal hiergewesen ist. Bäuerliche Menschen mit offenen, einfach zu lesenden Gesichtern, große Familien, westlich gekleidete Männer und Frauen, die Urlaub in der Heimat gemacht hatten und auf dem Rückweg zur Arbeit waren. Auch ein paar Männer waren darunter gewesen, denen sie zugetraut hatte, in illegalen Geschäften unterwegs zu sein. Nichts existiert mehr von dem Trubel, der aufgeregten Reisestimmung, den Bergen von Gepäck, den hin und her laufenden oder schlafenden Kindern. Da, wo damals eine Cafeteria mit bunt bezogenen Polstern zum Sitzen und ein reichhaltiges Buffet zum Essen und Trinken eingeladen hatten, befindet sich jetzt eine Art Bühne. Es gibt nichts zu trinken, das einzige Restaurant ist geschlossen. Die wenigen Fluggäste sitzen in den

Bankreihen und dösen vor sich hin. Fast hat es den Anschein, als sei der Flughafen nicht mehr in Betrieb. Als die Militärpolizisten auf sie zukommen, erschrickt sie. Erst jetzt fällt ihr ein, daß sie keinen Paß hat. Die Männer bauen sich vor ihr auf und sagen etwas. Sie versteht nicht, worum es geht, aber sie zieht den Flugschein aus der Jackentasche und hält ihn vor sich hin. Nach einem kurzen Blick auf den Schein gehen die Männer weiter, ohne etwas zu sagen. Sie haben nicht nach ihrem Paß gefragt, deshalb nimmt sie an, daß sie einen besonderen Flugschein bekommen hat. Aber erst, als sie eine halbe Stunde vor dem Abflug durch die Sperre geschickt wird und auch hier niemand nach ihrem Paß fragt, fühlt sie sich erleichtert.

Die Stewardessen im Flugzeug sprechen untereinander deutsch. Talbach bekommt eine Decke und gleich nach dem Start eine heiße Brühe. Sie antwortet nicht, als die junge Frau, die ihr den Becher bringt, sie mitleidig fragt, woher sie denn komme. Sie trinkt die heiße, salzige Brühe, stellt ihren Sitz zurück und schläft sofort ein.

Im Traum steht der Mann mit der Sense deutlich vor ihr, bevor er sich abwendet, seinen dunklen Umhang um die Schultern nimmt und sich in einer der Bankreihen vor ihr niederläßt. Da sitzt er während des Fluges; eine dunkle, eckige Schulter sieht ein Stück hinter der Rückenlehne hervor, und auf den blanken Schädel fällt die Sonne durch ein Kabinenfenster. Er sieht sehr freundlich aus.

Als die Maschine zur Landung ansetzt, ist sie sicher, daß sie am Flughafen erwartet wird. Aber an der Rolltreppe steht niemand. Sie geht, die Decke um die Schultern gelegt, die Treppe hinunter. Ein kleiner Bus bringt sie zum Flughafengebäude. Die Zollsperren sind unbesetzt. Niemand fragt nach ihrem Paß. Durch die braun getönten Scheiben, die die innere Flughafenhalle von der äußeren trennen, sieht sie eine kleine Ansammlung von Menschen. Sie sieht ein paar Blumensträuße und ein Mikrofon. Ein junger Mann, Reporter vielleicht, führt sie vor eine Kamera. Die Menschen klatschen.

Sie müssen etwas sagen, flüstert der junge Mann neben ihr. Sagen Sie irgend etwas, die Leute warten.

Er schiebt sie näher an das Mikrofon heran. Sie fühlt sich vollkommen leer. Die Menschen vor ihr sind ihr gleichgültig. Der Reporter stößt sie auffordernd in die Seite. Als sie noch immer keine Anstalten macht, etwas zu sagen, spricht er sie laut an.

Frau Talbach, ich sehe, daß der Empfang Sie überwältigt hat. Was können Sie uns nach Ihrer Rückkehr als Erfahrung mit auf den Weg geben? Wir verstehen, daß Sie müde von der Reise sind, aber, bitte, sprechen Sie kurz zu uns.

Es ist sehr still, als Talbach die einzigen Sätze sagt, die sie in ihrem Kopf finden kann. Sie sagt: Man verläßt seine Heimat nicht in einer so großen Zeit. Ich möchte jetzt gehen.

Sie weiß nicht, wer ihr den Schlüssel gegeben hat, den sie in der Hand hält. Sie geht durch die applaudierende Menschenmenge, ohne nach rechts und links zu sehen. Draußen, direkt vor dem Ausgang, hält ein Taxi. Der Fahrer steht neben der geöffneten Tür. Sie steigt, ohne zu zögern, ein. Sie weiß, der Fahrer wird sie in ihre Wohnung bringen. Sie weiß, das dieser Auftritt und alles, was vorher war, inszeniert worden ist. Und sie weiß, daß sie sich genauso verhalten hat, wie man es von ihr erwartete. Sie fühlt keine Scham. Sie fühlt nur eine große Gleichgültigkeit.

Wochen später, es ist Mai und die Kirschbäume blühen, treffen sich die Innenminister und ihre Referenten unter dem Vorsitz des Bundesinnenministers an ihrem regelmäßigen Tagungsort am Rande der Lüneburger Heide. Die Herren tragen leichte Anzüge, denn der Frühling ist ausgesprochen warm, fast schon sommerlich, und die jungen Mädchen, die die Betreuung des Buffets übernommen haben, sind durchaus dazu angetan, in den Herren noch stärkere Frühlingsgefühle hervorzurufen. Mit schnellen Schritten betritt der Bundesminister den Raum, winkt zur Begrüßung und verschwindet im Sitzungssaal. Man ist gezwungen, ihm zu folgen.

Unmöglich, flüstert der Sachse dem Mecklenburger zu und meint damit wohl die kurze Art der Begrüßung. Der Mecklenburger antwortet nicht, sondern versucht, so schnell wie möglich einen günstigen Platz am Tisch zu ergattern. Enttäuscht stellt er fest, daß Namensschilder aufgestellt wurden und daß er mal wieder ganz hinten Platz nehmen muß. Ich setze Ihr Einverständnis voraus, wenn ich die Herren Referenten bitte, die Fenster zu öffnen, sagt der Minister. Wir wollen diesen wunderbaren Frühlingstag nicht ausschließen. Er wartet, bis die Referenten wieder Platz genommen haben. Die Anwesenden haben verstanden, daß die Sitzung heute eher locker zu werden verspricht. Der Minister greift nach einem Blatt Papier, das vor ihm liegt, wirft einen Blick darauf und legt es beiseite.

Meine Herren, sagt er, wir haben heute eine erfreulich kurze Tagesordnung abzuhandeln. Sie haben vor sich den Schlußbericht der Aktion Rückführung. Und wir werden uns zu verständigen haben über einen Vorschlag meinerseits, der Ihnen im Vorwege übermittelt wurde. Hat jemand von Ihnen weitere Tagesordnungspunkte vorzuschlagen?

Niemand sagt etwas.

Aktion Rückführung also, sagt der Minister. Eine erfreuliche Angelegenheit. Kaum Pannen, ein voller Erfolg. Oder sieht das einer der Anwesenden anders?

Nach einer längeren Pause meldet sich der Innenminister des Nationalparks Thüringen.

Ein voller Erfolg, wiederholt er, so denkt die Thüringische Landesregierung ebenfalls. Aber schaden uns nicht die, die entkommen sind? Ich höre von wüster Hetze der Amerikaner, die diese Leute in Sendungen auftreten lassen, die über Satellit zu empfangen sind. Zumindest ein Störprogramm sollten wir beschließen.

Der Minister hat mit diesem Einwand gerechnet, ja, er hat ihn herbeigewünscht. Lächelnd und gelassen blättert er in seinen Papieren und zieht dann ein einzelnes Blatt hervor.

Ich habe hier, meine Herren, die neuesten Erkenntnisse unserer Sicherheitskräfte. Wir werden sie kopieren und Ihnen zur Verfügung stellen. Nur so viel vorweg: Noch nie, und ich sage das im vollen Bewußtsein dessen, was ich sage: Noch nie hat ein Volk so einheitlich hinter seiner Regierung gestanden. Feindliche Propaganda hat bei uns keine Chance. Wir haben ein paar linke Gruppen – ich darf im übrigen darauf hinweisen, daß unsere frühere Annahme, die Linke sei dem Staat gefährlicher als jede Rechte, vollkommen richtig war. Diese rechten Gruppen waren ein Übergangsphänomen an der Schwelle zur Neuen Demokratie. Es gibt sie nicht mehr, nehme ich an, sonst würden wir von ihnen hören. Unsere Sicherheitsorgane bestätigen diese Entwicklung. An ihrem Verschwinden ist die Polizei nicht ganz unschuldig – das unterdrückte Kichern des schleswig-holsteinischen Referenten unterbricht für einen Augenblick die Rede des Ministers – nicht ganz unschuldig, wiederhole ich. Das Konzept, die Polizei in der Ausbildung nicht mit zuviel psychologischen und datenschützerischen Feinheiten zu belasten, hat sich positiv auf die Rekrutierung junger Polizeikräfte ausgewirkt. Man mag darüber spekulieren, woher diese Leute kommen. Tatsache ist jedoch, daß dem Staat von rechts keine Gefahr mehr droht – ein paar linke Gruppen, sage ich, die wir kennen und betreuen. Es mag sein, daß von diesen Verwirrten jemand amerikanische Sendungen sieht, aber sagen Sie selbst: Weshalb sollen wir ihnen das Vergnügen nicht gönnen? Im Volk ist niemand so dumm, Leuten zu glauben, die uns unseren Wohlstand neiden und auf dem Weltmarkt unsere erbitterten Konkurrenten sind.

Die Aktion Rückführung ist und bleibt ein voller Erfolg. Beeindruckend auch, wie sich ehemalige Gegner unserer Neuen Demokratie heute in das gesellschaftliche Leben einfügen. Und ich füge offen hinzu: Es wird ihnen auch nichts anderes übrigbleiben. Versuche, mit dem sogenannten Widerstand Kontakt aufzunehmen – diese Versuche gibt es hin und wieder –, werden von uns beobachtet und, wenn es notwendig wird, mit aller Härte des Gesetzes verfolgt. Besonders unsere Partner im Süd-Osten haben hervorragende Arbeit geleistet. Es wird Ihnen nicht entgangen sein, daß sich die Beziehungen zwischen unseren Regierungen zur Zeit auf einem Höhepunkt ihrer Entwicklung befinden. Daß der vom Ausland behauptete sogenannte Freiheitskampf der Kurden mit Hilfe unserer Waffen beendet worden ist, mag vielleicht übertrieben sein. Es gibt aber auf jeden Fall andere Bereiche, Bereiche wie die Aktion Rückführung zum Beispiel, bei denen unsere Länder vorzüglich zusammenarbeiten. Ich gehe davon aus, meine Herren, daß Sie mir in diesem Punkt zustimmen?

Allgemeines Kopfnicken. In einem der blühenden Kirschbäume vor den Fenstern beginnt ein Specht zu hämmern. Auf dem Fensterbrett ganz rechts hat sich eine Meise niedergelassen, die interessiert ins Zimmer sieht.

Der zweite Punkt, den ich mit Ihnen besprechen möchte, ist sehr kurz. Meine Herren, ich schlage Ihnen vor, die regelmäßigen Treffen auf Innenministerebene zu beenden. Die Regierung hält es für effektiver, wenn wir in dieser Runde nur noch nach Bedarf zusammenkommen. Die Begründung ist einfach. Meine Herren, die Regierung ist jetzt fester im Volk verankert als zu Anfang ihrer Amtsübernahme. Noch entscheidender ist, daß sich inzwischen auch breitere Kreise der Industrie und des Handels für das Festungskonzept gewinnen ließen. Solange man diesen Leuten in ihren Geschäften freie Hand läßt, sind sie mit den Maßnahmen der Regierung einverstanden. Sie, meine Herren, sollen sich vorerst ganz auf die innere Entwicklung Ihrer Länder konzentrieren können. Wir sind uns sicher darin einig, daß in der Länderinnenpolitik noch einiges zu tun bleibt, um den Zielen der Neuen Demokratie näherzukommen. Genauere Zielvorgaben etc. gehen Ihnen in den nächsten Tagen zu. Und nun, meine Herren, bevor wir diesen angebrochenen Tag nach dem Willen des Hausherrn (hier verbeugt sich der Niedersachse lächelnd nach allen Seiten) mit einer Studienreise durch die Vergnügungsstätten seines schönen Landes fortsetzen, darf ich Sie bitten, noch einen Augenblick sitzen zu bleiben. Bitte, schließen Sie die Fenster.

Zwei Referenten eilen, den Wünschen des Ministers Folge zu leisten. Ob des ungewöhnlichen, überraschend ernsten Tons des Ministers sind die Anwesenden gespannt auf das Folgende.

Der Minister wartet, bis die Referenten wieder Platz genommen haben. Als er spricht, ist seine Stimme gedämpft.

Meine Herren, die Regierung hat mich beauftragt, Ihnen mitzuteilen, daß der Präsident –

Hier macht er eine Pause und sieht nacheinander den Länderministern in die Augen. Besonders lange verweilt er bei dem Brandenburger, dem eine übergroße Sympathie für den Präsidenten nachgesagt wird. Niemand verzieht eine Miene. Auch der Brandenburger hält dem Blick des Ministers mühelos stand.

– daß der Präsident in Kürze aus Krankheitsgründen zurücktreten wird. Die den Abgang des Präsidenten begleitenden Reden werden Ihnen im Anschluß an diese Beratung ausgehändigt. Sie sind nach der Bekanntgabe des Rücktritts in geeigneter Umgebung vor möglichst großen Menschenmengen zu halten. Auch an das Länderfernsehen ist dabei zu denken. Informationen, die über den Inhalt der Ihnen auszuhändigenden Rede hinausgehen, liegen mir nicht vor. Alle Spekulationen über Differenzen des Präsidenten mit Teilen der Wirtschaft, sogenannten Newcomern, ist entschieden entgegenzutreten. Der von uns allen verehrte Präsident ist krank.

Ohne Übergang steht der Minister auf. Alle Herren folgen seinem Beispiel. Man verläßt den Sitzungssaal, leise miteinander plaudernd, und begibt sich nacheinander an den kleinen Tisch, auf dem, ordentlich gestapelt, die Reden liegen. Ein Mann aus dem Stab des Ministers händigt sie einzeln aus. Einer der ersten, der stehenbleibt, liest und erschrocken um sich blickt, ist der Brandenburger.

Aber, sagt er, aber hier steht, der Präsident ist tot.

Der Minister, der zufällig neben dem Brandenburger steht und sein verwirrtes Gesicht sieht, blickt ihn fragend an.

Nun, mein Lieber, irgend etwas unklar?

Der Brandenburger hält dem Minister mit einer ratlosen Geste das Papier entgegen.

Hier steht, der Präsident ist tot, wiederholt er ausdruckslos.

Auch die anderen sind aufmerksam geworden, sehen auf das Blatt in ihrer Hand oder auf den Minister neben dem Brandenburger.

Zeigen Sie her, sagt der Minister.

Er nimmt das Blatt und liest den ersten Satz. Einen Augenblick runzelt er die Stirn. Dann sieht er hoch.

Na und? sagt er, es war doch allgemein bekannt, daß die Gesundheit des Präsidenten nicht die beste ist. Hat eben nicht durchgehalten, der Gute. Wo kann ich hier mal für kleine Jungs?

Und er wendet sich um und folgt der jungen Dame, die sich anbietet, ihm den Weg in den Waschraum zu zeigen.

Talbach verläßt ihre Wohnung nur, um die wenigen Dinge einzukaufen, die sie zum Leben braucht. Sie geht jeden zweiten Tag in den Laden, ein paar hundert Meter von ihrer Wohnung entfernt, in dem sie auch vor ihrer Abreise eingekauft hat. Der Besitzer hat inzwischen gewechselt. Sie ist darüber erleichtert. Die neuen Leute, ein überfreundliches deutsches Ehepaar, der Mann eilt ihr jedesmal voraus, wenn sie den Laden verlassen will, um die Tür aufzuhalten, kennen sie nicht.

Einmal trifft sie eine Nachbarin, mit der sie früher manchmal ein Schwätzchen gehalten hat. Die Frau sieht sie erschrocken an, grüßt dann aber doch freundlich und bleibt stehen. Auch Talbach bleibt stehen, wie in Erinnerung an etwas, das mit dem Stehenbleiben der anderen verbunden ist. Die Frau beginnt zu sprechen, stellt keine Fragen, erzählt nur, daß die Türken, denen der Laden gehörte, von *diesen Leuten ausgekauft wurden*. Irgendwann, während die Frau noch spricht, spürt Talbach Übelkeit in sich aufsteigen. Sie murmelt eine Entschuldigung und geht davon.

Die Frau wird mir mitleidig nachgesehen haben, denkt sie, als sie die schützenden Mauern des Treppenhauses erreicht und sich am Geländer festhält. Sie trifft die Frau jetzt manchmal. Sie grüßen sich und gehen aneinander vorbei, ohne stehenzubleiben.

Jedesmal, wenn sie von dem kurzen Gang zum Laden zurückkommt, setzt sie sich auf einen Sessel neben der Tür und betrachtet die Wohnung; so, wie sie es getan hat, als sie vom Flughafen hierher zurückgebracht wurde. Die Wohnung war völlig unverändert. Alle Bücher standen an ihrem Platz. Die Papiere, die sie vor ihrer Abreise auf den Tischen liegengelassen hatte, lagen, ein wenig gelber geworden, immer noch auf den Tischen. Sie erinnerte sich, daß sie eine passende Reisetasche gesucht hatte. Neben dem Schrank im Durchgangszimmer standen noch immer die Taschen, die sie nicht gebraucht hatte. Es war alles unverändert. Aber sie wußte, daß die Wohnung nicht immer leer gewesen ist, während sie abwesend war. Die Wohnung ist durchsucht worden. Jeden einzelnen Gegenstand haben sie angefaßt, abgetastet, hochgehoben, abgeklopft. Ihre Papiere, ihre Manuskripte sind gelesen und fotografiert worden. Auch ihre Kleider haben sie angefaßt. Am Anfang brachte sie der Gedanke, daß sie ihre Wäsche in den Händen gehabt hatten, dazu, sich zu übergeben. Der Brechreiz hielt nicht lange an. Nachdem sie die Wäsche in den Müll geworfen und sich aus dem Billigangebot in dem kleinen Laden ein paar halbwegs passende Höschen und Hemden geholt hatte, hörte er auf.

Sie hat sich wieder eingelebt, geht jeden zweiten Tag einkaufen, geht zurück in ihre Wohnung, sitzt auf dem Sessel, geht in die Kochnische, um Tee oder irgend etwas Eßbares herzustellen, ißt, trinkt. Manchmal klingelt das Telefon. Zu Anfang ist sie an den Apparat gegangen. Beim erstenmal war es die Putzfrau. Sie hat Talbachs Ankunft im Fernsehen gesehen. Mit tränenerstickter Stimme sprach sie davon, daß man ihr gleich am nächsten Tag den Wohnungsschlüssel abgenommen hätte. Sie fragte, ob sie jetzt wieder kommen solle. Talbach sagte nein und legte den Hörer auf. Sie wußte, daß sie der Frau eine unverdiente Kränkung zufügte, aber sie konnte nicht anders handeln. Zwei- oder dreimal riefen Veranstalter an, die sie um einen Auftritt in einer Talk-Show baten. Sie sagte nein und legte auf.

Sie hat keine Wünsche mehr, keine Gefühle, denkt nicht darüber nach, weshalb Frank nicht anruft und ihr Verleger sich nicht meldet. So lebt sie etwa zwei Monate.

An diesem Morgen verläßt sie das Haus, um wie sonst ihren Einkauf zu machen. Die Blüten des Zierkirschenbaums neben ihrer Haustür sind verblüht und abgefallen. Ein paar Meter geht sie in der Sonne über einen rosafarbenen Blütenteppich. Einen Augenblick bleibt sie stehen, wie, um sich zu erinnern. Aber es fällt ihr nicht ein, woran sie sich erinnern wollte, und sie geht weiter, ohne auf die Blüten zu achten.

Vor der Tür des Ladens sieht sie in einer Zeitung das Foto von Hartmann unter der Überschrift FREISPRUCH. Sie kauft die Zeitung.

Als der Ladenbesitzer ihre Sachen zusammenpackt und die Zeitung sieht, fragt er überrascht, ob sie den Mann kenne. Talbach hat noch nie eine Zeitung bei ihm gekauft. Ohne zu überlegen, sagt sie ja. Sie geht, langsam wie immer, aber von innerer Unruhe erfaßt, zurück in ihre Wohnung. Diesmal bleibt sie nicht auf dem Sessel an der Tür sitzen. Sie stellt die Tasche mit den Lebensmitteln in der Küche ab. Die Zeitung nimmt sie ins Schlafzimmer, legt sich ausgestreckt auf das ordentlich zugedeckte Bett. Sie liest, und sie begreift nicht, was sie liest. Sie begreift es nicht, weil sie geglaubt hat, die Zeit sei am Tag ihrer Schande stehengeblieben. Sie hat das Foto von Hartmann gebraucht, diese Zeitung und einen reißerischen, dummen Artikel, um die Welt wieder wahrzunehmen. Andere haben gelebt und gehandelt. Frank ist dabei getötet worden.

Langsam, sehr langsam findet sie sich wieder; auf dem Bett liegend, in ihrer gewohnten Umgebung, neben einem Telefon, durch das sie nie mehr Franks Stimme hören wird, mit einer Zeitung in der Hand, die ihr das Foto eines im Rollstuhl sitzenden Hartmann zeigt. Irgendwann steht sie auf und sucht nach einem Foto von Frank. Sie betrachtet es lange. Ihre kurze Liebe war der Versuch gewesen, die Einsamkeit aufzuheben. Als sie begriffen hatten, daß das nicht möglich war, hatten sie sich ihre Freundschaft geschenkt. Freundschaften sind ein Akt der Dankbarkeit an die, die die Einsamkeit begriffen haben und noch sprechen, denkt sie.

Sie weint ein wenig, aber es ist ein leichtes Weinen, eher wie bei einem nur vorläufigen Abschied und überdeckt von der Freude, ihr Bewußtsein, ihre Fähigkeit zu weinen wiedergefunden zu haben. Sie geht ans Telefon und versucht, Hartmann anzurufen. Niemand hebt den Hörer ab, aber sie ist sicher, daß Hartmann sich melden wird.

Zwei Tage später ruft er an, am Abend, als sie erschöpft im Sessel sitzt, um sich von den Anstrengungen des Tages auszuruhen. Sie hat damit begonnen, die Möbel umzustellen, und dabei gespürt, daß sie beinahe dreiundsechzig Jahre alt ist und ziemlich untrainiert. Sie wird wieder regelmäßig essen müssen.

Und mehr Bewegung wird ihr auch guttun. Sie schnauft ein wenig, als sie den Hörer aufnimmt und sich meldet.

Lisa?

Hartmanns Stimme hört sich eher ungläubig an. Also stimmt es doch, sagt er. Du bist wieder da.

Und wie, sagt sie, betont fröhlich und sofort in dem Bewußtsein, nicht den richtigen Ton getroffen zu haben. Es dauert eine Weile, bis er antwortet. Anscheinend überlegt Hartmann, wie er mit soviel Fröhlichkeit umgehen soll.

Und du singst jetzt das Lied der Neuen Demokratie?

Das ist eher eine Feststellung als eine Frage, wahrscheinlich den Informationen entnommen, die Hartmann über sie bekommen hat und die sie nicht kennt.

Nein, antwortet sie, diesmal im richtigen Ton, nein, das tue ich nicht.

Wieder bleibt Hartmann einen Augenblick still. Talbach wartet ruhig ab.

Du müßtest zu mir kommen, sagt er zögernd. Ich bin, ich werde wohl deine Treppen nicht schaffen. Es ist die alte Adresse. Morgen abend, geht das?

Talbach kennt Hartmanns Wohnung nicht, aber sie nimmt an, daß die Adresse im Telefonbuch steht.

Ich komme, sagt sie, ich komme auf jeden Fall.

Bis dann, sagt er.

Er legt den Hörer so schnell auf, daß sie keine Gelegenheit hat, sich zu verabschieden. Als sie zurückgeht zu ihrem Sessel, kommt es ihr vor, als sei die Wohnung nicht nur durch die umgestellten Möbel verändert worden.

Am nächsten Tag wird Lisa Talbach sehr aktiv. Sie geht aus und kauft alle Zeitungen, in denen sie etwas über den Prozeß gegen Hartmann entdecken kann. Sie geht auch in die Archive verschiedener Zeitungsverlage und sucht nach Meldungen über die Polizeiaktion, bei der Frank getötet wurde und Hartmann verletzt worden ist. Merkwürdigerweise findet sie ausführliche Prozeßberichte, aber nur zwei kurze Meldungen in Morgenblättern über die Verhaftung. Anscheinend sind damals ausführliche Informationen unterdrückt worden. Aus den Prozeßberichten erfährt sie, daß die Staatsanwaltschaft in der Anklage behauptet hat, das Feuer sei aus dem Haus auf die Polizisten eröffnet worden. Bei dem anschließenden Sturm auf die Wohnung sind offenbar außer Frank noch zwei andere Männer getötet worden, bei denen es sich um Studenten von ihm gehandelt haben soll. Die drei wurden in der Anklage als Kern einer gefährlichen linksradikalen Gruppierung dargestellt. Hartmann wurde als Kurier bezeichnet, der schon einige Zeit untergetaucht gelebt hat und sich möglicherweise zufällig in dem Haus aufhielt. Die Anklage steckte offensichtlich voller Ungereimtheiten. Dagegen liest sie über die sorgfältige Kleinarbeit der Richterin mit großem Vergnügen. Das Aufheulen der Zeitungen, wenn sie aufgrund gründlicher Nachfragen wieder einen Stein aus dem Gebäude der Anklage entfernt hat, war einhellig. Zum Schluß stand dieses Gebäude auf so wackeligen Grundmauern, daß ein Freispruch Hartmanns als einzig mögliches Urteil erschien. Nur am Rande wurde erwähnt, daß die beteiligten Polizisten von ihrem Recht, die Aussage zu verweigern, Gebrauch gemacht haben, weil gegen sie ein Verfahren läuft, und sie fürchten müssen, sich selbst zu belasten.

Auch das gründliche Zeitunglesen bringt Talbach keine Informationen über Franks Tod. Sie muß nur feststellen, wie sehr sich das Land verändert hat. In dem immer noch anhaltenden Ausbruch ungewöhnlicher Aktivität beschließt sie, diese Veränderungen und Franks Tod nicht schweigend hinzunehmen.

Sie darf nicht wieder in Lethargie verfallen. Sie wird das ganze Gewicht ihres Namens einsetzen, um zu protestieren, anzuklagen, die Welt außerhalb der Festung – es hat sie überrascht und verblüfft, daß dieses Wort allgemein gebraucht wird – zu informieren. Sie denkt nicht daran, daß sie über das, was ihr geschehen ist, in der Öffentlichkeit sprechen könnte. Sie ist unruhig, läuft in der Wohnung umher, setzt sich an den Schreibtisch, um einen Plan für ihr öffentliches Auftreten zu entwerfen, unterbricht die Arbeit sofort wieder.

Sie wartet darauf, daß es Abend wird, beschließt zu warten, bis es dunkel geworden ist, bevor sie zu Hartmann geht.

Es ist kurz nach sieben, als an ihre Tür geklopft wird. Sie erschrickt, überlegt einen Augenblick, ob sie öffnen soll, findet keinen Grund, nicht an die Tür zu gehen. Als es zum zweitenmal klopft, läuft sie fast durch den Flur. Vor der Tür steht eine junge Frau, die, ohne zu zögern an ihr vorbeigeht und in der Wohnung wie selbstverständlich stehenbleibt und auf Talbach wartet.

Erinnern Sie sich nicht? Ich bin Tina. Ich war schon mal bei Ihnen. Da waren Sie gefallen.

Das Mädchen hat sich verändert, denkt Talbach. Nur die Stimme ist die gleiche.

Ich soll Sie abholen. Wir gehen zu Hartmann.

Erst jetzt fällt Talbach ein, daß sie es bisher versäumt hat nachzusehen, wo Hartmann wohnt.

Sollen wir gleich gehen, fragt sie erleichtert, daß Hartmann ihr das Mädchen geschickt hat.

Nein, sagt Tina. Wir warten, bis es ganz dunkel ist.

Sie geht, ohne Talbach weiter zu beachten, an ein Bücherregal und beginnt, aufmerksam die Buchrücken anzusehen. Talbach fühlt sich von der Kälte des Mädchens eingeschüchtert.

Sie, die gerade noch voller Tatendrang war, spürt die Lähmung wiederkehren. Mühsam geht sie zum Sessel neben der Tür, setzt sich erschöpft und beobachtet die junge Frau vor den Bücherregalen.

Wenn Sie einen Tee möchten – sagt sie schließlich, nur, um die Stille zu durchbrechen.

Aber Tina schüttelt den Kopf.

Komische Bücher haben Sie, sagt sie einmal. Da ist es schon beinahe dunkel draußen. Sie nimmt einen schmalen Band in die Hand, im Zimmer ist es schon zu dunkel zum Lesen, geht damit ans Fenster und schlägt ihn irgendwo auf.

Ach, lieber Pate, sagte der erschrockene Arzt, zündet mir ein neues an, tut mir's zuliebe, damit ich mein Leben genießen kann, König werde und der Gemahl der schönen Königstochter. Ich kann nicht, antwortete der Tod, erst muß eins verlöschen, eh ein neues brennt.

So ein Unsinn, sagt sie, das Buch zuschlagend. Ich glaube, wir können gehen. Sie sollten sich etwas überziehen. Abends ist es noch kalt.

Für den Weg bis zu Hartmanns Wohnung brauchen sie eine halbe Stunde. Zu Anfang gehen sie schweigend nebeneinander her. Talbach denkt an das bevorstehende Zusammentreffen und hört zuerst gar nicht hin, als Tina sie anspricht.

Ich meinte, ich weiß nicht, wozu Sie solche Bücher eigentlich brauchen, wiederholt sie. Dies ganze Zeug über Tod und so. Weshalb lesen Sie so was?

Ich brauche die Bücher für meine Arbeit, antwortet Talbach.

Wenn Sie wüßten, wie das Leben ist, würden Sie nicht über

den Tod schreiben. Das ist billig. Da ist ihr Freund Hartmann von anderem Kaliber. Der handelt wenigstens.

Die Bemerkung klingt verletzend, und Talbach nimmt an, daß sie auch so gemeint ist. Sie antwortet nicht. Bis sie vor dem Haus ankommen, in dem Hartmann sich aufhält, sprechen sie nicht mehr miteinander.

Einen Schlüssel hat sie nicht, denkt Talbach und weiß nicht, weshalb diese Tatsache sie mit Befriedigung erfüllt. Da stehen sie vor einer ebenerdigen Terrasse an der Rückseite eines älteren Wohnblocks. Tina hat gegen die Glasscheibe geklopft, und sie hören, wie sich jemand schnell der Tür nähert und sie öffnet. Sie stehen einer Frau gegenüber, die Talbach selbst in dem schwachen Licht der Stehlampe im Hintergrund als die Richterin erkennt, die Hartmanns Prozeß geleitet hat. Sie ist kleiner, als Lisa sie sich nach den Zeitungsfotos vorgestellt hat. Zu starker Geruch eines teuren Parfüms geht von ihr aus.

Kommen Sie, wir haben Sie schon erwartet, sagt sie und streckt Talbach die Hände entgegen. Sie läßt die Hände wieder fallen, schließt die Tür und zieht schnell braune, häßliche Vorhänge zu.

Talbach sieht sich um. Bis auf die Stehlampe ist das Zimmer leer. Eine Tür zum Flur steht offen. In der Öffnung erscheint Hartmann, so, als wolle er nachsehen, wer gekommen ist, und verschwindet gleich wieder.

Ich geh vor, sagt die Richterin.

Ihre Absätze klingen ungewöhnlich laut auf den Dielenbrettern. Hintereinander, erst die Richterin, dann Talbach und zuletzt Tina, gehen sie in die Küche. Die Küche ist schmal und hat am Ende ein Fenster. Unter dem Fenster sitzt Hartmann im Rollstuhl und sieht ihnen entgegen. Die Richterin tritt einen Schritt zur Seite, um Talbach an sich vorbeigehen zu lassen. Die geht auf Hartmann zu und bleibt vor dem Rollstuhl stehen. Sie fühlt ein schwaches Bedürfnis, den mageren, krank aussehenden Mann in die Arme zu schließen, aber der Rollstuhl erweist sich als Hindernis, und so küßt sie ihn schließlich auf beide Wangen und behält seine Hände ein wenig länger in ihren. Seine Hände sind kalt, aber er lächelt, und Talbach möchte gern spüren, daß seine Freude, sie wiederzusehen, echt ist.

Wir wollen hier in der Küche bleiben, sagt Hartmann. Das Fenster geht auf den Hof, und das Hoftor wird abends abgeschlossen.

Zum erstenmal kommt Talbach der Gedanke, daß es sich bei ihrer Zusammenkunft um ein illegales Treffen handelt. Sie ist darüber weder erstaunt noch erschrocken, im Gegenteil, seit sie die Wohnung betreten hat, scheint es, als habe sich zwischen sie und die anderen eine unsichtbare Wand geschoben, die sie unempfänglich macht für die Gefühle, die Wünsche und Regungen der anderen. Sie hört, was die anderen sagen, aber sie ist unfähig, darauf zu reagieren. Die Richterin und Tina setzen sich auf die niedrigen Küchenschränke, die gleich neben der Tür beginnen. Lisa bleibt stehen. Während die Scheibe hinter Hartmanns Kopf splittert und sein Oberkörper nach vorn kippt, sieht sie die Richterin von ihrem Sitz herunterrutschen und den Versuch unternehmen, zu Hartmann zu laufen. Sie ist noch nicht dort angekommen, als sie, von einem Schlag an der Hüfte getroffen, zusammensackt. Hinter Hartmann in dem zersplitterten Fenster erscheint ein Mann mit schwarz bemaltem Gesicht und in einer schwarzen Uniform. Sie hört Tina hinter sich die Küche verlassen. Das Schlagen der Tür, als Tina die Wohnung verläßt, ist eins der letzten Geräusche, die sie wahrnimmt. Während sie vor dem

Mann im Fenster zurückweicht, sieht sie ihn die Waffe anheben, die er nach dem Schuß auf die Richterin gesenkt hatte.

Ich hab mir etwas vorgemacht, denkt sie, während sie langsam einen Fuß hinter den anderen setzt und die Waffe dabei nicht aus den Augen läßt. So, wie ich mich über das Aussehen des Todes getäuscht habe, so auch über das Leben. Nichts war richtig von dem, was ich getan habe. Aber es hat mir auch niemand gesagt, was richtig gewesen wäre. Wahrscheinlich hat es niemand gewußt.

Eine Verrückte, wird der Soldat später sagen. Sie ist direkt auf mich zugelaufen. Hätte ja sein können, sie war bewaffnet.

Doris Gercke

Ein Fall mit Liebe

Ein Bella Block Roman

Seit ein paar Monaten ist Christa Böhmer verschwunden. Ihr letztes Lebenszeichen: ein Brief an ihre alte Mutter aus einer Stadt an der Ostsee in der ehemaligen DDR. Bella verfolgt die Spuren der Verschwundenen auf ihre Art. In der Region an der Ostsee herrscht Aufbruchstimmung, schnell und effektiv soll der Anschluß an den westlichen Komfort gefunden werden. Der Wunsch, endlich ungehindert am eigenen Erfolg zimmern zu können, ist so groß, daß Störungen einfach beseitigt werden müssen. Als Bella diese Mechanismen durchschaut, gerät sie selbst, im wahrsten Sinne in die Schußlinie...

224 Seiten, gebunden

Auf Leben und Tod

Ein Bella Block Roman

Als Bella Block auf einem Foto den Mann wiedererkennt, der ihr einmal die größte Niederlage beschert hat, ist es vorbei mit dem ruhigen Leben und der friedlichen wissenschaftlichen Arbeit. Bella geht nach Andalusien und wird in einen Fall verwickelt, der an Brutalität alles zu übertreffen scheint, was sie je erlebt hat, in einen Fall in dem es um nichts anderes geht als um Leben und Tod.

208 Seiten, gebunden